샬롬과 쌀람,

장벽에
가로막힌
평화

샬롬과 쌀람,

유재현의 **이스라엘, 팔레스타인** 기행

장벽에 가로막힌 평화

창비

    팔레스타인 서안의 알 파라 난민캠프에서 말릭 쏘벗이 서른두해의 삶을 마감했다는 전갈을 받은 것은 달포 전이었다. 1987년 폭발한 인티파다의 와중에 심장 부근에 총알 파편이 박혔던 말릭은 2000년 시작된 2차 인티파다가 공식적으로는 아직도 진행되는 동안 심장발작으로 자신의 신이 있는 곳으로 돌아갔다. 검고 여윈 얼굴에 언제나 숨을 가쁘게 몰아쉬며 땀을 흘리던 그를 기억한다. 말릭은 내가 알 파라 난민캠프를 방문하기 직전에 벌어진 이스라엘군의 습격으로 목숨을 잃은 동생 파디의 묘로 나를 안내했었다. 캠프 뒤편 구릉 중턱에 있던 동생의 묘 앞에 앉아 숨을 헐떡이던 그의 모습이 지금도 내 가슴을 먹먹하게 하고 있다. 파디는 스물아홉의 청년이었다. 일찍 남편을 여의고 두 아이를 청년으로 키운 파티마는 이제 아들 둘을 모두 잃었다. 말릭의 죽음을 전한 알 파라의 이스마일은 말미에 이렇게 적었다.

"슬퍼하지 마세요. 우린 슬퍼하지 않습니다. 이건 팔레스타인인의 일상일 뿐입니다."

이게 팔레스타인인들의 일상이라면 과장된 것일까. 나는 그렇게 생각하지 않는다. 그들은 매일매일 희롱당하고 능욕당할 뿐 아니라 독안에 갇혀 죽어가고 있으며 인간이 아니라 개처럼 땅을 기고 있다. 살아 숨쉬는 것이 그처럼 끔찍한 고통이라면 죽음을 슬퍼할 일도 없을 것이다.

이스라엘이 독립 60주년을 맞았다. 지난 2년간 이스라엘이 정력적으로 준비해온 60주년 기념행사는 텔아비브와 예루살렘은 물론 그들의 영향력이 미치는 세계 곳곳에서 성대하게 치러졌다. 텔아비브의 라빈 광장과 예루살렘의 밤하늘은 현란한 불꽃으로 물들었고 그 한가운데에서 이스라엘이 지난 세월 끊임없이 전가의 보도로 되새기던 홀로코스트는 다시금 빛을 발했다. 이스라엘은 나찌에 희생된 어린이의 수라며 150만개의 구슬을 아이들로부터 모으는 이벤트를 벌였다. 하지만 지금, 홀로코스트는 어디에 있는 것일까.

일주일 뒤 팔레스타인 가자와 서안, 그리고 요르단과 레바논, 시리아, 이집트에서 팔레스타인인들은 알 나크바(대재앙) 60주년을 맞았다. 독립 60주년을 코앞에 두고 이스라엘 전투기는 가자지구를 겨냥해 최초의 야간공습을 단행했다. 홀로코스트는 아우슈비츠나 텔아비브의 야드바셈이 아니라 가자지구와 서안, 아랍 각국에 흩어진 팔레스타인 난민캠프에서 계속되고 있는 것처럼 보인다. 팔레스타인인에게 대재앙은 단지 60년 전의 사건이 아니라 현재진행형이다. 또한 자신들의 땅에서 추방당한 뒤 아직 고향에 돌아가지 못하고 있는 것에 그치지 않는다. 민주적 선거를 통해 집권했던 이슬람 저항조직 하마스는 팔레스타인인들이 아니라 미국과 유럽, 이스라엘에 비토당한 후 가자지구에 감금당했다. 봉쇄된 가자에는 이스라엘군의 전투기와 탱크가 화염으로 수를 놓고 있다. 장벽으로 둘러싸인 서안의 도시와 난민캠프 들은 새벽마다 이스라엘군의 습격을 받고 있으며 네게브 사막의 이스라엘 감옥에는 팔레스타인 십대들이 넘쳐나고 있다. 팔레스타인인은 장벽 안에 갇히고 굶주리고 살해되고 유린당하며 인종청소의 표적이 되고 있다. 한때 유대인이 나찌에 당했던 참상에서 한치도 어긋나지 않으며, 60년 동안 지속되었다는 점에서 오히려 발전적이다.

반세기가 넘게 세계는 팔레스타인 문제에 대해 떠들어왔다. 유엔 총회와 안전보장이사회는 쉼없이 이스라엘을 비난하는 결의안을 내놓았으며 아랍은 입을 모아 팔레스타인을 비호하고 이스라엘을 저주해왔다. 이스라엘은 언제나 왕따를 당하는 것처럼 보였다. 그러나 홍수처럼 넘치는 국제적 립써비스 속에서 건재한 것은 미국의 패권과 이스라엘의 독립 60주년을 축하하는 불꽃일 뿐이다. 팔레스타인은 대재앙 60주년이라는 길고긴 재앙의 늪 속으로 끝없이 침잠하고 있다. 우리가 살아가는 이 세계체제에 정의란 결코 존재하지 않으며 비정함과 냉담함, 잔인함, 탐욕, 기만과 책략으로 충만한 불의가 넘치고 있다는 사실을 팔레스타인의 오늘은 보여주고 있다.

팔레스타인에 머무는 동안 나는 온갖 종류의 비극이 그곳 사람들과 벗하는 것을 보았다. 그러나 솔직히 말한다면 어떤 이들은 지옥의 불위를 휘청거리며 걷고 있었지만 다른 자들은 대추야자나무의 그늘이 드리워진 오아시스의 단물로 입을 축이고 있었다. 그건 끔찍하게도 더러운 경험이었다. 난민과 농민, 노동자, 빈민, 실업자 들이 말 그대로 팔레스타인의 불행을 온몸으로 감당하는 동안 그 곁에서 자치정부의 부패와 결탁한 신흥 자본가계급은 동족의 피가 흐르는 계곡이 내려다보이는 구릉 위에 궁전을 짓고 있었고, 푼돈을 흘리며 더 큰 부와 권력을 향한 정치적 야심을 불태우고 있었다. 자치정부의 관료들은 자신의 안위를 위해 이스라엘이 대신 거두어 적선하듯 건네주는 세금을 빼돌리고 그 알량한 권력을 힘없는 자들에게 폭력으로 내려먹이고 있었다. 그 사이에 끼어든 중간계급의 위선은 구역질이 날 지경이었다. 그들은 번지르르한 옷을 입고 흰 얼굴을 번득거리며 고급승용차를 타고 라말라의 문화쎈터에 모여들어 팔레스타인의 고난을 관람한 뒤 깨끗하고 번듯한 집으로 돌아가 푹신한 침대에 누워 단꿈을 꾸었다. 어떤 자들은 팔레스타인의 해방을 써갈기고 노래하지만 대중이 싸우는 곳에는 출현하는 법이 절대 없었다. 그들은 자기 땅이 아니라 해외를 향해 목을 빼고 팔레스타인의 비극을 팔아가며 구차한 삶을 연명하고 있었다. 나는 누가 팔레스타인의 진정한 적인지, 팔레스타인인이 무엇과 싸워야 하는지 묻고 또 물어야 했다.

축출당한 하마스가 가자에 갇혀 이스라엘 전투기의 공습을 받는 동안, 대중에 의해 불신임당한 파타의 마흐무드 압바스가 다시 등장해 워싱턴과 예루살렘에서 그에게 권력을 하사한 부시와 올메르트의 손을 잡았다. 이 현실은 팔레스타인 해방을 위해서는 내부의 적들과 먼저 싸워야 한다는 고통스러운 진실을, 그리고 누가 해방의 주역인지를 일깨워준다. 그것은 세계의 다른 곳에서도 마찬가지로 진실이었고 여전히 진실로 남아 있다.

남아프리카공화국의 이시티약 수크리, 알 파라 캠프의 이스마일 쏘벗과 압둘라 핫산, 가자의 모하메드 카쌈 형제들, 칼킬야의 모하마드 타라, 라말라의 라에드 헬루와 자이드 샤마, 아랍어 인터뷰를 번역해준 할라와 와씸 그리고 낯선 외지인을 기꺼이 동지로 여기고 도움을 아끼지 않은 서안과 가자, 요르단과 레바논의 모든 팔레스타인인, 특히 난민캠프의 여러분에게 무한한 감사와 경의를 보낸다. 우린 저마다 자신들의 땅에서 불의의 세계체제에 맞섬으로써 같은 미래를 향해 걷고 있다고 믿는다.

2008년 5월
네팔 자파의 쿠드나바리 부탄 난민캠프에서
모하메드 핫산을 떠올리며
유재현

| 차례 |

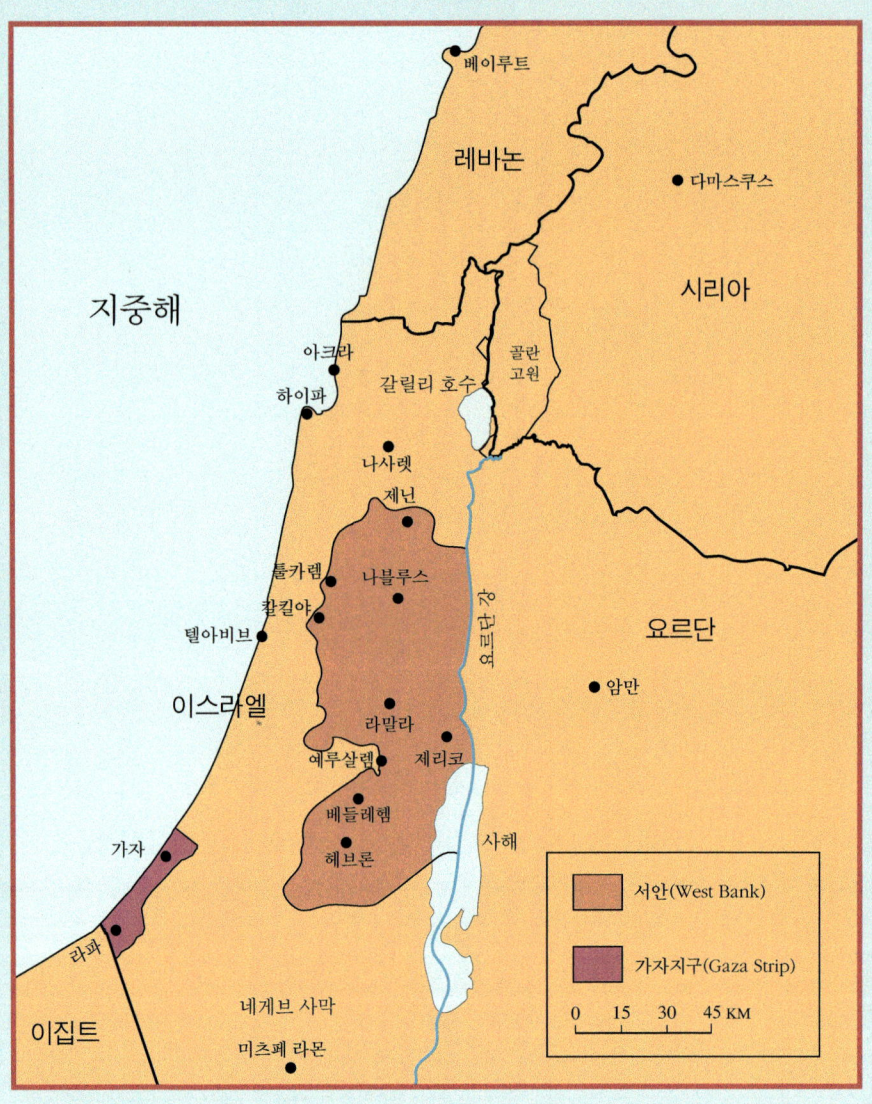

베이루트

레바논

●다마스쿠스

지중해

시리아

아크라

하이파

갈릴리 호수

골란
고원

나사렛

제닌

툴카렘

나블루스

칼킬야

요르단

텔아비브

●암만

이스라엘

라말라

예루살렘

제리코

베들레헴

사해

헤브론

가자

서안(West Bank)

라파

가자지구(Gaza Strip)

이집트

네게브 사막

0   15   30   45 KM

미츠페 라몬

이스라엘·팔레스타인과 주변국

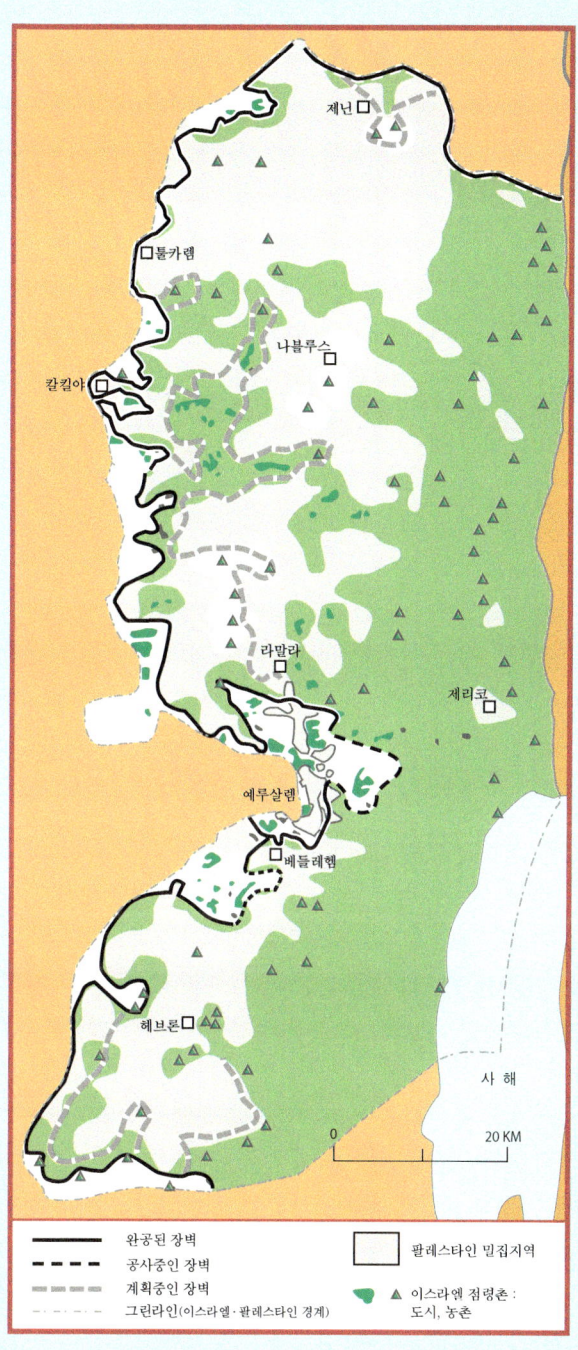

0   20 KM

완공된 장벽
공사중인 장벽
계획중인 장벽
그린라인(이스라엘·팔레스타인 경계)

팔레스타인 밀집지역
이스라엘 점령촌 :
도시, 농촌

서안의 분리장벽과 점령촌

1915년 후쎄인−맥마혼 서한에서 아랍 독립국가 건설을 약속.

1917년 영국이 밸푸어 선언으로 팔레스타인에 유대국가 건설을 약속.

1947년 11월 유엔총회에서 영국 위임통치령인 팔레스타인 지역을 유대−아랍 국
가로 분할하고 예루살렘을 국제관리체제에 두는 결의안 채택. 이스라엘
은 이를 수용했지만 아랍권은 즉각 거부에 나섬.

1948년 5월 이스라엘 건국 선포. 다음날 이집트, 요르단, 레바논, 시리아, 이라크로
구성된 아랍연합군의 공격으로 1차 중동전쟁 발발. 휴전 후 가자는 이집
트, 요르단 강 서안은 요르단 관할이 됨.

1956년 2차 중동전쟁(수에즈 전쟁) 발발.

1964년 1월 팔레스타인 해방기구(PLO) 출범.

1967년 6월 3차 중동전쟁(6일전쟁) 발발. 이스라엘이 가자지구, 시나이반도, 골란
고원, 요르단 강 서안, 동예루살렘을 점령. 유엔이 242호 결의안을 통해
점령을 인정하지 않고 이스라엘군 철수를 촉구. 이스라엘은 점령지에서
정착촌 건설에 돌입.

1969년 PLO 의장에 야세르 아라파트 취임.

1973년 이집트와 시리아의 선제공격으로 4차 중동전쟁(욤키푸르 전쟁) 발발.

1978년 캠프데이비드 협정으로 이스라엘군이 시나이반도에서 철수.

1979년 이스라엘−이집트 평화협정 체결.

1981년 이스라엘 공군이 이라크 원전시설을 공습해 파괴.

1982년 시나이반도가 이집트에 반환됨. 이스라엘이 팔레스타인 게릴라를 소탕하
기 위해 레바논 침공(1차 레바논전쟁). 레바논에 있던 PLO 본부가 튀니지
로 이전.

1987년 1차 인티파다(봉기) 시작.

1988년 PLO가 1947년 유엔 결의에 따른 2국가안 수용.

1989년 소련 거주 유대인이 이스라엘로 본격 이주 시작.

1991년 1차 걸프전쟁 발발. 이라크가 스커드미사일로 이스라엘 공격. 마드리드
중동평화회의 개최.

1992년 이스라엘 총선에서 노동당 승리. 이츠하크 라빈 총리 정권 출범.

1993년 이스라엘–팔레스타인 오슬로 평화협정 체결로 팔레스타인의 제한자치 인정.

1994년 팔레스타인 자치정부 출범. 이스라엘–요르단 평화협정 체결.

1995년 9월 오슬로II 평화협정 체결로 요르단 강 서안의 관할권이 세분화되어 명시됨. 11월 오슬로 평화협정 주역인 라빈 총리가 극우 유대인에 의해 피살.

2000년 교황 요한 바오로 2세가 예루살렘 방문. 이스라엘군이 남부 레바논에서 철수. 리쿠드당 지도자 아리엘 샤론이 예루살렘의 알 아크사 사원을 방문하자 2차 인티파다 시작.

2001년 2월 리쿠드당 총선 승리로 샤론 총리 취임.

2002년 3월 팔레스타인의 자살폭탄 공격 방어 명분으로 이스라엘이 요르단 강 서안에 보안장벽 건설 시작.
6월 조지 부시 미국 대통령이 팔레스타인 독립국가 출범 지지 선언.
9월 미국·러시아·유럽연합·유엔(쿼텟)의 후원하에 2005년까지 팔레스타인 독립국가를 창설토록 한다는 중동평화 로드맵 공개.

2003년 1월 팔레스타인 마흐무드 압바스 총리 체제 출범.
6월 샤론과 압바스가 로드맵에 합의.

2004년 2월 샤론 총리가 가자지구 21개 정착촌 철수 계획 공표.
11월 아라파트 팔레스타인 자치정부 수반 사망.

2005년 1월 압바스 팔레스타인 수반 취임.
2월 샤론과 압바스가 상호 적대관계 종식을 약속하는 샤름 엘–셰이크 선언 채택.
9월 이스라엘의 가자 점령촌 및 주둔병력 철수로 38년간의 가자 점령 종식.

2006년 1월 샤론 총리가 뇌졸중으로 뇌사에 빠짐. 에후드 올메르트 총리 체제 출범. 팔레스타인 자치정부 출범 후 두번째로 치러진 총선에서 하마스 승리.
7월 이스라엘이 헤즈볼라의 병사 납치에 맞서 레바논 침공. 2차 레바논전쟁 발발.

2007년 6월 이스라엘이 하마스의 가자지구 장악 이후 봉쇄정책 강화.
11월 이스라엘과 압바스 수반 진영이 팔레스타인 국가 창설을 위한 협상 재개에 합의. 하마스는 이 협상에서 배제됨.

2008년 1월 부시 대통령 취임 후 처음으로 이스라엘–팔레스타인 방문.
5월 알 나크바(대재앙) 60주년, 이스라엘 건국 60주년

01

군사국가의
한적한
오후

긴장과 무료함이 공존하는 도시

벤구리온 공항의 입국심사대를 지키고 있던 직원에게 나는 여권에 입국 스탬프를 찍지 말아달라고 부탁했다. 이스라엘의 출입국 스탬프가 찍혀 있으면 레바논이나 시리아 같은 아랍국가에는 입국할 수 없다. 여권을 둘 들고 다니는 방법이 있겠으나 남한의 평범한 국민으로서는 어림없는 얘기다.

여권에 한 나라의 입국 스탬프가 찍히면 다른 나라에 입국할 수 없거나 취조나 다름없는 심사를 각오해야 하는 일이 처음은 아니었다. 하지만 예상과는 달리 입국심사는 간단했고 꾸바나 미국처럼 깐깐하거나 짜증스럽지 않았다. 그래서 나는 좀 허탈했는데 세계에서 가장 뜨거운 분쟁지역 중 하나에 이제 막 발을 들여놓는다는 사실을 실감할 수 없었기 때문이리라.

세관을 빠져나온 후 나는 잠시 공항터미널을 서성거렸다. 그곳은 1972년 오까모또 코오조오(岡本公三)를 포함한 일본 적군파 대원 3명이 세계혁명과 팔레스타인 해방을 명분으로 자살공격을 감행한 로드 공항 테러사건의 현장이었다. 35년의 세월은 공항의 이름을 비롯해 모든 흔적을 남김없이 지워버렸다. 또한 벤구리온 공항의 보안은 내가 그동안 거쳤던 여느 공항과 별다르지 않았다. 무장한 보안요원과 검색견을 볼 수도 없었고 긴장감도 느껴지지 않았다. 특징이라면 조그맣고 둥근 모자인 키파로 머리를 가린 유대인들을 볼 수 있었다는 것인데, 그쯤이야 이미 세계화된 이미지여서 색다르다고 할 것도 없었다.

벤구리온 공항에서 텔아비브(Tel Aviv)로 향하는 1번 고속도로는

텔아비브 해변

미국의 전형적인 하이웨이를 연상케 했다. 도로표지판의 색과 표기형식이 그랬다. 1번 고속도로가 텔아비브 중심을 가로지르는 간선도로인 아얄론으로 접어들자 미국의 중소도시와 흡사한 전경이 보였는데, 그건 이스라엘과 미국의 관계를 따지기 전에 여기가 고작 120년이 약간 넘는 역사를 가진 현대도시이기 때문일 것이다.

현대화된 모든 도시는 대개 비슷하다. 한편으로 저마다 색을 숨겨두고 있겠지만 외지인이 도시의 첫인상만을 구하려 한다면, 그건 현지화된 코카콜라 페트병의 문자를 확인하는 것처럼 어렵지 않다. 말하자면 상하이나 뻬이징의 첫인상은, 커커우 커러(可口可樂)라고 적힌, 익숙하면서도 낯선 광고판 이미지에서 얻어진다.

1948년 전쟁 이후 텔아비브에 편입된 옛 아랍 도시인 야파(Jafa)에 거처를 정하고 이틀 동안 그 주변과 텔아비브 중심가를 어슬렁거린 내가 얻은 인상은 좀 기이했다. 텔아비브라는 도시의 '커커우 커러'는 헐렁한 군복에 배낭을 짊어진 앳된 젊은이들의 어깨에 매달린 M16 소총이었다. 물론 나는 이스라엘이 고등학교를 갓 졸업한 열여덟살 남자아이는 물론이고 여자아이까지 징병하고 있음을 알고 있었지만 (아마도 휴가나 외박을 나왔을) 그들이 M16 소총을 덜렁거리면서 거리를 배회하리라고는 상상하지 못했다. 텔아비브의 관광지이기도 한 야파 해변에는 당연히 관광객들의 발걸음이 분주했는데 그들 뒤에는 우지 기관단총을 어깨에 맨 민간인이 따르고 있었다. 텔아비브 시내의 백화점 입구에는 공항에서 본 것과 흡사한 검색대가 있었는데 경비원은 소총 대신 45구경 권총을 허리에 차고 있었다. 그들은 모두 실탄을 장전하고 있었고 병사들의 M16에는 여벌 탄창까지 묶여 있었다. 텔아비브는 젖과 꿀 대신 총과 탄알이 넘쳐흐르는 도시였다.

그런데도 도시는 지극히 평화로워 보였다. 어린 병사는 그저 소총을 덜렁거렸고 거리의 누구도 (병사 자신을 포함해) 그 소총에 관심을 보이지 않았다. 이방인에게는 지극히 낯선, 총이 범람하는 텔아비브의 풍경은 그저 일상의 한장면일 뿐이었다. 놀랍게도 외국인임이 분명한 관광객조차도 이런 이질적인 풍경에 별다른 반응을 보이지 않았다. 그들은 이곳이 텔아비브, 아니 이스라엘이므로 그 모든 것이 당연하다고 생각하는 듯했는데 이틀이 지나자 나 또한 그들 중의 하나가 되었다.

확실히 텔아비브는 하루하루 긴장의 날을 세우고 있는 곳은 아니었다. 겨울 끝자락에서 봄으로 넘어가던 3월 하순의 텔아비브는 지중해변의 다른 도시들과 마찬가지로 연중 가장 쾌적하고 맑은 햇살과 바람 속에 시내 전체가 무료하고 나태하게까지 느껴졌지만, 동원할 수

외출 나온 이스라엘 여군. 뒤쪽으로 우지 기관단총을 들고 관광객들을 뒤따르는 민간인 경비원이 보인다.

있는 모든 소품으로 긴장감을 불어넣는 도시이기도 했다. 모든 공공 건물에는 사복을 입은 무장경비원이 배치되어 있었고 시내 중심가 레스토랑에 들어가기 위해서는 가방을 열어야 했다. 휴가 나온 병사들은 M16을 덜렁거렸고, 건물 경비원들은 우지 기관단총을 흔들었으며, 백화점 경비원들은 가스총이나 전기충격기 대신 실탄이 장전된 권총을 내보였다. 하지만 누구나 총을 구할 수 있는 미국에서 흔히 벌어지는 총기사고, 예컨대 콜롬바인이나 버지니아공대 총격 사건 따위는 상상할 수 없는 안전함이 거리 구석구석에 충만해 있었다. 텔아비브 시민들은 세계의 여느 도시와 비교해 특별히 불안감을 느끼며 살아가는 것처럼 느껴지지 않았다.

통계수치로 본다면 2006년에는 팔레스타인 무장조직의 공격으로 17명의 이스라엘 민간인이 사망했다. 2차 인티파다(봉기) 이래 2002년 팔레스타인 자치정부에 대한 공격으로 정점에 이르렀던 희생자(289명)는 이후 급감했다. 이른바 자살폭탄 공격 또한 줄어들어 2006년에는 단 2건에 그쳤다. 반면 이스라엘군의 공격으로 사망한 팔레스타인 사람은 2005년의 197명에서 2006년에는 660명으로 급증했다. 이스라엘인 1명당 28명의 팔레스타인인의 목숨이 교환된 셈이다. 매년 교통사고로 400~500명의 이스라엘인들이 사망한다는 점을 고려하면 이스라엘이 주장하는 테러위험도는 현저히 낮은 셈이고, 현실적으로 테러가 이곳 시민들의 일상을 위협하기에는 역부족인 것이다.

그럼에도 이스라엘은 지난 60년 동안 전시체제를 강조해온 국가이다. 1948년 전쟁으로 건국했고 이후 세차례의 중동전쟁을 치렀으며 2006년에는 레바논과 34일간 두번째로 전쟁을 벌이기도 했다. 헤즈볼라와의 전쟁인 대레바논 전쟁에서 사실상 초유의 참패를 기록했지만,

이스라엘이 다시 레바논을 침공한다는 주장을 텔아비브에서 심심치 않게 들을 수 있었다. 이건 실제 전쟁 발발과 무관하게 이스라엘이 상시적 전시동원체제임을 역설한다. 이스라엘은 바로 그 체제 위에 성립하고 있으며 그 체제를 가능케 하는 국가인 셈이다. 또하나 간과할 수 없는 사실은 60년 동안 그 체제를 흔들림 없이 유지해왔다는 것이다.

불패의 군비

남한에서는 이스라엘에 우호적인 사람들을 더러 볼 수 있다. 그중에는 기독교 보수진영 인사들도 적잖게 섞여 있어, 이스라엘이 예수를 십자가에 매다는 데에 앞장선 유대인의 나라라는 사실을 무색케 하지만, 기실 남한의 이스라엘 찬양은 어제오늘의 일이 아니다. 1970년대에 학창시절을 보낸 나도 반공교육의 홍수 속에서 틈틈이 성실, 근면·애국하는 이스라엘을 접했다. 물론 이스라엘의 성실·근면·애국은 독재정권이라면 어디서나 애용하는 파씨스트적 선전문구이다. 그럼에도 불구하고 네차례에 걸친 전쟁에서 상상을 초월하는 수적 열세를 극복하고 승리를 거두었다면 특별한 능력을 갖춘 나라라는 점을 부정할 수 없다. 이스라엘인은 이유야 어떻든 분명 성실·근면·애국하는 국민일까.

내가 유별나게 이스라엘인, 그중에 특히 병사들에 관심을 쏟은 이유는 바로 그 신화의 비밀이 궁금해서였다. 결론부터 말한다면 내가 머무는 동안 얻은 인상으로는 이스라엘인이 특별히 성실하거나 애국적이지는 않다는 것이다. 남한이나 이스라엘이나 젊은이들은 군대 가기를 싫어했다. 군대를 꺼리는 점에서는 오히려 남한보다 이스라엘이 더하다. 실제로 전투활동(?)을 감당해야 하는 만큼 부담스럽고 두려

서안 점령촌 부근의 철책에서
근무중인 이스라엘 병사

운 것은 당연하다. 지난 레바논과의 전쟁에서는 158명이 목숨을 잃었
다. 상대편이 1000명 이상 죽은 데 비하면 미미한 셈이지만 여하튼 전
사할 수도 있다. 전방에 해당하는 팔레스타인 서안이나 가자지구에
배치되는 경우에는 격무와 스트레스에 시달려야 한다. 열여덟 청춘남
녀들에게 어떤 이유로든 달가울 수는 없는 노릇이다. 이스라엘에서
나는 틈나는 대로 군복을 입고 M16을 덜렁거리는 아이들에게 질문을
던졌지만, 예컨대 '텐노오헤이까반자이(天皇陛下萬歲)!' 스타일로 흔
쾌하게 답하는 정신나간 녀석은 만나지 못했다. 장벽근무에 나선 군
인 중에 연장복무를 신청했다는 여군을 만나기는 했지만 그건 예외에
속했다.

　이스라엘을 미화하는 사람들이 말하는 '애국심과 희생정신으로 불
타는 청년들에 의해 수호되는 무적의 이스라엘군'이란 결국 파씨스트
적 애국주의에 덧댄 신화에 불과했다. 이스라엘은 한때의 남한과 비

견할 만한 교육씨스템을 운영하며 끊임없이 아이들을 세뇌하고 있지만, 어쨌든 병사가 된 또는 병사가 될 젊은이들은 남한의 아이들처럼 마뜩잖아 했고 두려워했으며 초조해했다. 말하자면 그들은 전쟁터에서 빗발치는 총알을 뚫고 나갈 수 있는 람보가 아니었으며 카미까제(神風) 정신으로 돌진할 특공대는 더욱 아니었다. 최근의 2차 레바논 전쟁을 보자. 헤즈볼라 전사들은 레바논 전역을 초토화하다시피 한 이스라엘의 끔찍한 현대적 공습에도 굴복하지 않았다. 헤즈볼라는 이스라엘 병사들보다 덜 애국적이고 덜 성실했을까? 아마 그건 누구의 상식으로도 납득하기 어려울 것이다. 그래서 전쟁에서 사실상 패배하지 않았느냐고 반문한다면 다른 비교를 해도 좋다. 팔레스타인의 하마스나 이슬라믹 지하드, 알 아크사 순교여단 등등의 전사들은 어떤가.

이스라엘은 그간 전쟁에서 어떻게 승리했을까. 이스라엘의 2006년 국방예산은 72억달러였다. 미국의 군사원조 22억달러를 더해 총 94억달러를 국방비로 지출했다. 액수로는 세계 17위 수준인데 군사력 면에서는 세계 4위를 기록하고 있다. 1950년대 이래 그 기조는 변함이 없었다(1980년대 GDP 대비 국방비는 20퍼센트를 훌쩍 넘었다). 이스라엘의 2006년 GDP는 1580억달러이다. GDP의 6퍼센트를 국방비로 지출한 셈이다. 인구 8000만명이 넘는 이웃나라 이집트의 2006년 GDP는 고작 845억달러에 불과했다. 국방비 지출은 42억달러로 GDP의 4.9퍼센트를 기록했다(2005년 3.2퍼센트). 또다른 인접국으로 이스라엘에 적대적인 시리아는 인구 1930만명에 같은해 14억달러의 국방비를 지출했다. 인구가 이스라엘과 비슷한 요르단의 국방비는 무려 GDP의 10.6퍼센트이지만 액수로는 14억달러 수준이다. 인구 400만인 레바논의 국방비는 GDP의 3.1퍼센트로 9억달러 수준이다. 이집트와 시리아, 요르단, 레바논의 국방비를 모두 합하면 79억달러이다. 인구 1억이 넘는 주변 4개국이 지출하는 국방비가 고작 인구 642만인 이스라엘의 84퍼센트에 불과한 것이다. 게다가 국방비 지출의 질에서는 인근 아랍 국가들과 비교가 안된다. 미국이 자랑하는 최첨단 무기가 무제한 공급되고 있으며 핵무기 보유국이기도 하다. 이스라엘 무패의 신화는 애국심이 아니라 막대한 군비에서 나온 것이고, 동시에 미국의 엄청난 군사원조에 기대어 가능했던 것이다. 세계 4위의 군사력은 그렇게 확보되었다.

군비는 사람들의 눈에 띄기를 꺼린다. 군비를 주무르는 자들이 안보를 빌미로 금고 속에 그 돈을, 주머니 속에 그 열쇠를 감추고 다니는 건 어느 나라고 예외가 없다. 그러나 이스라엘에서는 예외가 허용된다.

이스라엘의 남쪽 끝 홍해 연안의 에일랏은 이집트 그리고 요르단과 국경을 접하고 있다. 그 국경의 경계태세가 얼마나 형편없는지는 눈으로 보지 않으면 믿기 어려울 정도여서 돈을 쓴 흔적이 전혀 보이지 않았다. 말하자면 첨단을 자랑하는 이스라엘 국방의 현주소를 확인하기란 불가능했다. 그건 요르단과의 국경도 마찬가지였다. 그러나 요르단 강 서안으로 가면 사정은 달라진다. 누구라도 엄청난 돈을 땅바닥에 들이붓는 장면을 목격할 수 있다. 2002년 6월부터 세워지고 있는 서안의 분리장벽이 그 증거이다.

2003년 이스라엘 정부는 장벽건설에 30억달러의 예산을 책정했다. 재정적자가 불을 보듯 뻔한 예산이었다. 하지만 늘 그랬듯이 별다른 반대도 없었고 이스라엘은 지금까지 최첨단 군사장벽을 착착 건설하고 있다. 703킬로미터에 달하는 장벽의 건설이라는 이 황당하지만 야

심찬 계획은 8미터 높이의 콘크리트벽으로 상징된다. 사실 콘크리트
보다는 철책의 비율이 높다. 별것 아닌 듯 보여도 이 장벽이 첨단기술
로 무장되는 것을 보면 얼마나 값비싼 시설인지 실감할 수 있다.

여기에 비하면 남한의 휴전선 철책은 그야말로 아이들 전쟁놀이에
나 써먹는 돌담 수준이다. 간단한 예를 들자면 철조망 사이에 돌을 끼
워두는 원시적인 짓을 이스라엘의 장벽에서는 상상조차 할 수 없다.
진동·동작 쎈서와 카메라 그리고 고압전류로 무장한 장벽은 아무도
지키고 있지 않지만 24시간 빅브라더가 지키는 장벽을 실현한다. 그
러나 최첨단 방벽도 때때로 허무하게 무너진다. 실업으로 고통받는
팔레스타인 노동자들은 일자리를 찾아 8미터 장벽을 뛰어넘기도 하고
철조망 사이에 뚫린 개구멍을 찾아내 기어코 예루살렘으로 향한다.

미국은 극심한 재정적자가 예견되는 이스라엘의 이 사업에 군소리

서안 이스라엘 점령촌의 철책

없이 거액을 쾌척했다. 평균 30억달러를 밑돌거나 웃돌던 미국의 대
이스라엘 지원금을 2003년 90억달러로 대폭 늘려달라는 부시행정부
의 요청을 미의회는 별다른 반대 없이 승인했다.

이스라엘 징병제의 안과 밖

남한의 징병제는 1949년 병역법이 제정되고 같은해 12월 첫 징병
검사가 시행되면서 실시되었다. 세계적으로 징병제를 실시하고 있는
국가는 76개국이지만 강도 면에서 남한과 이스라엘은 상위권에 올라
있다. 우선 복무기간이 그렇다. 전보다 줄어들었지만 남한은 26개월,
이스라엘은 36개월이다. 대체복무제도의 원천봉쇄도 두 나라의 강도
높은 징병제를 입증한다. 사병에게 지급되는 급여는 두 나라 모두 최
저 수준이다. 이스라엘은 기본급으로 월 321셰켈(전투병의 경우에는
조금 높다)을 지급한다. 대략 미화 80달러이다. 남한은 2005년 이후
대폭 인상되어 6만원 정도이니 65달러 선이다. 경제수준이 비슷한, 징
병제를 실시하는 다른 국가들과 비교해 두 나라 모두 팔팔한 젊은이
들을 거저 부리고 있는 셈이다. 대만과 독일은 30~40만원의 급여를
지급하며 복무기간은 각각 22개월, 9개월이다.

한편 남한과 이스라엘을 비교한다면 이스라엘이 단연 우위에 있다.
먼저 복무기간을 얼마간 배려해주기는 하지만 18세 여자도 징병한다
(21개월). 36개월에 이르는 남자의 복무기간 역시 남한의 26개월에
비해 10개월이 길다. 또한 대학진학 등을 이유로 입영시기를 연기하
기가 대단히 어렵다. 외형상 단순해 보여도 복잡한 속사정이 있다.

이스라엘은 유대국가라고 하지만 적잖은 아랍인을 국민으로 포함
하며 그 수는 빠른 속도로 증가하고 있다. 인구 구성비로 보아 2003

텔아비브 이르군(유대인 무장조직) 박물관에 견학온 이스라엘 군인들.
이스라엘은 군인과 학생의 정신교육에 유난스럽다.

년 130만명으로 19퍼센트이던 아랍계 이스라엘 인구는 2006년에는
141만명으로 20퍼센트를 차지했다. 이스라엘 국민 중 아랍인과 베두
인족 등 비유대인은 법적으로 징집대상에서 제외된다(자원입대는 가
능하지만 현실적으로 어렵다). 유일하게 예외적인 경우가 드루즈족인
데, 그들은 1948년 전쟁에서 이스라엘 편에 섰던 전례가 있으며 인구
도 고작 1.7퍼센트에 불과하다.

　이건 아주 흥미로운 사실이다. 대부분의 이스라엘 유대인 남자가
36개월을, 여자가 21개월을 군대에서 썩는(?) 동안 국적을 가진 아랍
젊은이들은 자유롭게 학업이나 취업을 선택할 수 있다. 직업군인이
되려는 게 아닌 한, 유대인이라는 이유로 21~36개월을 뒤처져야 한
다. 자칭 유대국가인 이스라엘에서 유대인을 차별하는 징병제가 어떻

게 존속할 수 있을까. 비밀의 열쇠 중 하나는 실업률에 있다. 이스라엘에서 유대인의 실업률은 8.5퍼센트, 아랍인의 실업률은 16퍼센트에 달한다. 아랍인권연합(AAHR)의 2004년 빈곤보고서에 따르면 이스라엘 아랍인의 56퍼센트가 빈곤층이다. 이스라엘 아랍인들 취업환경이 열악하며 대부분 저임부문에 종사한다는 것을 의미한다.

결론을 말한다면 이스라엘의 징병제는 유대인이 아니라 비유대인을 차별하는 데에 이용되고 있다. 비결은 간단하다. 공공기관을 비롯해 번듯한 기업의 채용공고에는 예외 없이 '병역필'이라는 조건이 붙는다. 한편 병역을 마친 국민에게 이스라엘은 몹시도 관대하게 다양한 혜택을 베풀고 있다. 심지어는 소액이 아닌 주택금융대출(모기지론)도 가능하다. 일반적인 사회보장제도에서도 병역필을 앞세우는 경우가 적지않다. 징병제에 따른 아랍인 차별은 비유대인으로 의무복무 대상인 드루즈족의 사례를 통해 확인할 수 있다.

드루즈족의 군복무가 의무화된 것은 1956년이다. 이후 그들 내부에서도 논란이 되어왔지만 군복무는 드루즈족이 아랍인보다 유리한 사회적·경제적 혜택을 누리는 배경이 되었다. 2001년에는 드루즈족 최초로 육군장성과 정부각료가 배출되었다. 통계상으로 드루즈족의 교육수준은 아랍인에 비해 낮지만 의무복무 때문에 생활 형편은 상대적으로 나은 편이다.

여하튼 막 고등학교를 졸업한 아이들을 예외 없이 군대로 끌고 가 방탄복을 입히고 소총을 쥐여주는 현실이란 얼마나 소름 끼치는가. 또 그걸 두고 애국주의를 거론하는 행위란 얼마나 구역질나는 짓인가. 남한의 군대는 지난 50년간 전쟁을 하지 않았다. 군대라는 계급사회가 인간성을 황폐화한다지만, 전쟁을 하지 않는 군대는 전쟁을 일

삼는 군대와 달리 인간성의 마지막 보루까지 침범하지는 않는다. 이스라엘 병사들은 실탄을 장전하고 언제라도 발사할 준비를 갖추도록 훈련받고 있다. 요르단 강 서안 검문소에서 그들은 훈련받은 대로 신분증을 검사하면서 총구를 겨누고 또 방아쇠를 당기기도 한다. 그들은 사람을 죽이도록 훈련받고, 실제로 죽이거나 그 현장을 목격한다. 2002년 제닌의 양민학살에 나선 것은 특수부대가 아니라 일반적인 육군병력이었다. 남자는 36개월, 여자는 21개월이 지나면 군복을 벗을 수 있지만 그들은 영원히 열여덟살의 영혼을 돌아보지 못할 것이다. 이스라엘이 그런 인간들을 끊임없이 재생산하면서 유지되는 체제라면 결국 그 근간은 파씨즘이며 군사주의이다.

하레디 유대인들과 아랍인들

텔아비브에서 예루살렘으로 향하는 길은 해안에서 해발 850미터의 산지로 올라간다. 텔아비브와 달리 예루살렘은 역시 고도(古都)라는 느낌이 확연하다. 그러나 고도 예루살렘의 흔적이 남아 있으며 현재는 아랍인 거주지역인 동예루살렘보다, 유대인 거주지역인 서예루살렘이 내게 좀더 이국적이었다. 그건 검은 모자를 쓰고, 흰 셔츠에 길고 검은 외투를 걸쳤으며, 턱수염과 비비 꼬인 귀밑머리를 치렁치렁 기른데다 허리춤 밖으로 흰 끈을 늘어뜨린 초정통파 유대인, 그러니까 하레디 때문이었다. 예루살렘 유대인의 3분의 1은 이런 하레디이다. 예루살렘은 이스라엘의 다른 어떤 도시보다 하레디가 많이 모여 사는 지역이다.

첫 느낌은 기괴하거니와 좀 섬뜩하기까지 하다. 선입견 때문이 아니라 개명한 현대사회에서 고대의 풍습을 따르는 집단을 볼 때면 부득이하게 이런 인상이 남는다. 게다가 하레디들의 인상은 상대적으로 어둡고 우울한 편이다.

서예루살렘의 메아셰아림은 하레디의 오랜 집단거주지인데 용인 민속촌쯤으로 생각하면 낭패 보기 십상이다. 외부인을 대하는 태도는 지극히 냉랭하고 섣불리 카메라 따위를 들면 노골적으로 불쾌한 표정을 짓는다. 그 선을 넘어서면 봉변을 당해도 그만이라는 분위기가 역력하다. 무척 배타적인 집단이다. 아닌게아니라 유대교 안식일인 싸밧에 집회를 열어 달리는 차에 돌을 던지는 전투적 면모를 보이는 자들도 하레디다(신실한 유대인이라면 안식일에는 운전을 포함해 모든 일상적인 활동이 금기다).

기괴하고 강퍅하며 왠지 음습하고 비정상적으로 보이는 배타적인 사람들, 적어도 하레디에 대한 내 인상은 그랬다. 동예루살렘의 성전산(Temple Mount) 서쪽 통곡의 벽을 찾았을 때에도 하레디들이 진을

예루살렘 통곡의 벽 앞에 선
하레디 유대인

치고 있었다. 그들은 벽에 머리를 찧고 흔들었다. 그건 종교적인 광기로 보였고 한편 내가 원하던 모습이었다. 이스라엘이 과시하는 비이성적인 야만적 광기와 더없이 잘 어울렸다. 하레디는 더할나위없이 이스라엘의 상징이었다. 벽 앞에서 통곡하는 하레디들을 보고 나는 혀를 찼다.

어느날인가 예루살렘의 그 고약한 미로를 달리다 길을 잃어 새벽 1시경에도 헤매고 있었다. 아마도 메아셰아림이었을 텐데 그 시간 밤거리에는 하레디 천지였다. 마침 달빛이 밝아 그 모습이 기괴하기 짝이 없었지만 길을 찾아야 할 사정이 절박하여 지나가는 젊은 하레디 하나를 붙들고 길을 물어야 했다. 영어가 거의 통하지 않는 탓에 손짓 발짓까지 동원하던 참인데 그가 냉큼 조수석 문을 열고 내 차에 올라탔다. 그러곤 손짓으로 길을 찾아주기 시작했다. 결론부터 말한다면 내 목적지인 헤브루대학까지 무사히 갈 수 있었다. 그는 헤브루말로 쉬지 않고 떠들었다. 나는 나사렛에서 함께 온 아랍 청년 피라스를 만나 그 젊은 하레디에게 몇가지 물어봐달라 부탁했고 그 덕에 새벽에 하레디들이 우글거리는 이유를 알았다. 유대인 명절인 유월절을 앞둔 까닭이었다. 피라스는 하레디와 함께 온 나를 마뜩잖아 했고 새벽인 탓에 더는 구체적인 설명을 들을 수 없었다. 솔직히 말한다면 그는 제정신이 아니었고 잠깐 그와 대화를 나눈 피라스도 비정상이라고 중얼거렸다. 젊은 하레디는 차에 탄 후에도 끊임없이 초조하고 불안해했으며 그 때문인지 잠시도 말을 멈추지 않았다. 그러나 얼굴은 해맑은 청년이었다. 헤브루대학 가로등 불빛 아래에서 잠시 살펴본 그는 아이처럼 볼에 홍조를 띠고 선량하게 웃음 짓고 있었다. 그가 떠난 후에 내 가슴에는 얼마간 애잔함이 여운처럼 남아 있었다. 그는 매우 불행해 보였고 그 때문에 차라리 정상적이지 않기를 바라는 듯했다.

그 뒤에도 나는 끊임없이 하레디들과 마주쳤다. 내 거처가 서안의 라말라에 있었기 때문인데, 예루살렘 외곽의 1번도로는 칼란디야 검문소로 가는 대로 중의 하나였다. 예루살렘 시내와 텔아비브, 사해로 이어지는 길이 교차하는 지점에서는, 특히 아침과 늦은 오후에 하레디들로 북적였다. 대개 하레디들은 얻어탈 차를 기다리거나 찾고 있었다. 말하자면 히치하이크족이었는데 그렇게 많은 하레디들이 항상 어딜 가려고 진을 치고 있는지, 왜 히치하이킹을 하려는지 궁금했다. 그리고 나중에 그 이유를 알았을 때 나는 어느 새벽에 만났던 하레디 청년의 잔잔한 웃음이 떠올랐다.

이스라엘의 하레디는 유대인 집단 중에서 가장 빈곤한 계층이다. 그건 이들이 징집되지 않는다는 점과 무관하지 않다. 1950년 모든 유대인을 의무적으로 징집하는 병역법이 제정되었을 때 예외로 남은 것이 이들 하레디였다. 당시 랍비들의 교육기관인 예시바의 학생들은 징집이 면제되었던 것이다. 이스라엘 건국을 이끌었던 벤구리온과 랍비들이 이 문제를 두고 밀고당기던 끝에 벤구리온이 양보한 것으로 알려져 있다.

1950년 당시 병역 제외 대상은 400여명 정도였다. 우여곡절이 있었지만 지금도 같은 원칙이 유지되고 있는데 이제 그 수가 몇만에 달한다. 다시 말해 수만명의 유대인들이 징집을 면하고 있는 것이다. 이들이 군인이 되는 길을 거부하는 이유는 종교적인 것으로, 토라의 율법이 우상숭배, 근친상간 등과 함께 살인을 부정하고 있기 때문이다. 군인이 되어 총을 든다는 것은 당연히 율법을 부정하는 행위이다. '율법을 부정하기보다는 죽기를 선택하라' 역시 토라를 신봉하는 랍비들의 가르침이다.

이스라엘에서 정통파 하레디들은 병역에 관해서는 남한의 '여호와의 증인' 신도들과 어깨를 나란히하고 있는 셈이지만 법적으로 병역 면제가 가능하기에 감방 소지를 경험할 필요는 없다. 단 예시바의 학생 신분이어야 면제 자격을 인정받을 수 있기 때문에, 율법을 지키고자 하는 하레디들은 예시바를 떠날 수 없고, 병역을 자원하지 않는 한 노동할 수 없는 인간이 된다.

군사주의 국가 이스라엘에서 징집을 거부 또는 회피하는 유대인들은 눈엣가시 같은 존재가 아닐 수 없다. 하레디에 대한 병역면제 혜택을 축소하거나 폐지하려는 움직임이 여러번 있었지만, 유대주의를 표방하는 이스라엘 정부가 완고한 유대주의자들을 탄압(?)하는 데에는 한계가 있을 수밖에 없었다. 2001년에 크네셋(이스라엘 의회)을 통과한 탈법(Tal Law)은 일종의 유화책으로 마련되었다. 예시바에 적을 두고 있어야 징집영장을 발부하지 않는 기존 방침을 바꾸어, 22~27세의 예시바 학생들에게 학교에 적을 두지 않아도 1년 동안 징집영장을 발부하지 않는 유보기간을 인정했고, 1년 뒤 예시바로 돌아가거나 단기간의 병역을 선택할 수 있도록 했다. 하지만 결과는 신통치 않아서 4년 뒤인 2005년 이 법에 따라 1년의 유보기간을 거친 대상 중 단지 3퍼센트만이 징집을 선택했을 뿐이었다.

병역의무를 기피하고 노동하지 않는 하레디들은, 당연히 병역의무를 받아들이고 노동하는 세속의 유대인은 물론 초정통파가 아닌 개혁파, 보수파 유대인에게도 비난의 대상이 되었다. 정통파 중에서도 하레디의 완고한 태도에 비판적인 유대인 그룹들이 있다. 이들은, 남자는 군에 입대할 수 있으며 노동을 해 돈을 벌 수도 있다고 토라를 해석하고, 누구도 국방의 의무를 피할 권리는 없다며 하레디의 전통적 가치를 비난한다.

그러나 이들의 비난이 아니더라도 이스라엘 유대인 인구의 8~11 퍼센트를 차지하는 하레디는 이미 충분히 고통받고 있는 소수자다. 그들은 징집을 피하기 위해 마흔이 될 때까지 예시바 학생으로 남아 있어야 하며, 이로써 종교적인 이유를 떠나 실제로도 노동을 할 수 없게 되는 것이다. 아랍인과 마찬가지로 '병역미필'의 굴레는 하레디들을 빈곤층으로 전락시키고 있다. 그들의 실업률이 60퍼센트에 이르고 50퍼센트가 절대빈곤층에 속한다는 가공할 통계는 이스라엘 아랍인이 직면한 현실과 별반 다를 것이 없다.

유대인과 아랍인, 유대주의와 이슬람 사상이 격렬하게 충돌하는 것으로 비치는 이 지역의 이면에는, 이처럼 유대주의의 순수성을 강변하는 초정통파 유대인과 아랍인 무슬림이 사회적·경제적으로 거의 동일한 처지에 놓여 있다는 기묘한 역설이 숨어 있다. 얼핏 모순으로 여겨지는 이 기이한 현상은 이스라엘이 대외적으로 과시하는 이미지와 달리 세속적인 국가이며 유대주의를 이용하고 있을 뿐임을 시사한다.

마치 형제처럼 이스라엘의 하층을 점유하고 있는 하레디와 아랍인에게는 또다른 공통점이 있다. 출산율이 일반 유대인에 비해 월등히 높다는 것이다. 일반 유대인의 출산율이 가구당 2.6명에 그치는 반면 하레디 가정의 평균 출산율은 6.5명, 아랍인 가정은 4.7명에 이른다. 이스라엘 통계청의 우울한 전망에 따르면 2020년에는 하레디가 전체 인구의 17퍼센트, 아랍인이 25퍼센트를 차지하게 된다. 신성한 병역의무에서 면제될 인구가 40퍼센트를 웃돌게 되는 것이다. 이같은 상황은 국가를 유지하는 지배계층에 악몽일 수밖에 없다.

물론 이스라엘 통계청의 전망에는 '공갈' 기운이 다분하다. 이런 데이터는 한편으로는 하레디의 병역특혜를 폐지하는 사회적 분위기를 조성하고, 이스라엘을 유대국가로 존속시키기 위해 해외 유대인 유입에 박차를 가해야 하는 근거를 제공하는가 하면, 사회적 위기의식을 고조하거나 유지한다. 아무튼 같은 유대인인 하레디가 만만치 않은 두통거리임은 틀림없는 사실이다.

이스라엘 정부가 심각하게 지적하고 있듯이, 이들은 병역을 회피함으로써 사회의 통합과 단결을 저해하는 골칫거리이지만 분명 그 댓가 또한 확실히 치르고 있다. 이른바 이스라엘의 좌파와 우파 유대인들에게 이들은 정치적·사회적으로 비난받아왔다. 세속적인 좌파는 좌파대로 일하지 않고 신성한 국가적 의무마저 회피한다며 비난했고, 그나마 종교적 가치를 상대적으로 앞세우는 우파는 우파대로 완고하고 융통성 없는 자세를 공격했다. 메아셰아림의 하레디에게 볼 수 있는 외부인에 대한 배타적이고 냉담한 태도는 지난 60여년 세월 동안 그들의 가슴속에 쌓여온 응어리의 표출일 것이다.

그런데 이스라엘에게 이들은 국가주의적 통합을 저해하는 쓰레기 같은 존재에 불과한 것일까. 현실은 다시 한번 놀랄 만큼 역설적이다. 텔아비브에서 예루살렘을 거쳐 사해로 이어지는 1번 국도는 사실상 서안을 동서로 가로지르는 도로이고 예루살렘은 그 중심에 있다. 1번 국도의 예루살렘 교차로에서 본 하레디들이 히치하이킹으로 차를 얻어타고 향하는 곳이 바로 그 서안이다. 통계에 따르면 2007년 현재 서안에 파고든 이스라엘 점령촌 인구의 3분의 1은 다름아닌 하레디들이다. 서안의 점령촌은 이스라엘이 지향하는 팔레스타인 점령의 최전선인 셈이어서, 시온주의 지배세력에는 군대에 못지않은 전략적 의미를 지닌다. 평범한 이스라엘인이 지극히 꺼리는 점령촌 이주민은 이른바 유입된 유대인이거나 빈곤층 유대인인데, 하레디는 이들 중 단일집단으로 가장 큰 비중을 차지하고 있다. 그들을 서안으로 밀어낸 것은 다름아닌 하레디에 만연한 빈곤인 셈이고, 덧붙이자면 그들에 대한 사회적 비난과 질시이다. 교리가 금지하는 병역을 피해 서안의 점령촌으로 이주한 하레디는 그들 하나하나가 총을 들었을 때보다 더 많은 수의 인간을 살해하는 도구로 이용되고 있다. 이들 또한 이스라엘이라는 국가가 자행하는 폭력의 희생자이다.

삼엄한 감시가 만들어낸 평화

서안의 작은 유대인 점령촌인 실로(Shilo)에서 벌을 키우는 20대 후반의 유대인 청년을 차에 태운 적이 있었다. 그는 자신이 살고 있는 언덕의 풍경이 얼마나 아름다운지 설명하느라 안쓰러울 정도로 애쓰고 있었는데 나는 그의 말허리를 끊고 군대에서의 경험을 물었다. 그는 단박에 표정을 일그러뜨리며 "좋지 않았어요. 좋지 않았어요"라고 중얼거렸다. 그는 "평화가 좋아요. 평화가 좋아요"라는, 뜬금없지만 이해할 만한 말로 답을 마치곤 한동안 입을 열지 않았다. 평화가 좋다는 그의 각성이 무엇에서 연유하는지는 알 수 없었다. 제대 후 1년 동안 아시아를 여행했다는 경험과 관련이 있을지도 모를 일이다.

잠깐 들른 그의 집 주변의 풍광은 아름다웠다. 사방은 첩첩의 구릉으로 에워싸였고 구름이 그 위를 스칠 듯 흘러가고 있었다. 집은 구릉의 가장 높은 곳에 자리잡았고 그 아래에는 벌집들이 나란히 늘어섰다. 점령촌의 다른 집과 달리 그가 사는 집은 컨테이너 주택 같은 허

름한 캐러밴이었지만, 그 집을 품고 있는 자연은 그의 말처럼 신과 대화를 나눌 수 있을 만큼 경이로웠다. 그는 헤매고 헤매다 마침내 원하던 보금자리를 마련했는지도 모른다.

　나는 이 청년 덕분에 서안의 점령촌을 엿볼 드문 기회를 얻을 수 있었다. 점령촌 입구는 무장한 경비원이 24시간 지키고 있거니와 외부인을 별로 반기지 않는다. 말레 오드밈이나 아리엘 같은 도시 규모의 점령촌은 검문소를 비교적 쉽게 통과할 수 있지만, 실로처럼 인구 2000여명 정도인 점령촌에서는 기대하기 어렵다. 더욱이 실로는 상대적으로 호전적인 하레디만 거주하는 곳이었다. 청년의 캐러밴은 점령촌 경계에 있었다. 규모와 상관없이 경계 밖에 있는 캐러밴 파크는 점령촌을 확대하는 전진기지 역할을 하고 있다. 해외 이주민처럼 경제력이 전무한 입주민의 경우 우선 캐러밴에 거주하도록 한 다음 일정 기간이 지나면 주택단지를 조성해 점령촌에 편입시킨다. 점령촌 영역은 그만큼 확대된다. 수많은 점령촌들이 이런 과정을 거쳐 서안의 땅을 꾸준히 잠식해 들어갔다. 전초지는 점령촌에서 떨어진 부근에 건설된다. 전초지의 주거형태도 캐러밴이다. 전초지는 뒤에 독립적인 점령촌으로 발전하거나 부근 점령촌과 합쳐지는 과정을 밟는다.

이른 오후 점령촌 실로의 거리에는 인적이 드물었다. 택지는 능선을 따라 조성되어 있었고 붉은 기와를 얹은 단층 또는 2층집 들은 조립식으로 보였다. 어떤 단지는 일률적으로 태양전지판을 지붕에 얹었다. 집들은 단조롭게 규격화되어 있었고 멋지다고 할 만한 것은 없었지만 쾌적한 주거환경을 갖추고 있었다. 능선을 깎아 조성한 단지와 단지 사이는 충분히 떨어져 있었고, 단지마다 아이들을 위한 놀이터를 두었으며, 잘 정비된 도로로 이어져 있었다. 그러나 무엇보다 실로의 주거환경을 쾌적하게 만드는 것은 주변을 굽어볼 수 있는 입지였다. 첩첩이 이어진 구릉들과 계곡이 그림처럼 펼쳐져 있었고, 오후의 뜨거운 태양 아래 속절없이 드러난 구릉의 더위를 식혀줄 더없이 시원한 바람이 불어왔다. 인적이 드문 한낮이어서 더욱 그런 기분이 들었을까? 실로는 아늑한 평화 속에 잠들어 있었다.

유대인 예배당인 시나고그도 마찬가지로 한적했다. 시나고그는 점령촌 가장자리에 있었는데 뒤편으로 구불구불한 비포장 길이 구릉 아래를 향하고 있었다. 그 길 아래에는 아랍 마을이 있었다. 한눈에도 평범한 길이 아니라 일종의 순찰로라는 것을 알 수 있었다. 길목에 초소가 보였지만 역시 사람은 없었다. 무심코 그 길을 향해 걷고 있을 때 주변의 정적을 깨고 사나운 개 짖는 소리가 들려 왔다. 경비견이었다. 경비견들은 10~20미터 간격을 두고 제 집을 갖고 있었으며 쇠줄을 따라 이동할 수 있는 끈에 매달려 있었다. 줄 길이가 길의 폭보다 조금 길었기 때문에 경비견을 피해서 길을 지날 수 있는 방법은 없었다. 또 점령촌 전체를 감싸는 철조망이 있었으며 가로등에는 언덕 아래를 지켜보는 감시카메라가 장착되어 있었다. 언덕 아래를 향해 설치된 써치라이트는 덤이었다.

개 짖는 소리에 질려 황급히 차를 세워둔 시나고그로 돌아왔을 때 마침 그 안에서 나온 젊은이와 마주쳤다. 지나던 길에 실로의 주민을 태워주었다는 말에 의심스러운 표정이지만 고개를 끄덕였다. 내친 김에 이런저런 질문을 던질 양이었는데 일을 하다 나온 참이라 미안하다는 말을 남기고는 사라져버렸다.

시나고그 옆의 구릉에는 이름 모를 노란 꽃나무가 흐드러지게 꽃망울을 피우고 있었다. 그 뒤로는 경비견들이 지키고 있는 길이 휘돌아 내려가다 낮은 구릉 옆으로 사라졌고, 다시 그 너머로 아랍 마을의 남루한 집들이 내려다보였다. 나는 벌집을 친다던 캐러밴의 청년을 생각했다. 그는 원하던 평화를 찾은 것일까. 안타깝지만 그렇지 않을 것이다. 그곳은 서안의 점령촌이었다. 철조망으로 겹겹이 둘러싸인 곳이고, 구릉 아래에는 콘크리트 감시탑이 서 있었으며, 무장한 경비원과 경비견 들이 출입구를 24시간 감시하는 곳이었다. 철조망 안에 갇힌 평화도 여전히 평화라 부를 수 있다면 그는 소망을 이룬 셈이겠지만 그걸 진정한 평화라고 생각할 수는 없었다.

실로를 떠나기 전 나를 향해 험하게 짖던 개는 두번째 만남에서는 처음처럼 사납지는 않았다. 심지어는 꼬리를 흔들기까지 했다. 딴에는 무료했을 것이고 내가 외부인이 아니라 내부인이라 여겼을지도 모른다. 잠시 후 개는 내게 흥미를 잃고 네모난 나무집 위에 올라가 길게 늘어졌다. 평화롭게.

02

유대인의 나라에서 마주친 이방인

마싸다
하이파(1)

유대인과 유대인 그리고 유대인

다양한 인간들을 살펴볼 기회가 적지 않았던 까닭에 내가 얻은 능력 중의 하나는 딱히 쓸데는 없지만 인종을 알아맞히는 것이다. 한국인과 중국인, 일본인, 베트남인을 판별할 수 있을 뿐 아니라 때로는 캄보디아인과 태국인, 버마인, 필리핀인, 대만인까지 알아맞히는 괴력을 보이기도 한다. 내심 앵글로색슨과 게르만, 슬라브, 이딸리아 혼종 들도 자신이 있다. 인종적 특징까지는 아니더라도 딱히 뭐라 설명할 수는 없지만 사람들은 사는 땅과 물, 공기, 햇볕, 음식, 문화가 다르면 뭔가 차이를 보이게 마련이다.

아마도 유대인은 세상에서 가장 쉽게 알아볼 수 있는 사람들인지도 모른다. 바로 키파를 썼으면 유대인인데, 세계 어느 곳을 가든 그들은 귀밑머리를 기르지 않더라도 최소한 그 정도 성의는 보이게 마련이다. 그런데 그 작은 정수리 가리개 아래 얼마나 다양한 얼굴들이 있는지 이스라엘에서야 실감할 수 있었다. 모자를 벗는다면 도대체 어떻게 유대인을 구별할 수 있을까. 나찌가 유대인의 가슴에 노란 다윗의 별을 매달게 한 것도 딴엔 이유가 있었던 것이다.

이스라엘 어디를 가더라도 특히 검문소를 지나칠 때에는 쉽게 흑인을 볼 수 있다. 에티오피아 유대인이다. 유대인이라면 은연중 백인을 연상하게 마련이어서 당혹스러울 수도 있지만, 그들은 이른바 베타이스라엘(이스라엘 가문)인 중의 하나로, 시바 여왕이 쏠로몬을 만난 후 낳은 아이가 조상이라는 설이 전해진다. 에티오피아에는 팔라샤라고 불리는, 유대교를 믿는 흑인들이 공동체를 이루며 살고 있었다.

팔라샤의 이스라엘 이주는 1984년 에티오피아를 덮친 대기근 탓에 수단 난민촌으로 흘러들어온 팔라샤 난민 8000여명을 이스라엘군과 미국 중앙정보국(CIA)이 이스라엘로 옮긴 것을 시작으로 한다. 이를 '모세 작전'이라 부른다. 이때 남겨진 팔라샤 1000여명은 이듬해 '여호수아 작전'을 통해 옮겨졌고, 다시 1991년 미국의 지원 아래 34대의 C-130수송기를 동원해 1만 4325명의 에티오피아 팔라샤들이 이스라엘 땅을 밟았다.

세번에 걸친 에티오피아 팔라샤들의 대규모 수송작전을 두고 이스라엘은 기근과 내전으로 고통받는 같은 유대민족을 엑소더스로 이끌었다는 인도적인 평가를 원하지만 실상이 그렇게 간단할 리가 없다. 우선 이스라엘군과 CIA의 합동 비밀작전은 당장 아랍진영으로부터 '유대인구 불리기'라는 반발을 샀다. 이스라엘은 또 작전과정에서 1000여명의 아이들을 부모와 헤어지게 해 고의적으로 검은 유대인 고아를 양산했다는 비난을 사기도 했다. 졸지에 고아가 된 아이들은 이

「리브 앤드 비컴」의 한 장면.
쏠로모는 에티오피아를 떠나 이스라
엘 유대인 가정에 입양되지만 정체성
혼란과 차별을 견디다 못해 다시 프랑
스로 떠난다.

스라엘에서 유대인 가정에 입양되어 출신과 상관없이 유대인이 되었
다. 루마니아 태생의 라두 미하일레아누가 만든 다큐멘터리 「리브 앤
드 비컴」(Va, Vis et Deviens)은, 수단의 난민캠프에서 아이라도 구하
기 위해 이스라엘행 수송기에 태운 어머니와 20년이 지난 후에도 그
어머니를 잊지 못하는 주인공 쏠로모의 사연을 통해 이 가슴 아픈 역
사를 뒤늦게나마 조명했다.

　DNA 검사 결과 팔라샤들이 유대인과 인종적으로 하등의 관련이
없다고 밝혀진 것도 가십거리가 되었다. 결국 숫적으로 열세인 이스
라엘이 인구 불리기에 흑인까지 동원하고 있다는 비난을 사야 했다.
사실 근거가 있는 항변으로, 인구통계학상 이스라엘의 미래가 그닥
밝지 못하다는 것은 공인된 사실이다. 특히 건국 초기부터 다수를 점
했던 유럽 출신 유대인의 낮은 출산율, 그와 반대로 아랍계 이스라엘
인의 상대적으로 높은 출산율은 외부에서 끊임없이 유대인을 수입(?)
하지 않는 한 언젠가 비유대국가로 바뀔 수 있다는 위기의식을 일깨
웠다. 이런 인구통계학적 위협에 대한 우려가 본격화되기 시작한 때
가 에티오피아 팔라샤의 비밀수송에 나선 1980년대이다.

　이스라엘의 유대인 인구 불리기는 1980년대말 또 한번의 전기를 맞

았다. 19세기말과 20세기초 제정러시아 시절 유대인 포그롬(학살)이 결국 팔레스타인으로의 이주를 낳았듯이, 소련과 동구권의 몰락은 1980년대말부터 경제난에 직면한 하층 러시아 유대인이 봇물처럼 이스라엘로 흘러드는 계기가 되었다. 물론 이스라엘은 쌍수를 들어 환영했다. 현재 150만으로 추산되는 러시아 유대인의 존재는 이스라엘의 유대인 비율을 극적으로 끌어올려 오늘날의 수준이나마 유지하는 데에 결정적으로 기여했다.

율법에 금지된 돼지고기를 탐하고 포기하지 못하는 것이 흠이기는 하지만, 유대인 중에서도 정치적으로 가장 보수적인 러시아 출신 유대인들은 이스라엘 집권세력의 든든한 버팀목이기도 하다.

유대인의 팔레스타인 이주로 탄생한 이스라엘은 인구유입 없이는 근본적으로 존속이 불투명한 국가라는 것이 시간이 지날수록 확연해지고 있다. 물론 해외 유대인의 귀환을 보장하고 배우자까지 국적을 부여하는 1950년의 '귀환법'은 그래서 만들어진 것이다. 공교롭게도 인구위기는 이스라엘이 적대적인 아랍국들에 둘러싸여 있기 때문에 더욱 심각해진다. 시온주의자들이 유대국가의 영토로 등장한 후보지들 중 팔레스타인을 선택한 것은 그런 점에서 자충수이기도 했다. 어렵사리 탄생한 국가가 전쟁을 계속해가며 이웃들을 오직 적으로 만들어나간 것도 위기를 심화시킨 요인이었다.

유대국가를 전면에 내걸고 있는 이스라엘은 근본적으로 인종주의 이데올로기에 기반한 국가이다. 유대주의는 성서에 근거한 종교적 혈통주의에 근거해 유대인을 구별하는데, 이것이 나찌의 게르만 우월주의보다 더 허구적이다. 나찌의 파씨스트적 혈통주의는 나름대로 두개골을 뜯어가면서까지 인종적 순결을 검증하겠노라고 법석을 떨었지만, 유대주의는 단지 어머니가 유대인이면 자식들도 모두 유대인이라는 전통에 따라 유대인 자격을 부여한다. 더 나아가 개혁파 유대인들은 부모 중 한쪽이라도 유대인이면 자식은 모두 유대인이라는 기준을 따른다. 결국 생물학적인 순결에 별다른 의미를 두지 않으면서도 혈통주의에 근거한다는 점에서 시온주의는 참된 정치적 인종주의를 실현한 셈이다.

러시아에서 이주민이 대거 흘러들어오면서 이스라엘에는 비유대인의 이스라엘 이주가 사회문제로 떠올랐다. 유대인을 가장해 이스라엘로 들어온 비유대계 이주민은 순전히 경제적인 동기로 이민을 결심한 집단이다. 머릿수로는 러시아계가 대다수지만 이스라엘로 이주한 에티오피아 팔라샤 중에도 무슬림이 포함되었던 것으로 알려져 있다. 그 때문에 이주에 필요한 유대인 증명서를 발급하는 각국의 유대인청이 비난을 받고 있지만 정작 유대인이면서 무신론자인 사람들도 흔치 않은 것이 이스라엘의 현실이다. 따지고 보면 이스라엘을 탄생시킨 시오니즘을 주창했던 주도세력들도 종교적 가치에 별 관심이 없는 이른바 세속 유대인들이었다. 그들 중 적잖은 세를 이루었던 집단은 또 사회주의자들 아니었던가(맑스의 과학적 사회주의와는 선을 긋고 있었지만).

유대인이란 누구일까. 하레디 같은 유대인은 여하튼 소수다. 작은 모자로 정수리를 가리는 게 신심의 전부이다 싶은 유대인도 적지 않다. 사정은 저쪽 팔레스타인 사람들도 마찬가지다. 대다수는 무슬림을 자임하지만 하루 다섯차례 메카를 향해 꼬박꼬박 담요를 까는 사람은 흔치 않다. 이스라엘이건 팔레스타인이건 사람들은 오늘날 사정에 맞게 적당히 자신들의 삶에 종교를 접목시키고 있다. 표준 유대인이란 문화적 전통에 가까운 율(律)을 생활 속에서 무시하지 않는, 그 정도의 정체성을 가진 사람들로 봐야 할 것이다.

네게브 사막의 사해 옆에 자리잡은 마싸다(Masada)는 이스라엘이 꽤나 중요하게 여기는 유적이다. 서기 70년 로마군의 예루살렘 침공으로 밀려난 유대인들이 마지막 항전지로 택했다는 요새, 73년 로마군의 공격에 맞서 최후의 항전을 벌인 끝에 960명 모두 포로가 되느니 자결을 택했다는 바로 그 유적지이다.

사해 앞에 솟은, 평범한 흙산처럼 보이는 마싸다의 동편은 벼랑처럼 가팔랐다. 모래바람이 시야를 가려 황량하기 그지없는 마싸다의 정상에 올랐을 때 귀밑머리를 흩날리는 유대인 다섯명을 만날 수 있었다. 모두 뉴욕에서 왔다고 했다. 나는 뉴욕에 두번 갔지만 유대인을 본 적이 없기 때문에 뉴욕 유대인은 이스라엘의 마싸다에서 처음 본 셈이었다. 모두들 흰 셔츠에 검은 바지, 조금 큰 키파를 쓰고 귀밑머리까지 기른 정통파 유대인이었다. 분방하기 짝이 없는 패션도시 뉴욕에서 이런 모습으로 살아가려면 놀림이나 받지 않을까 걱정스러웠다. 그들은 20대 초반의 젊은이였다. 잠시 대화를 나누다 나는 문득 '유대인이 신에게 선택받은 민족이라는 걸 믿느냐'는 질문을 던졌다. 돌아온 것은 싱거운 웃음뿐이었다. '신을 믿느냐'는 질문에 그중의 하나는 이렇게 대답했다.

"나는 믿지요. 하지만 그걸 하루 종일 기억할 수는 없잖아요."

그건 그랬다. 성직자조차도 하루 24시간을 신에게 바칠 수는 없다. 하물며 평범한 인간이라면 하루나 일주일 중 얼마간의 시간을 할애하는 것으로 족하리라. 그들의 입으로 마싸다에 대한 설명을 듣고 싶었는데 모두 아는 게 하나도 없다며 정중히 사양했다. 주말에 열리는 무슨 세계 유대인 행사에 참석하기 위해 왔다는 뉴욕의 청년들은 총총히 산에서 내려갔다.

무리한 일정인데도 마싸다를 찾았던 그날, 나는 요행으로 이스라엘 병사들을 만나길 기대했다. 이스라엘군이 신병들을 단체로 마싸다에 오르게 한다는 말을 들었기 때문이다. 뭔가 이스라엘적인 것을 눈에 담고 싶었을 것이다.

1963년 이스라엘은 이천년 동안 잠자던 마싸다를 고고학자들의 손을 빌려 잠에서 깨웠다. 2001년에 유네스코는 마싸다를 세계문화유산으로 지정했다. 아마도 이스라엘에게 큰일은 아니었을 것이다. 중요한 것은 6일전쟁의 영웅 모세 다얀이 신참 병사들에게 마싸다의 정상에서 부르짖게 했다는 다짐, '다시는 마싸다가 함락되지 않게 하겠다'는 외침일 것이다.

이스라엘의 유대주의와 국가주의의 화신으로 네게브 사막에 우뚝 선 마싸다에서 나는 기대했던 것과 달리 폼은 그럴싸하면서도 껄렁하기 짝이 없는 뉴욕의 유대인 청년들을 만나 재미없게 된 셈이었다. 마지막 케이블카를 놓쳐 동쪽의 가파른 벼랑길을 숨을 헐떡이며 내려오면서 나는 바로 그것이 평범한 유대인의 모습이 아닐까 생각했고, 그 뒤로도 이스라엘에서 그 인상을 바꿀 변변한 기회조차 얻지 못했다.

마싸다에서의 참극을 겪은 뒤 기원후 1세기의 유대인 역사가 요세푸스는, 로마군이 성에 진입하기 전 마싸다의 사내들은 우선 처자를 죽였고 남은 자들이 10명씩 제비를 뽑아 서로를 죽인 후 마지막 사내가 자결했다는 기록을 남겼다. 여자 2명과 아이들 5명이 살아남았다고는 하지만 이 유대판 옥쇄(玉碎)는 마싸다를 되살린 누군가의 심중에 당연히 새겨져 있었을 것이다. 그 역사적 현장에서 병사들에게 그 날의 참극을 되살리며 '다시는 마싸다가 함락되지 않도록 하겠다'라 고 외치게 하는 것은 사실 '옥쇄'를 요구하는 것이다. 이런 각오라면 다음번엔 누가 겪을지언정 참극을 기꺼이 재현할 것이다. 다시는 홀 로코스트를 겪지 않겠다는 각오가 누군가의 홀로코스트를 불러올 수 도 있는 것도 같은 이유에서이다. 이스라엘은 역사적 참극을 이런 식 으로 이용하고 있다. 마싸다 서편에 3년 동안 흙을 쌓아 공성로를 만 들어 성을 함락했던 로마가 이제는 이스라엘이 되어 팔레스타인 가자 지구와 레바논 베이루트에 폭탄을 떨어뜨리고 있다. 그렇다면 마싸다 는 언젠가 또 함락되리라.

네게브 사막의 마싸다 정상

잃어버린 땅, 정지된 기억

나사렛의 피라스는 시내의 작은 인테리어 사무실에서 일을 받아 주로 전기며 수도공사를 하는 아랍 젊은이다. 말하자면 막일꾼인데 가방끈은 짧지 않아서 하이파(Haifa)의 기술대학에서 공학을 전공하고 졸업한 지 올해로 5년이 된다. 대학을 나와도 걸맞은 일을 찾기 힘든 것이 이스라엘의 아랍 젊은이들 신세지만, 스스로 자청해 노동자가 되기 위해 전기 배선일을 하고 수도 파이프를 뜯어내는 피라스는 자칭 신실한 공산주의자이다. 나사렛 시장 뒤편에 있는 오래된 건물 옥상의 가건물 한구석을 차지한 그의 방 왼쪽 벽에는 맑스와 레닌, 뜨로쯔끼, 로자 룩셈부르크 그리고 나로서는 생소한 아랍 공산주의 지도자들과 함께 체 게바라의 사진이, 오른쪽 벽에는 망치와 낫이 엇갈린 쏘비에뜨의 엠블럼이 외롭게 붙어 있다. 이스라엘에 도착한 지 며칠 되지 않아 나는 하이파에 다녀올까 생각하고 있었는데 마침 야파에 일을 보러 와 있던 피라스가 동행을 자처했다. 불감청이언정 고소원이라.

텔아비브, 야파와 마찬가지로 지중해를 바라보고 있는 하이파는 3세기까지 거슬러 올라가는 오랜 역사 덕에 텔아비브보다는 야파와 비슷한 느낌을 준다. 하지만 카멜 산에서 지중해로 흐르는 구릉지에 만들어진 까닭에 한결 자연적인 느낌이다. 항구도시이자 산업도시라서 얼마간은 부산 같은 분위기도 난다.

피라스는 자기가 태어나고 어린시절을 보낸 구시가지 근처 철로변의 작은 마을로 나를 안내했다. 오래되고 허름한 팔레스타인 돌집들이 벽돌집과 섞인 동네 뒤편에는 높은 철조망이 둘려 있고 그 너머로 여러 가닥의 철로가 지나가고 있으며 지중해가 보였다. 철로가 이어

진 오른쪽 멀리 기중기들이 하늘을 향해 치솟은 하이파 부두는 무미하고 건조해 보였다. 하이파의 아랍인들은 구시가지에 많이 모여 산다. 피라스에게 유년의 기억 속에 남아 있는 철로변의 빈한한 아랍인촌도 한때는 넉넉한 아랍인의 주거지역이었음을 3~4층의 전통 석조 건물들이 묵묵히 말해주고 있다.

비잔틴제국 멸망 이후 아랍에 속했던 하이파는 1100년 십자군의 침략으로 그 지배 아래 놓였다가 1215년 다시 무슬림이 주인이 되었다. 18세기말에는 오스만제국의 영토였으며 나뽈레옹이 거쳐가기도 했고 이집트가 총독을 파견하기도 했다. 그러니 하이파는 부족과 제국의 흥망성쇠를 이천년 세월 동안 묵묵히 지켜보았을 테지만 그 흔적을 찾아보기란 쉽지 않다. 하이파 구시가지를 한눈에 볼 수 있는 와디 쌀리브 언덕에 올라서면, 전위적으로 설계된 시청건물과 함께 여간해서는 어울리지 않는 오스만시대의 성벽 잔해와 1948년 이후 굴곡 많은 세월을 보내온 건물의 폐허 정도가 고작 100∼200년의 시간을 반추하고 있을 뿐이다. 와디 쌀리브 언덕 중턱을 가로지른 도로변에는 폐가가 흉물스럽게 자리잡은 구역이 있다. 1948년 당시의 집들이다.

피라스는 시청 뒤편에 있는 건물 폐허로 기어들어갔다. 어린시절에는 놀이터였고 대학시절에는 서너시간씩 홀로 시간을 보내는 명상터이기도 했다는 무너진 건물 내부는 잡초와 잡목이 무성했다. 지붕은 이미 내려앉아 잡목 가지 사이로 하늘이 보였다. 건물 주인들은 1948년 전쟁으로 피난을 떠나 돌아오지 못했다. 일부는 여전히 이스라엘 영토에 남아 있었지만 1950년 도입된 '부재자자산법'에 따라 몰수된

와디 쌀리브 언덕의 폐허. 뒤편의 첨단 빌딩은 하이파 시청.

건물들은 1950년대 밀려들어온 미즈라히(아랍 출신 유대인)의 거주지로 제공되었다. 미즈라히에 대한 차별은 이 지역 주민의 저항을 낳았고, 우여곡절 끝에 그들이 떠난 후에도 주인을 찾지 못하고 비어 있던 건물들은 지금 도심의 폐허가 되어버렸다.

1950년 이스라엘의 '부재자자산법'은 1947년 11월 29일에서 1948년 9월 1일 사이에 이스라엘 영토에 거주하고 있지 않은 아랍인의 토지와 가옥, 금융자산 등을 아무런 보상 없이 몰수했다. 물론 모스크 같은 적잖은 공공재산들도 함께 넘어갔다. '부재자자산법'이 적시한 대략 9개월간은 말 그대로 전쟁이 벌어진 시기였다. 1947년에 이미 하가나와 이르군, 스턴 같은 유대인 무장조직은 아랍인 마을들을 공격하고 있었고 1차 중동전쟁이 벌어진 1948년 5월에는 더 말할 것도 없다. 대략 36만명의 팔레스타인 난민이 발생한 것도 이 시기이다. 전쟁을 피해 고향을 떠난 난민은 레바논과 시리아, 이집트, 요르단으로 흘러들어갔다. 난민 대부분은 전쟁이 끝나고도 고향으로 돌아가지 못했을 뿐 아니라 가지고 있던 모든 것을 잃었다.

1948년 12월에 채택된 유엔총회 결의안 194호는 "고향으로 돌아가 이웃과 평화롭게 살기를 원하는 (팔레스타인) 난민의 귀환은 허용돼야 한다" 그리고 "귀환을 선택하지 않은 난민의 자산은 국제법에 따라 책임이 있는 정부 또는 기관이 보상해야 한다"고 정의함으로써 난민의 귀환권과 함께 자산권을 강조하고 있다. 이스라엘은 이 결의안에 귀를 기울이는 대신 1950년 '부재자자산법'으로 유엔을 조롱했다. 1947년 11월 팔레스타인 분할안을 결정한 유엔총회 결의안 181호를 이스라엘 건국의 합법적 근거로 내세우는 이스라엘이 정작 1년 뒤 194호 결의안은 휴지조각만 못하게 여기는 현실은 힘의 논리에 휘둘리는 유엔의 무기력과 이스라엘의 오만을 증명하는 실례이다. 이스라엘은 1967년 전쟁으로 점령한 동예루살렘 지역에 대해서도 '부재자자산법'을 적용해 그곳 주민들도 1차 중동전쟁의 난민들과 똑같은 처지로 만들어놓았다.

난민이란 하루아침에 모든 것을 잃은 사람이다. 천재지변을 제외한다면 오직 전쟁만이 인간을 이런 비참한 지경에 빠뜨린다. 2차대전은 3000만명에 달하는 전쟁난민을 양산했지만 60년이란 장구한 세월을 그 처지에서 벗어나지 못하고 있는 이들은 팔레스타인 난민이 유일하다. 바로 그 세월을 지키고 있던 하이파의 폐허도 머지않아 사라질 것이다. 일부는 철거되어 새 건물의 공사가 시작되려는 참이다. 그러나 세월이 땅 위의 흔적을 지워버린다 해도 자신의 땅에서 쫓겨난 사람들의 마음속에는 모든 것들이 정지된 시간으로 존재한다. 고향으로 돌아가지 못하는 사람들에게 땅과 집은 '부재자의 자산'을 뛰어넘어 기억이 되고 한이 되어 가슴 한 구석에 응어리진다. 이스라엘은 1948년 이후 자신들이 차지한 영토에서 팔레스타인의 흔적을 말살하고자 안간힘을 썼다. 피난을 떠나 비어버린 마을을 파괴하고 이름을 바꾸었다. '부재자자산법'은 그런 이스라엘이 만들어낸 법적인 흔적 지우기였다.

60년이 지난 지금 팔레스타인 난민 1세대들은 서안, 가자, 요르단, 시리아, 레바논에서 이스라엘이 지워버린 고향의 이름이 적힌 지도를 벽에 걸고 자식과 손자 들에게 자신의 기억을 대물림하고 있다. 이스라엘의 바람대로 모든 흔적을 없애버리기 위해서는 아마도 천년 세월이 필요할지도 모른다. 그러나 유대인들은 이천년 전 조상이 남긴 흔적을 찾아 방황했다고 말하고 있지 않은가.

피라스는 꽤 시간이 흐른 다음에야 폐허에서 빠져나왔다. 푸른빛이 감도는 작은 그릇 조각을 손에 들고 있었다. 그는 그걸 내밀었고 나는 별 생각 없이 받아 바지주머니에 넣었다. 카멜 산 아래 언덕의 계단을 오를 때 그릇 조각 모서리가 쉼 없이 허벅지를 찔렀다.

언덕 위의 태국인

와디 쌀리브의 언덕 위 작은 공터에는 벼룩시장이 열리고 있었다. 쓰레기를 뒤져 나온 물건들로 보이는데 철시하는 중인지 판을 벌린 주인들은 물건의 태반은 그대로 둔 채 자리를 뜨고 있었다. 그 사이를 동양인으로 보이는 여자들이 쓸 만한 물건을 찾아 서성거리고 있었다. 한눈에 태국인임을 알 수 있었지만 관광객은 아니었다. 피라스는 하이파에 거주하는 이주노동자라고 말해준다. 항구도시이면서 산업도시이기도 한 하이파에 이주노동자의 존재란 색다를 게 없다. 어쨌든 이스라엘은 선진국 대열에 낀 나라이다.

이스라엘의 비유대인 이주노동자는 대략 25만명으로, 전체 노동력의 10퍼센트 정도를 차지한다. 2000년대 들어 급증했지만 그 뿌리는 1차 인티파다 이후인 1980년대말로 거슬러 올라간다. 이스라엘이 저임노동력의 상당부분을 서안과 가자의 팔레스타인 지역에서 얻었음은 널리 알려진 사실이다. 산업부문뿐 아니라 키부츠와 정착촌 농업노동력도 마찬가지다. 1차 인티파다가 일어난 1987년 이후 이스라엘은 팔레스타인인의 이동을 제약하기 시작했고 그로 인한 노동력 부족은 이주노동자의 증가로 이어졌다. 2차 인티파다가 일어난 2000년 이후 이주노동자의 유입이 급증한 것도 마찬가지 이유에서이다. 또한 1990년대에는 소련의 몰락으로 급증한 러시아계 유대인이 얼마간 공백을 메울 수 있었지만 2000년대에는 사정이 달라졌다.

이주노동자의 존재는 이스라엘에 모순과 딜레마의 상징이다. 이스라엘은 끊임없이 미국과 같은 '이민국가'가 아님을 주장해왔다. 사실상 이스라엘의 건국은 이민으로 가능했고 이민으로 나라가 유지되었음에도 이스라엘은 비유대인에게 국적을 부여하지 않는 정책을 고수했다. 예컨대 비유대인 이주노동자의 경우에는 국적을 취득할 수 없으며 이는 이스라엘에서 태어난 아이들도 마찬가지이다.

유대국가를 표방하는 이스라엘이 이주노동자에 대해 배타적 자세를 취하는 것은 당연할지도 모른다(남한도 이 점에서 이스라엘보다 나을 것이 없다). 그러나 북미와 서유럽에서 이주노동자의 현실적 필요성을 인정하는 추세를 볼 때 이스라엘이나 남한 또는 일본 같은 배타적 입장을 유지하는 국가는 오히려 흔치 않은 편이다.

이스라엘은 이주노동자가 절실하게 필요한 국가 중의 하나이다. 유대인만으로 필요한 노동력을 충당할 수 없다. 점령지구인 서안과 가자는 그런 점에서 이스라엘에는 값싸고 손쉽게 사용할 수 있는 노동력의 원산지였다. 이스라엘과 팔레스타인의 적대적 관계 뒤편에는 적과의 동침이 벌어지고 있는 셈이다. 팔레스타인인은 세계의 어떤 이주노동자보다 더 끔찍한 조건도 감내할 수 있는 노동력이다. 예컨대 노동이 끝나면 서안이나 가자로 내쫓아버릴 수 있는 팔레스타인 오베드(노동자)는 점령지의 에베드(노예)와 다를 바 없었다.

이제는 세계 각지의 가난한 나라에서 몰려온 이주노동자들이 팔레스타인인을 대신하고 있다. 그러나 그들의 처지가 나은 것은 아니다. 주로 농업부문에 종사하는 태국인, 건설부문의 중국인과 동유럽인, 가사부문의 필리핀인 들은 전통적으로 비숙련 저임노동자로서 팔레

서안의 점령촌 건설현장에서 일하는 중국인 이주노동자들

스타인 노동자의 열악한 노동조건을 그대로 물려받고 있다. 특히 아시아 출신의 이주노동자들은 밀리고 밀려 이스라엘까지 흘러들어온다. 예컨대 필리핀 가사노동자들은 자국에서 시작해 홍콩, 싱가포르, 사우디아라비아를 거쳐 온 것이다. 한 중국인 노동자는 이스라엘 생활을 이렇게 적었다.

"수없이 많은 편지를 집에 보내지만 내가 쓴 모든 글은 거짓말이지요. 여긴 눈물조차 맘대로 흘릴 수가 없어요. 태양도 따뜻하지 않답니다. 달은 색이 없고 빛조차 흘려주지 않아요."

농업노동자에서 건설노동자 그리고 러시아와 동유럽에서 유입된 쎅스노동자에 이르기까지 이들의 노동조건은 노예와 다를 바 없다. 첸룽(陳龍)이라는 중국인 건설노동자의 고백은 비참하기 짝이 없다.

"한사람이 1만달러에서 1만 5000달러를 내야 올 수 있지만 대부분은 불법체류 신세가 되리란 사실도 모르지요. 난 일주일에 엿새를, 하루에 10시간을 공사판에서 일하지만 한달에 버는 돈은 280달러가 고작입니다. 이대로는 고향에 돌아갈 수도 없어요. 여길 오려고 진 빚을 갚을 길이 없거든요."

우리에게도 무척 귀에 익은 고백이다. 얼마나 많은 남한의 이주노동자들이 이와 비슷한 처지를 호소하는지는 우리 자신이 잘 알고 있다. 그런데 이주노동자에 대한 부당대우에는 어디에서나 인종차별이 따라다닌다. 이스라엘 기업들이 중국인 노동자에게 내미는 계약서의 "이스라엘인과의 쎅스 금지" 조항은 그 정도가 남아프리카공화국의 아파르트헤이트(인종격리) 이상임을 입증한다. 인종차별은 자본의 착취를 일면 정당화한다. 아랍인과 중국인에 대한 인종차별이 혹독한 노동조건에 얼마간 면죄부를 선사하는 것이다. 남한의 이주노동자에 대한 차별에는 '한국인과의 쎅스 금지' 따위의 노골적이고 혐오스러운 조항은 등장하지 않는다. 하지만 그런 야만적인 조항 없이도 인종차별은 얼마든지 번성하고 악용될 수 있음을 우리는 또한 잘 알고 있다.

언덕 위에 인적이 사라져가면서 초봄의 따가운 햇살은 점차 누그러지고 해풍이 살랑거렸다. 시나브로 지중해의 수평선으로 잠겨가는 석양은 기중기가 솟은 하이파 부두와 상선들 그리고 방파제를 황금빛으로 물들이고 있었다. 나는 언덕 공터의 난간에 기대어 도심 건물들, 부두의 기중기 너머 앞바다로 눈길을 던지면서 나를 하이파로 이끈 영화 「영광의 탈출」의 한장면을 기억 속에서 더듬었다.

03

엑소더스,
홀로코스트,
키부츠

엑소더스 1947

알렉산더가 "누구든 세계를 제패하려면 이곳을 손에 넣어야 한다"고 했던 팔레스타인은 유럽과 아시아, 아프리카로 통하는 길목이었다. 하이파 만(灣)의 하이파와 아크라는 바로 그 팔레스타인의 관문으로 두 도시의 역사는 기원전으로 거슬러 올라간다. 그리스와 로마, 아랍과 십자군, 오스만과 나뽈레옹, 영국이 등장하는 두 도시의 과거는 길고긴 제국과 패권의 역사였고 패권이 바뀔 때마다 주인도 바뀌었다. 어떤 자들은 오래 머물렀고 어떤 자들은 잠시 머물렀다. 그리고 지금 주인은 이스라엘이다.

시야를 20세기 전후로 좁힌다면 산업도시로 발달하기 시작한 하이파가 더 중요하다. 하이파의 항구는 수심이 깊어 대형상선이 접안할 수 있었다. 또한 이스라엘의 전사(前史)에서도 빼놓을 수 없는 곳이다. 이스라엘 건국사에서 가장 드라마틱한 사건은 1947년에 속출했다. 1945년 2차대전이 끝나자 시온주의자들은 다시금 대대적으로 유대인을 팔레스타인으로 이주시키기 시작했다. 이 사업에 세계 시온주의자들의 조직과 자금이 집중되었다. 영국의 위임통치 아래 있던 팔레스타인에서 시온주의자들은 무장조직을 동원해 불법이주를 금지한 영국에 맞서 투쟁을 벌였고, 풍부한 자금으로 대형 화물선과 상선 들을 구입해 서유럽으로부터 유대인을 옮기는 대대적인 밀항작전을 펼쳤다. 이 시기에 가장 대표적인 사건이 '엑소더스 1947'이다.

1947년 7월 12일, 4515명의 유대인들을 태운 미국 국적의 증기선 워필드 호가 팔레스타인을 향해 프랑스의 마르쎄유 외항을 출발했다. 엿새 뒤 워필드 호는 팔레스타인 해안에서 40킬로미터 떨어진 공해에서 영국 해군에 나포되어 하이파로 예인되었다. 밀항한 유대인들은

1947년 영국 해군에 나포된 워필드 호.
유대인들이 '하가나, 엑소더스1947'이라 쓴 표시판을 내걸고 있다.

대개 키프로스의 수용소로 보내졌지만 4500여명을 처리할 수 없었던 영국은 3척의 선박에 분산시킨 후 워필드 호와 함께 프랑스로 돌려보냈다. 이들은 포르데부 항에 도착했지만 프랑스의 협조를 얻지 못해 독일 함부르크를 거쳐 결국 영국군 점령지의 난민수용소로 옮겨졌다.

워필드 호를 이용한 유대인 이주는 유대인 무장조직인 하가나(방어)가 주도했다. 이들은 영국 해군에 나포되자 워필드 호의 이름을 지우고 헤브루어로 '엑소더스 1947'이라 바꾸어 적었다. 나포 당시 무력 충돌이 벌어졌고 희생자가 생겼지만 3명에 그쳤으며 유대인 승객들이 함부르크의 수용소로 강제이송될 때까지 더이상의 충돌은 없었다. 그러나 이 사건을 모티프로 1958년 미국의 유대인 작가 레온 우리스가 『엑소더스』(Exodus)란 소설을 발표했다. 『엑소더스』는 1960년 같은 제목의 영화로 만들어졌고 남한에서는 「영광의 탈출」이란 제목으로 개봉되었다. 소설은 출간되기 전부터 이미 영화화가 예정되어 있었다. 유대인이며 할리우드의 메이저 스튜디오인 MGM의 경영주인 도어 샤리가 레온 우리스에게 소설을 쓰도록 권유했던 것이다.

소설과 영화는 실제 모티프가 된 1947년의 사건과는 사뭇 다르게 각색되었다. 워필드 호와 유대인 승객들은 별일없이 프랑스를 거쳐 독일의 수용소로 되돌아갔지만, 영화의 엑소더스 호는 자살폭파 위협과 목숨을 건 단식투쟁으로 전 세계 미디어의 주목과 동정을 받았으며 이에 영국이 굴복함으로써 하이파에 닻을 내린다.

이스라엘 건국 12년 만에 등장한 「영광의 탈출」은 기념비적인 영화였다. 할리우드는 이전까지 우회적으로 이스라엘을 지원하던 태도에서 벗어나 본격적인 시온주의 옹호로 선회할 수 있었다. 예컨대 1956년의 「십계」, 1959년의 「벤허」가 유대주의 영화였다면 「영광의 탈출」

영화 「영광의 탈출」의 한 장면

은 진정한 시온주의 영화였다. 「뜨거운 양철지붕 위의 고양이」로 일약
주목을 받은 젊은 폴 뉴먼을 내세워 제작한 「영광의 탈출」은 「벤허」와
마찬가지로 흥행에서 대성공을 거두었다. 그러나 진정한 승리자는 주
연인 폴 뉴먼도 감독인 오토 플레밍거도 아닌 이스라엘이었다. 이스
라엘은 「영광의 탈출」로 전 세계 대중에게 건국과정에서 범했던 죄악
에 대해 면죄부를 얻었으며, 시온주의의 할리우드적 교과서를 마련할
수 있었다. 이후 등장했던 할리우드의 수많은 시온주의 영화들은 다
양하게 변주되었지만 모두 「영광의 탈출」의 복사판이라 할 수 있다.
때문에 이스라엘과 그 이데올로기인 시온주의를 이해하려 할 때 가장
좋은 영화 텍스트로 「영광의 탈출」을 꼽는 것도 무리는 아니다.
　「십계」와 「벤허」는 유대민족의 위대함과 선함을 스펙터클로 웅장하
게 홍보한다. 「십계」는 이집트의 노예가 된 유대인들을 가나안 땅으로
인도하는 구약의 출애굽 스토리를 통해 팔레스타인에 대한 유대인들
의 권리와 현대판 출애굽인 이스라엘의 탄생을 간접 옹호한다. 「벤허」

는 예수를 십자가에 매다는 데에 앞장섰던 유대인들에게 면죄부를 선사함으로써 기독교와 유대인의 숙명적인 악연을 청산하는 데에 주력한다.

「영광의 탈출」은 그로부터 2000년을 뛰어넘어 출애굽을 재현하지만 더이상 유대주의의 성서적 신화에 매달리지 않는다. 엑소더스는 이집트에서 탈출한 유대인과 무관한 시온주의자들의 엑소더스인 것이다. 이점은 러닝타임 210분의 이 장편영화가 유대인들의 성서에는 단 몇줄의 대사만을 할애하고 있는 데에서 드러난다. 엑소더스 호의 선상 난간에 기대어 아리(폴 뉴먼 분)가 캐서린에게 "여호와의 말씀에 내 백성을 보내라. 그들이 나를 섬길 것이니라. 출애굽기 7장 26절이오"라고 말하는 장면이다. 그런데 이 대사는 공교롭게도(?) 뒤이어 등장한 불청객들로 더이상 이어지지 않는다. 다음으로 아리와 캐서린이 간다나프의 제즈릴 골짜기 언덕에 앉아 감상적으로 사랑을 속삭일 때 잠깐 등장한다.

시온주의자들은 20세기 국가가 종교적 논리를 앞세우는 것이 군주제를 고수하는 것보다 백배는 더 황당하다는 걸 모를 만큼 무지하지는 않다. 선민(選民)과 약속의 땅이라는 종교적 신념이 유대인에게만 통용될 뿐이라는 것을 이 영화는 부정하지 않는다. 그럼에도 「영광의 탈출」은 유대인의 엑소더스에 대한 영화임을 포기하지 않는다.

유대인들은 여전히 구약의 가나안을 향해 탈출한다. 그러나 이 영화는 왜 오늘의 가나안이 팔레스타인 땅인지 설명하는 데에 결코 성서나 종교지리학을 동원하지 않는다. 대신 유대인들에게 팔레스타인을 주겠다고 한 영국의 약속(밸푸어 선언)을 다양한 형태로 반복하고 반복한다. 이 영화가 영국을 약속을 위반한 파렴치한으로 취급하여 경멸하고 저주하며 투쟁 대상으로 삼는 것은 그 때문이다.

그러므로 현대판 엑소더스는 유대신의 계시를 받은 모세에 의해서가 아니라 시온주의의 계시를 받은 밸푸어 선언이 인도한다. 몰염치한 영국군과 힘겹게 싸우면서 팔레스타인에 집결한 유대인들은 '유엔의 팔레스타인 분할안'을 향해 전진한다. 1947년 11월 마침내 분할안을 얻자

1917년 영국 외상 밸푸어가 팔레스타인 유대국가 건설을 지지한 선언문

유대인들은 모세의 지팡이로 갈라진 홍해 앞에 서기라도 한 듯이 환호한다. 영국은 유대국가와 관련한 1917년의 약속을 위반했다. 유대인들은 부도덕하고 철면피한 영국과 싸웠고 마침내 세계를 대신해 유엔이 그 약속을 추인했다. 약속이 결국 지켜지게 된 것이다.

밸푸어 선언의 약속으로서의 정당성을 입증하는 인물은 영국의 키프로스 주둔군 사령관인 써덜랜드 대령이다. 그는 악당의 앞잡이이지만 그 처지를 끊임없이 번뇌하는데, 자신은 영국의 군인이지만 정의는 유대인 편에 있음을 부정할 수 없기 때문이다.

따라서 이 영화는 '밸푸어 선언에서 유엔 분할안까지'를 서술하는 교양 다큐멘터리 영화와 다를 바 없으며, 그건 한편으로 시온주의에 대한 교양이기도 하다. 물론 일부 교양있는 관객들은 이런 의문을 제기할 것이다. "그럼 그 땅에서 살고 있던 아랍인들은?"

1960년의 「영광의 탈출」은 현명하게도 2000년대의 조지 부시처럼

아랍을 일방적인 악의 축으로 그려 뻔한 반발과 비난을 초래하는 짓은 하지 않는다. 대신 할리우드의 고전적인 문법을 동원해 '좋은 아랍인'과 '나쁜 아랍인'을 등장시켜 딜레마를 피해간다. 나쁜 아랍인은 이 영화에서 최대의 악당인 영국과 손잡고 유대인을 쫓아내려 한다. 좋은 아랍인은 이주한 유대인과 함께 평화롭게 살고자 한다. 아리의 아버지로 러시아에서 이주한 유대인 바락 벤 카난에게 기꺼이 땅을 준 아랍인 아부 카말의 아들 타하는 좋은 아랍인의 상징적 인물이다.

그러나 좋은 아랍인이건 나쁜 아랍인이건 아랍인들은 분열되어 있고 약하고 저열하다. 예루살렘의 킹 데이비드 호텔에 폭탄을 설치한 사건으로 체포되어 교수형을 선고받은 숙부를 아크라의 영국군 감옥에서 구출할 것을 모의하던 중 이 계획에 부정적인 동료가 아리에게 말한다.

"감옥 안의 아랍인 400명은? 놈들에게 이르군(민족군사조직)의 피를 낭비해?"

그러자 아리가 대답한다.

"400명 아랍인을 풀어주면 400개 방향으로 달릴 거요."

그러나 유대인의 친구, 좋은 아랍인 타하는 나쁜 아랍인의 손에 목이 매달려 비참하게 종말을 맞는다. 영화는 천진한 유대인 소녀 카렌을 함께 죽여 나란히 무덤에 누이고 아리의 입을 빌려 마지막 대사를 늘어놓는다.

"전 맹세합니다. 두 사람 시신 앞에서. 아랍인과 유대인이 더불어 이 땅에서 평화롭게 살 날이 반드시 오리라는 것을."

「영광의 탈출」은 영국의 약속 위반에 맞서 싸우면서 동시에 간절하게 평화를 갈구하는 유대인과 유대국가 이스라엘의 도덕적 정당성을 강조한다. 그런데 이건 아주 노골적인 왜곡이다. 1948년 전쟁 이후 12년이 지난 후인 1960년 상황을 보자면, 이미 이스라엘과 아랍은 1956년 전쟁을 치른 터였다. 1947년 유엔 분할안에서 팔레스타인 영토의 53퍼센트를 얻었던 이스라엘은 전쟁으로 78퍼센트를 차지했고, 1956년 전쟁에서는 동예루살렘을 합병하고 이집트의 시나이반도까지 손에 넣었다. 그런 1960년에 '아랍인과 유대인이 더불어 평화롭게 살 날'을 다짐하게 하는 것은 어불성설의 프로파간다에 불과하다. 탐욕스럽게 자신의 영토를 넓혀가던 이스라엘에 헌정한 영화의 마지막 대사가 부적절함을 넘어 현실을 극단적으로 왜곡하고 있음은 1967년 이집트에 대한 이스라엘의 기습공격으로 발발한 3차 중동전쟁이 증명했다.

홀로코스트와 '집시의 밤'

유대력을 따르는 이스라엘에서 2007년 홀로코스트 기념일은 4월 12일이었다. 로마교황청의 이스라엘 대사인 몬시뇨르 안또니오 프랑꼬가 홀로코스트 박물관이 있는 야드 바셈(Yad Vashem)에서 열리는 연례 기념행사에 불참한 해프닝을 제외한다면, 행사는 예년과 마찬가지로 성대하고 엄숙하게 치러졌다. 나는 물론 야드 바셈에 갈 생각은 없었지만 이스라엘 전역을 대상으로 2분간 울려대는 싸이렌 소리를 피할 재주는 없었다. 2분은 생각보다 긴 시간이었고 솔직히 말하면 정말 괴롭기 짝이 없었다.

바띠깐이 이스라엘에 각을 세운 이유는 홀로코스트 박물관의 교황 사진에 딸린 설명 때문이었다. 2차대전 중 나찌의 홀로코스트가 자행될 당시의 교황이었던 비오 12세가 유대인 학살에 침묵을 지켰다는 것이다. 바띠깐은 그동안 꾸준히 정정을 요구해왔지만 매번 무시당하자 올해는 홀로코스트 연례행사에 불참하는 강수를 두었다. 바띠깐의 입장은 교황이 히틀러와 야합하지는 않았다는 것이다.

이스라엘 언론들은 바티깐의 이런 몰지각한 처사에 분노하는 것처럼 보였다. 영자지 『예루살렘 포스트』는 다음날 야드 바셈의 홀로코스트 박물관에 붙어 있는 문제의 사진 설명을 인용하여 바띠깐을 맹렬히 비난했다. 기사는 또 이스라엘의 홀로코스트 추모행사에 외교사절이 불참한 최초 사례라고 덧붙였다. 바띠깐이 홀로코스트를 부정한 것은 아니었다. 다만 자신들의 수장이 홀로코스트를 암묵적으로라도 지지한 것은 아니었다고 항변했을 뿐이었다. 그러나 홀로코스트를 신성의 영역으로 모셔온 이스라엘은 늘 그랬듯이 어떤 흠결도 용인하지 않기로 작정한 것처럼 보였다.

홀로코스트에 대한 이스라엘의 배타적이고 독점적인 태도는 이스라엘을 지탱해왔던 명분이 유대주의와 함께 홀로코스트라는 점을 반증한다. 말하자면 「벤허」 이후에 더이상 유사한 영화가 등장하지 않는 대신 「영광의 탈출」이 「쉰들러 리스트」에 이르기까지 홀로코스트를

야드 바셈의 야누시 코르차크 기념상.
폴란드의 소아과 의사인 그는 유대인
고아원을 설립하고 아동보호에 힘쓰다
1942년 트레블린카의 독가스실에서
아이들과 함께 죽었다.

주제로 끊임없이 변주되어온 이유도 그와 무관하지 않을 것이다. 세계사의 참극인 홀로코스트는 지난 반세기 동안 뒤틀리고 변색되면서 이제 이스라엘이라는 괴물에 먹혀버렸다. 그 결과 인류는 파씨즘의 야만에 대한 자기성찰의 중요한 기회를 잃어버리게 되었다. 이게 홀로코스트의 진정한 비극이다.

아트 슈피겔만의 『쥐』와 함께 홀로코스트를 고발하는 대표적인 만화로 빠스깔 크로시의 『아우슈비츠』가 있다. 둘 다 유대인 작가이다. 크로시 자신이 밝힌 바에 따르면 『아우슈비츠』가 전하는 메씨지는 '우리 모두 홀로코스트와 관련되어 있다'는 것이다. 하지만 유감스럽게도 현실은 그렇지 못하다. 홀로코스트는 우리 모두가 아니라 유대인 또는 이스라엘이 독점하고 있다. 그들은 인류가 홀로코스트에 책임져야 한다고 끊임없이 부르짖지만 그건 오직 유대인을 위해서이다. 유대인이 홀로코스트의 유일한 상속자임을 주장하는 동안 홀로코스트는 인류의 비극에서 유대인의 참사로 절하되었고, 급기야 시온주의자들의 음모 따위로 전락해버렸다.

유대인은 홀로코스트를 유대인의 감옥에 가둠으로써 나찌가 응당 받아야 할 형벌을 턱없이 감해주었다. 나찌 인종주의자들은 유대인만 학살한 것이 아니었다. 나찌는 집시, 장애인, 공산주의자 들을 학살했다. 나찌는 파씨즘의 인종주의가 낳은 극단적인 광기였다. 인류는 나찌의 인종주의를 심판대에 올려야 했고 이를 통해 뿌리깊은 인종차별을 청산할 수 있는 계기로 삼아야 했다.

홀로코스트의 신화는 그 모든 것들을 무산시키고 이스라엘을 탄생시켰다. 범죄자들은 터무니없이 값싼 면죄부를 얻었다. 전후 독일은 유대인에게 사죄하고 보상함으로써 집시와 장애인과 러시아와 동유

아트 슈피겔만의 『쥐』와 파스깔 크로시의 『아우슈비츠』 표지

럽인 그리고 공산주의자 들의 학살에 대한 면죄부를 얻을 수 있었다.

매년 8월 2일 집시들은 추모행사인 '집시의 밤'을 연다. 1944년 이 날 하루에만 4000명의 집시들이 아우슈비츠의 가스실에서 학살당했 다. 미국 텍사스 주립대에서 집시학을 연구하는 이언 핸콕은 500만에 서 1000만에 달하는 집시들이 나찌에 의해 학살당했다고 주장한다. 야드 바셈에 모인 서유럽과 북미의 외교사절들이 홀로코스트를 추모 하며 고개를 숙일 때, 자신들의 발치에 유대인 못지않은 참극을 겪은 집시를 비롯해 나찌의 인종주의에 희생된 수많은 영혼들이 여전히 피 흘리고 신음하고 있음을 알 테지만 애써 외면하며 이스라엘에 감사할 것이다.

길고긴 싸이렌이 멈춘 후에도 나는 여전히 머릿속을 헤집는 울림이 사라질 때까지 기다렸다. 그러고는 나찌와 전쟁으로 희생된 생명을 위해 짧게 묵념을 올렸다. 야드 바셈이나 이스라엘이 아니라 그밖의 세계에서 신음은 아직도 계속되고 있다.

사회주의와 키부츠, 그 신화와 허상

이스라엘이라는, 도대체 남한과는 아무 상관도 없을 것 같은(사실 별 상관은 없다) 이 나라가 우리에게 알려진 것은 1973년 중동전쟁과 베트남에서의 한국군 철군 때문이다. 1973년 1월 미국과 북베트남이 평화협정을 체결하면서 2차 인도차이나전쟁은 종결되었다. 미군과 함께 한국군도 1973년 3월 철군을 완료했다. 누가 보아도 미국은 승리한 것이 아니라 패배했다. 남한 역시 패배의 당사자는 아니었지만 전쟁의 결말과 무관할 수 없었다. 1973년은 또 박정희가 유신으로 군부독재 시대를 연 이듬해였고 한편으로는 국기에 대한 맹세가 암송되기 시작한 이듬해이기도 했다. 박정희 유신독재는 국가주의를 찬양 고무하여 정권의 안정을 꾀했다. 4차 중동전쟁에서 이스라엘이 펼친 신화적 활약은 여기에 써먹기 알맞았다. 이스라엘을 찬양하는 글이 초등학교 교과서에 실렸고 '전쟁이 터지면 아랍인들은 외국으로 도망가고 이스라엘인은 싸우기 위해 외국에서 귀국한다' 따위의 신화가 유포되었다.

또한 1973년은 박정희정권이 중화학공업 시대의 개막을 선포한 해였고, 조국근대화라는 해괴한 구호와 함께 노동동원령을 내린 시기였다. 전쟁에서 목숨을 걸고 조국을 수호하길 마다하지 않는 이스라엘인은 열심히 노동한다는 또다른 미덕도 겸비하고 있었다. 그 상징이 키부츠였다. '싸우면서 일하고, 일하면서 싸운다'는 박정희식 슬로건에 이스라엘의 키부츠는 썩 잘 어울렸다(어쩌면 그는 키부츠에서 영감을 얻었을지도 모른다).

이렇게 남한에 등장한 키부츠는 지금까지도 이스라엘을 상징하는 단어로 자리잡고 있다. 또 해외여행 자유화 이후 젊은 배낭여행자들이 즐겨 찾는, 이스라엘의 대명사이기도 하다. 나는 키부츠에서 노력 봉사한 경험이 있는 젊은이들이 예외없이 이스라엘에 호의적인 태도를 보인다는 것을 알고 있다. 이스라엘이 키부츠로 세계의 젊은이들을 불러들이는 이유도 이와 무관하지 않다는 것쯤은 충분히 짐작할 수 있다. 과연 키부츠의 매력은 무엇일까.

1970년대의 박정희정권은 말끔히 지워버렸지만 그건 다름 아닌 사회주의적 가치이다. 키부츠의 특성은 집단노동과 공동분배, 공동취사 등 집산화된 생산·노동으로, 사회주의의 지향과 한치도 어긋나지 않는다. 젊은이들이 키부츠에 느끼는 매력은 이런 사회주의적 가치를 빼놓고 설명할 수 없다. 말하자면 이스라엘은 키부츠에서 자본주의 사회의 젊은이들이 자신의 체제를 잠시 떠나 더없는 참신함을 맛볼 수 있는 기회를 제공한다. 현실사회주의가 몰락한 오늘날 이와 비슷한 체험 써비스(?)를 제공할 수 있는 나라로는 꾸바 아니면 이스라엘 정도다. 이스라엘은 세계의 젊은이들에게 무척 매혹적인 사회주의적 노동상품을 판매함으로써 국가 이미지를 높이고 있다.

세계에서 가장 막된 국가로 악명을 떨치는 이스라엘이 건국 이후 60년 동안 보듬고 있는 이 사회주의적 가치의 정체는 무엇일까. 전혀 어울리지 않는 이스라엘과 사회주의의 화합 이면에는 무엇이 버티고 있는 것일까.

키부츠의 역사는 팔레스타인의 갈릴리 호수 남쪽에 첫 키부츠인 데가니아가 탄생한 1909년으로 거슬러 올라간다. 데가니아는 이제 막 등장한 시온주의운동이 거둔 성과이자 실천 사례의 하나였다. 데가니아의 초석을 세운 루마니아 유대인 7명에게 토지구입비와 정착비 등의 자금을 지원한 것은 '유대인 국가기금'이었다. 유대인 국가기금은

최초의 키부츠 데가니아와 1910년대초 팔레스타인 정착 유대인의 모습

팔레스타인 이주를 지원하기 위해 제5차 세계 시온주의자 회의에서 설립을 결정한 바 있다. 지주에게 땅을 사 아랍인 소작농을 내쫓고 자리잡은 데가니아는 작은 꼬뮌이었고 집단농장이었다. 구성원들은 평등했고 집산적으로 노동하고 분배했으며 함께 밥을 먹었다. 데가니아 같은 유대인 정착촌은 후일 '집산' '집단'을 의미하는 키부츠의 효시가 되었고 그 원형을 제시했다.

키부츠는 시온주의 그룹 가운데서 적잖은 영향력을 행사하던 사회주의자들의 지지를 받았다. 이른바 '노동 시온주의자'로 불리는 이 그룹은 유대인 노동자와 농민을 중심으로 국가를 건설하고자 했다. 이스라엘 건국 과정에서 막강한 영향력을 발휘한 이들 시온주의 사회주의자에게 키부츠는 물적, 인적, 이념적 토대였다. 그러나 이들은 맑스의 과학적 사회주의와는 선을 그었다. 맑스주의자에게는 조국이 없으므로 시온주의의 핵심 목표인 (유대)국가 건설과 화합할 수는 없었다. 그럼에도 이들 역시 평등, 노동의 사회화, 사적소유의 철폐 같은 사회주의 공통의 가치를 지향하고 키부츠에 적용했다. 키부츠의 성원들은 차별 없이 함께 일하고 공평하게 분배했으며, 공동취사와 공동육아를 도입하고, 키부츠의 핵심 책임자와 화장실 청소부가 같은 임금을 받는 사회주의적 공동체를 실현했다.

노동 시온주의자들은 프롤레타리아가 사회주의의 주력군임을 주장했는데, 이건 의심할 바 없이 러시아혁명의 영향이었다. 한편으로 유대국가 건설에 필수적인 이주민의 행렬에 부자가 아니라 빈곤한 노동자, 농민이 앞장설 수밖에 없다는 현실적인 조건도 이들의 신념을 뒷받침했다.

전복시킬 국가가 없었던 이들 노동 시온주의자들에게 프롤레타리아가 주도하는 사회주의 유대국가 건설은 유대인 프롤레타리아의 이주와 정착, 사회주의의 실현으로 가능했다. 키부츠는 팔레스타인에서 이들의 이상을 실현할 도구였다.

키부츠의 모델은 소련의 집단농장이었으나 그보다 더 근본적인 (또는 과격한) 집산적 형태를 지향했다. 예컨대 18세 이전의 아이를 부모에게서 떼어내 집단양육하는 방식은 소련의 집단농장을 뛰어넘는 과격한 실천이었다. 공동취사 또한 키부츠의 사회주의적 엄격함을 증명했다. 1948년 전쟁에서 소련이 주저하지 않고 이스라엘의 건국을 앞장서 승인했던 것은 새롭게 탄생한 이 국가가 쏘비에뜨 공화국이 되리라 확신했기 때문이다. 스딸린의 착각은 맑스주의자에게는 조국이 없지만 시온주의자의 경우에는 사회주의자라도 (유대)국가가 우선한다는 사실을 간과하거나 망각함으로써 빚어졌다. 또한 일찍부터 시온주의 사회주의자들은 자신의 이념이 맑스에게 빌려온 것이 아님을 분명히했고, 하물며 스딸린의 꼬나풀이 될 생각은 추호도 없었다. 일찍부터 그들이 손을 벌린 곳은 사회주의자의 위대한 모국 소련이 아니라 부유한 유대인 자본가들이 진 치고 있던 서유럽과 북미였다.

냉전이 가열되던 1948년 유대국가가 탄생했고, 주역은 시온주의 사회주의자들이었다. 그들은 키부츠와 자체의 무장조직을 장악하고 있었다. 또한 그들 중 하나인 벤구리온이 이스라엘 건국을 선언했고 초대수상직에 취임했다. 신생 이스라엘이 서구식 의회민주주의(자유민주주의)와 자본주의 체제를 채택한 것 또한 그들의 선택이었다. 왜 사회주의자들이 자본주의를 선택했을까.

시온주의는 유대인의 조국 건설을 목표로 한 이념이었다. 그밖의 모든 것은, 심지어 인간해방까지도 그 목표에 실용주의적으로 종속되었다. 사회주의자들 또한 예외가 아니었다. 그 와중에 1917년 영국으로부터 밸푸어 선언을 받아낸 후 유대국가의 후보지는 팔레스타인으로 굳어졌다. 1920년대부터 시온주의자들이 주도했던 대대적인 유대인의 팔레스타인 이주에는 막대한 자금이 필요했다. 그 대부분은 서유럽과 북미에 사는 부유층 유대인의 지갑에서 흘러나왔다. 시온주의자들은 그 기금으로 가난한 프롤레타리아 유대인의 토지구입은 물론 여행과 정착 그리고 무장에 드는 비용 일체를 지원했다. 1922년 8만 3790명에 불과하던 팔레스타인의 유대인 인구가 1940년이 되자 48만 9000명으로 불어나고 1948년에 65만명을 기록한 것은 서구 유대자본의 물질적 지원이 없었다면 불가능했다.

1948년 전쟁을 통해 이스라엘 건국이 현실화되어도 모든 문제가 해결된 것은 아니었다. 신생 이스라엘은 자신의 침략으로 적이 되어버린 아랍국가들에 둘러싸여 있었고 안보에서 경제에 이르기까지 산적한 문제를 해결해야 했다. 외부 지원은 필수였으며 그 끈은 일찍부터 마련되어 있었다. 바로 세계 시온주의 조직이었다. 그 조직을 움직이고 있던 부유한 유대인들은 처음부터 쏘비에뜨 공화국 이스라엘은 꿈조차 꾸지 않았으며, 실상 그 가능성은 무(無)에 가까웠다. 이스라엘의 서방 편입은 물이 흐르듯 자연스러운 귀결이었다.

1920년대부터 키부츠의 위치는 독특했다. 유대인의 팔레스타인 이주가 본격화되면서 토착민인 아랍인들의 위기의식이 고조된 것은 당연했다. 또한 유대인의 대규모 이주는 식민통치자인 영국의 협조와 묵인 없이는 불가능한 것이었다. 토착 아랍인과의 갈등은 충분히 예견된 재앙이었고 이 시기 일어난 세차례의 아랍인 봉기는 반식민지 투쟁의 성격이 강했지만 유대인을 겨냥한 것이기도 했다. 토착 아랍인의 반발에 아랑곳없이 이주를 강행하던 시온주의자들에게 유대인 정착촌은 아랍인의 공격을 방어하거나 나아가 공격할 수 있는 군사기지가 되어야 했다. 집산화는 그런 목적에 적당했다. 키부츠와 모샤브는 하가나 같은 무장조직을 갖추었고 상대적으로 우월한 군사력을 바탕으로 유대인 정착촌은 비약적으로 증가했다. 시온주의자들은 애초

1947년 유엔의 분할안에 환호하는 유대인들. 이에 따라 팔레스타인 전 지역의 56.6%가 유대 국가에, 42.9%가 아랍 국가에, 0.65%가 국제기구에 할당되었다.

에 목표로 했던 팔레스타인 지역 유대국가 건설을 향해 질주할 수 있었다. 식민통치자인 영국의 협조와 묵인, 막대한 자금과 무력을 기반으로 한 성취였다.

시온주의자들에게 키부츠와 모샤브가 어떤 의미를 갖고 있었는지 키부츠 연구가 아론 켈러만은 다음과 같이 요약하고 있다.

사회적 기반이 공고하고 시온주의 이념이 충만한 키부츠는 침략의 도구로 이용되었다. 모샤브는 이미 키부츠가 정착한 지역에서 정착활동을 강화하기 위해 이용되었다.

결국 유대국가를 건설하려던 시온주의자에게 키부츠의 사회주의적 성격은 주요한 고려대상이 아니었다. 시온주의자들은 키부츠 같은 집산적 형태가 팔레스타인으로 유대인을 이주·정착시키는 데에 적절하고 유리하다는 점에 주목했을 뿐이다. 말하자면 키부츠는 사회주의 실현의 도구가 아니라 '싸우면서 일하고, 일하면서 싸우는' 유대국가 건설의 군대였던 것이다(이게 박정희가 사회주의적 키부츠를 서슴없이 받아들여 반공적 국가주의 이데올로기의 홍보도구로 삼을 수 있었던 근본 이유였다). 시온주의 사회주의자들은 그렇게 사회주의와 유대국가를 공존시킬 수 있는 공통분모를 찾아낼 수 있었고 또 그에 기꺼이 합의했다.

1948년 이후에도 키부츠는 여전히 이스라엘 농업의 근간이었다. 키부츠는 집산적 형태를 유지해나갔고 나아가 꾸준히 확대되었다. 자본주의체제에서도 사회주의적 키부츠는 여전히 중요한 역할을 했다. 특히 맑스-레닌주의자에게 그것은 턱없이 기괴한 자본주의와 사회주의의 동거이고 기만이었지만 다른 사람들에게는 새로운 가능성으로 비쳤다. 말하자면 서구식 사회민주주의의 이상적 모델이기도 했다. 이러한 생각은 비단 키부츠에 국한된 것만은 아니었다.

이스라엘이 서구식 의회민주주의 체제를 도입한 어떤 나라보다 사회민주주의적 가치를 높은 수준으로 실현하고 있다는 것은 사실이다. 이스라엘의 복지체제는 세계 최고 수준이다. 예컨대 의료부문의 성취는 감동적이다. 유아사망률은 1000명당 4명이며 평균수명은 여자 81.8세, 남자 77.6세에 달한다. 요람에서 무덤까지 국민은 양질의 의료보험 혜택을 받고 있다. 교육과 연금, 저리융자 등의 사회보장제도 역시 일류를 달린다. 2001년 이스라엘이 사회보장에 쏟은 돈은 GDP의 24.1%로 OECD 가입국 중 최고를 기록한 덴마크의 29.2%에 육박했다(남한은 6.1%로 꼴찌를 기록했다). 그 요인 중 하나는 종합소득세 63%가 대변하는 고율의 소득세이다.

강력한 노조는 이스라엘의 사회민주주의를 뒷받침한다. 1920년 등장한 히스타드룻(노동총연맹)은 유대인 노동자계급의 연합조직으로 계급이익을 지키며 지속적으로 성장해 현재에도 이스라엘 노동당의 강력한 기반이다. 2005년 노동당은 히스타드룻 지도자인 아미르 페레스를 당수로 선출하기까지 했다. 오늘날 히스타드룻은 이스라엘의 산업복합체를 포함한 많은 기업들과 최대 은행을 소유하고 있다.

이스라엘은 어떤 국가인가. 건실한 사회민주주의 국가인가 아니면 내가 줄곧 묘사한 것처럼 군사주의적 파씨스트 국가인가. 시온주의는 사회민주주의 이념인가 아니면 파씨즘인가. 노동 시온주의는 어떤 이념인가. 이 물음에 대한 답은 나찌즘이 제시한다.

1933년 집권에 성공한 나찌를 괴벨스는 '노동자당'이라고 주장했으며 히틀러는 이렇게 정의했다. "우리는 사회주의자이다. 우리는 책임감과 성과 대신에 부와 재산으로 인간을 평가하는, 부적절한 잣대를 들이대 부당한 임금으로 경제적 약자를 수탈하는 현 자본주의체제의 적이다."

집권 후 권력을 틀어쥐고 1945년 패전할 때까지 세계대전을 수행하느라 여념이 없었던 히틀러의 사회주의가 어떤 것이었는지를 평가하기에는 여의치 않다. 드러난 것은 나찌가 결코 자본가를 멀리하지 않았으며 노동자들을 죽음의 전선으로 내몰았다는 사실뿐이다. 나찌의 민족(국가)사회주의가 극단적인 인종주의를 출산한 사실로 추론한다면, 나찌가 혹여 무언가를 실현했다손 치더라도 그건 게르만의 배타적 사회보장체제였을 것이고, 나찌 독일은 게르만에게만 허락된 인종적 복지국가였을 것이다. 오늘날 세계 최고 수준의 복지국가 중 하나인 이스라엘이 오직 유대인에게 그 복지를 제공하는 것처럼.

나찌의 인종주의는 게르만과 비게르만을 구분하고 그 사이에 결정적인 차이가 존재한다고 역설함으로써 탄생했다. 과거 나찌 인종주의의 희생양이었던 유대인의 시온주의는 유대인과 비유대인을 구분하고 유대국가라는 미명 아래 자신과 다른 모든 것들을 말살하고 있다.

히틀러는 『나의 투쟁』에서 대 게르만의 '레벤스라움'(삶의 터전)이 동쪽에 있다고 주장했다. 히틀러의 이 황당한 이론은 폴란드와 소련 등지에서 슬라브인의 대학살로 현실화되었다. 히틀러의 레벤스라움은 그곳에 누가 살고 있든 소유권을 주장할 수 있었다. 시온주의자들이 영국과 담합해 팔레스타인을 유대국가의 땅으로 정한 뒤 나라를 세우고 그것을 유지하기 위해 전쟁을 반복하는 과정은 분명 히틀러의 레벤스라움을 닮았다.

나찌가 폴란드를 점령한 후 만든 바르샤바의 유대인 게토는 오늘날 고립장벽으로 둘러싸인 팔레스타인 거주지역인 서안, 가자와 본질적으로 다를 것이 없다. 서안과 가자를 봉쇄한 이 장벽은 세계사에서 유례를 찾기 힘든 거대한 인종분리 장벽일 뿐이다.

이스라엘 사회주의자들은 민족 또는 국가의 이름을 내건 사회주의가 도달하게 될 종장을 보여주었다. 그것은 다른 민족, 국가, 인종을 짓밟고 그 피를 빨아 존재하는 기괴한 체제일 뿐이다. 이를 실현하기 위해서는 인종주의와 군사주의에 의존할 수밖에 없다. 우리는 이런 체제를 가능하게 하는 유력한 이데올로기를 파씨즘이라 부른다.

1980년대 중반 이후 키부츠는 급격히 쇠퇴의 길에 들어섰다. 수많은 키부츠들이 사유화를 선택했고 젊은이들이 떠나면서 노동력의 노화와 절대부족에 시달리고 있다. 평등의 원칙 또한 노인들의 향수가 되었다. 소득은 이제 개인의 능력에 따라 분배되고 있다.

키부츠는 완벽에 가까운 사회주의적 공동체였다. 이스라엘에 부정적인 사람들도 키부츠에 대해서만큼은 매료되지 않을 수 없었다. 그러나 키부츠는 자본주의라는 바다에 포위된 섬이었다. 1948년 자본주의 국가 이스라엘이 세워졌을 때 키부츠의 운명은 정해진 것이었다. 소멸할 수밖에 없었을 키부츠가 생존할 수 있던 이유는 농업부문에서의 생산성과 건국 이전부터 떠맡았던 시온주의적 역할, 즉 노동군대로서의 위상이었다. 1948년 이전에 키부츠는 아랍인을 밀어내고 유대인의 영토를 넓히는 침입자 역할을 수행했고 유대국가의 건설의 핵심 근거지였다. 건국 이후에도 노동군대 키부츠의 역할은 줄어들기는커녕 더욱 확대되었다. 전쟁은 계속되었고 새로운 영토(골란고원과 시나이, 서안과 가자)가 탄생할 때마다 키부츠는 자신의 임무를 성실히 수행했다.

키부츠는 평등의 원리에 기초한 사회주의적, 인본주의적 생산공동체가 생산목표를 달성할 수 있다는 것을 증명함으로써, 평등과 집산주의에 대한 부르주아들의 공격이 터무니없음을 보여주었지만 체제 자체를 뛰어넘을 수는 없었다. 게다가 키부츠는 농업에 기반한 공동체였다. 산업화가 진전되면서 대단위 기계농업으로 발전할 수 없는 키부츠의 경쟁력은 약화될 수밖에 없었다. 소규모 산업시설을 도입해 운영하는 키부츠도 탄생했지만 자본주의 사회의 기업과 경쟁할 수는 없었다.

자본주의라는 바다에 갇힌 키부츠는 자신을 둘러싼 수위가 점차 높아지는 것을 그저 바라볼 수밖에 없었다. 그건 키부츠의 숙명이었다. 키부츠는 사실상 사망선고를 받은 지 오래이다. 오늘 우리가 보고 있는 것은 사유화와 능력별 이익배분이 집산과 평등의 원칙을 무너뜨리고 이름만 남은 박물관이거나, 노인들의 향수를 달래주며 명맥만 유지하고 있는 양로원일 뿐이다.

2004년, 이스라엘 수상인 아리엘 샤론은 키부츠를 점령지 서안의 개척자로 추켜세웠다. 샤론의 평가는 키부츠가 짊어진 시온주의 침략자로서의 용도가 아직 폐기되지는 않았음을 의미했다. 이름만 남았다 해도 그 전까지 키부츠는 죽지 않고 세계의 젊은이들을 받아들일 것이다.

04

시온주의와
약속의
땅

네게브 사막

사해

에일랏

「아라비아의 로렌스」가 퍼뜨린 무지와 편견

이스라엘의 남쪽 끝, 홍해에 접한 에일랏(Eilat)을 향해 떠난 것은 이른 오후였다. 마싸다에 다녀올 때의 모래바람을 다시 만나고 싶지는 않았는데 예루살렘을 지난 지 얼마 되지도 않아 사방은 모래바람으로 누렇게 들떠 있었다. 사막의 밤하늘에 초롱초롱 빛나는 별을 보는 기분이란 어떨까 싶어 일부러 좀 늦게 떠난 길이었다. 그러나 예루살렘부터 주변을 맴돌던 모래바람은 서안의 배후에 괴물처럼 버티고 있는 가장 큰 점령촌 말레 오드밈을 지날 때쯤에는 누런 안개처럼 시야를 가로막았다. 초롱초롱 별빛이라니, 언감생심이었다. 하긴 사막이란 원래 황량한 곳이니 별빛보다는 모래바람이 제격이다. 모래바람은 셰헤라자데의 이야기가 이어지던 천일 동안에도 황량한 사막을 이리저리 방황하고 있었을 테니까.

사해를 향하는 1번 국도변에서는 가끔 베두인들의 그 남루하기 짝이 없는 거처가 눈에 띈다. 무슨 까닭에 번잡한 도로변에 자리를 잡았을까 싶은데 그중 합판 위에 양철을 얹은 어느 집 근처에 20년도 넘었을 낡은 자동차 한 대가 서 있다. 낙타를 타고 다니기도 마땅찮을 테니 걷거나 아니면 자동차라도 타야 한다. 사우디아라비아의 베두인들은 지금도 그 고전적인 풍모를 보일지 모르지만 이스라엘의 베두인들은 양은 칠지언정 낙타와는 멀어진 지 오래이다. 1950년대 중반부터는 유목도 청산하고 지금은 대부분 한곳에 머물러 살아간다. 대부분의 베두인이 거주하는 네게브는 욕심낼 것도 없는 사막이라 토지 소유권 문제가 불거져도 이스라엘이 얼마간 권리를 인정하는 쪽으로 양보해 큰 문제로 비화하지는 않았다. 네게브 사막에는 그런 베두인들이 모여 사는 일곱 마을이 있다.

베두인은 아랍의 사막을 떠돌아다니며 낙타와 양, 염소를 목축하거

시나이 사막의 베두인

나 대상(隊商)이 되기도 했던 유목민이다. 정주(定住)하는 족속들과 근본적으로 다른 삶의 방식을 영위했던 베두인의 사회는 혈연과 부족 중심이었다.

근대국가란 땅에 경계를 정하고 네 땅과 내 땅을 확실히 구분하면서 탄생했는데 이건 정주하는 족속들의 개념이다. 사막에 금 그을 일이 없었던 베두인 같은 유목민에게 국가란 정주만큼이나 생소하기 짝이 없는 개념이었을 것이다.

오늘의 시리아와 이스라엘, 팔레스타인, 요르단과 사우디아라비아의 사막에 거주하던 베두인이 국가라는 '금'에 밀려 뿔뿔이 흩어지기 시작한 것은 바로 이 국가들이 탄생한 1차대전 후였다. 오스만제국 지배 아래 있던 베두인의 사막은 1차대전 중에 일어난 아랍 반란의 무대였는데, 이것이 오늘날 아랍 지도의 출발점이라는 것은 영화 「아라비아의 로렌스」를 보면 얼추 알 수 있다.

1908년 페르시아 남부 사막의 시추공에서 기름이 치솟기 이전에 중동의 사막은 그저 모래벌판일 뿐이었다. 아라비아 사막의 모래는 1938년 이전까지는 검은 기름맛을 보지 못했다. 「아라비아의 로렌스」에 등장하는 대사를 빌린다면 1차대전 당시의 그곳은 '베두인이나 신만이 재미를 느끼는' 버려진 땅이었다. 유럽제국주의라고 해서 다르지는 않았을 텐데 군사적인 필요성만은 예외였다.

오스만제국이 독일과 동맹을 체결함으로써 가장 큰 위협을 받은 세력은 이집트와 수에즈 운하를 손에 쥐고 있던 영국이었다. 오스만제국은 유럽제국주의의 아프리카 식민화에 크게 기여했을뿐더러 영국 식민지 인도로 향하는 통로였던 수에즈 운하를 위협할 수 있는 아라비아반도의 서부와 팔레스타인을 갖고 있었다. 영국은 자치령이었던 이집트를 보호령으로 만들고 수에즈 운하와 이집트 방어에 나섰다.

1916년 오스만제국에 대한 아랍인들의 반란은 영국으로서는 더없이 반가운 일이어서 이를 부추기기 시작했다. 식민지 이집트의 영국 총독격인 맥마흔과 아랍의 메카 대종주인 후쎄인은 밀약(1915~16년의 맥마흔-후쎄인 서신)을 맺었는데 이는 아랍의 독립을 영국이 지원한다는 내용이었다(메카의 후쎄인은 반란의 공식 지도자였다). 이때의 아랍 영토는 이집트 시나이반도와 페르시아 사이였다. 현재의 팔레스타인(이스라엘), 레바논, 시리아, 요르단, 사우디아라비아, 이라크, 쿠웨이트, 오만, 아랍에미리트가 여기에 속한다. 1차대전 당시의 관점으로 본다면 경제적·역사적으로 중요한 지역은 북부 지중해 연안으로, 지금의 팔레스타인·레바논·시리아에 해당한다.

그러나 영국은 1916년 프랑스와의 '싸이크-피코 협정'으로 전후 오스만제국의 분할통치를 약속했으며, 1917년에는 밸푸어 선언으로 팔레스타인 지역을 시온주의자들에게 넘기기로 밀약을 맺어두었다. 이에 따라 1차대전 후 영국과 프랑스는 레바논과 시리아, 팔레스타인과 요르단 그리고 이라크를 사이좋게 나누어 먹고 유대인의 팔레스타인 이주의 문을 열었다. 사우디아라비아만이 예외라면 예외였지만 이 거대한 불모지는 영국과 프랑스의 관심 밖이었기 때문이었다.

아랍 반란을 두고 영국이 부린 권모술수는 「아라비아의 로렌스」에서 제법 솔직하게 묘사되고 있다. 영국 출신인 데이비드 린으로서는 담백하다 싶을 만큼 영국의 위선을 직설적으로 드러내고 있는데, 그건 이 불세출의 거장이 「콰이강의 다리」부터 할리우드의 돈을 끌어들여(또는 할리우드가 그를 끌어들였거나) 영화를 만들었던 사정과 무관하지 않다. 이 점은 「아라비아의 로렌스」에 등장하는 미국 기자 벤틀리가 아랍 반란의 지도자 파이잘 앞에서 "저희도 한때는 식민국가였습니다. 자유를 위해 투쟁하는 사람들을 보면 저절로 공감이 갑니다"라고 역겨운 아첨을 떠는 장면에서 여실히 드러난다. 이 영화가 만들어진 1962년은 미국의 석유 패권주의가 본격적으로 아랍을 분탕질하기 시작한 후이다(이미 1951년 CIA는 영국-이란 석유회사의 국유화를 단행하고 왕권을 제약한 모사데그 정권을 쿠데타로 전복시켜 이란을 친미국가로 만든 바 있다).

영국에 대해 신랄한 태도를 취한 것을 빼면 「아라비아의 로렌스」는 여전히 아랍에 대한 편견과 오만으로 가득 차 있다. 아랍인은 분열적이고 무지할뿐더러 야만적이다. 영국인 장교 로렌스는 조국의 이익에 반하면서까지 아랍인을 위해 고군분투하지만 고질적인 품성을 뜯어고치지는 못한다.

물론 영화는 이런 아랍인 중에서 예외적인 인물 둘을 소개한다. 파

영화 「아라비아의 로렌스」의 포스터와 실제 모델인 토머스 에드워드 로렌스

이잘(앨릭 기네스 분)과 알리(오마 샤리프 분)이다. 둘 다 지적인 인물로 묘사된다. 이들은 또한 아랍인의 뿌리깊은 문제점을 솔직하게 인정하는, 정신과 영혼만은 아랍인이 아닌 인물이다. 이건 유럽제국주의가 그려낸 긍정적 식민지 인텔리 상과 정확히 일치한다. 그러나 또다른 반란 지도자인 하위탓의 아우다 아부 타이(앤서니 퀸 분)에 이르면 또 딴판이어서 도적떼와 별반 다를 것이 없는 이 인물의 관심사는 오로지 황금이다. 파이잘과 마찬가지로 아우다 역시 실존인물이 모델이다. 로렌스는 영화의 원작이 된 자서전『지혜의 일곱기둥』에서 베두인 부족인 하위탓의 족장 아우다에 대한 제법 자세한 기록을 남겼는데, 로렌스가 '북부 아라비아에서 가장 위대한 전사'로 일컬었던 아우다는 용맹했지만 '자신은 항상 가난했던' 인물이었다.

그러나 이 영화를 통틀어 아랍인에게 가장 모욕적인 장면은 후반부 다마스쿠스를 함락시킨 아랍의 지도자들이 의회에서 과시하는 몰상식과 무지이다. 발전소의 전기 공급이 끊겨 전화가 불통인데, 동작하지 않는 발전기를 두고 '기계란 크기만 하고 쓸 데가 없다'고 푸념을 늘어놓는다. 그나마 회의가 진행되는 것은 영국인 로렌스가 자리를 지키고 있을 때뿐이다. 로렌스가 화재를 이유로 자리를 비우자 회의장은 난장판이 되어버린다. 아랍인이란 국가를 세우기는커녕 사막에서 낙타나 몰고 양이나 치면 족한 족속인 것이다. 아랍인이 국가를 세우지 못하는 것은 결국 자신들의 책임이다. 영국 또한 그것이 달가울 리 없지만 점령한 다마스쿠스에서 아랍인이 스스로 떠날 때까지 그저 기다린 것이므로 책임질 이유는 없다.

또한 이 영화에서 (영국식으로) 가장 품위있고 현명한 인물 파이잘은 마지막까지 영국식으로 능글거린다. 그러다가 본심을 드러내기를,

그 자신이 원하는 것은 독립된 아랍국가가 아니라 다마스쿠스일 뿐이다. 이건 사실이다. 1920년 파이잘은 시리아왕국을 세우지만 빠리강화회의로 등장한 국제연맹이 프랑스의 시리아 위임통치를 의결함에 따라, 다마스쿠스로 진군한 프랑스군을 피해 불과 몇달 뒤 영국으로 망명길에 오르는 신세가 된다. 국제연맹이 의결하는 형식을 띠었지만 싸이크-피코 협정에 따른 것으로, 프랑스는 레바논과 시리아를, 영국은 팔레스타인과 (트랜스)요르단, 이라크를 손에 넣었다. 영국은 이듬해 파이잘을 위임통치령이 된 이라크의 왕으로 앉혔다.

영국은 아랍반란을 이용해 수에즈 운하를 방어했고 오스만제국의 몰락 이후 영토분할의 주역이 되어 새로운 식민지를 획득하는 실속을 챙겼다. 식민지로 편입된 팔레스타인에서 영국은 전쟁중 맺은 이중계약이 식민지 통치에 골칫거리가 되는 것을 목격했다. 예루살렘에서의 아랍인과 유대인의 충돌로 야기된 1920~21년의 반란은 이 기만적인 이중계약의 산물이었다. 영국은 유대인의 이주를 일시 중단시키고 아랍위원회와 협상을 진전시켜 1922년 「처칠 백서」를 발표했다.

「처칠 백서」에서 영국은 밸푸어 선언과 맥마흔-후쎄인 서한의 존재를 공식 인정했지만 문구 해석을 핑계로 발뺌을 했다. 「처칠 백서」에서 영국은 밸푸어 선언의 '유대민족 조국'이 가리키는 바가 이 팔레스타인 전체가 아니라고 해석했으며, 1차대전 후 연합국의 싼레모 협정 등을 핑계로 팔레스타인 유대국가를 둘러싼 사안이 영국뿐 아니라 국제적 사안이라 주장했다. 후쎄인-맥마흔 서한에 대해서는 후쎄인이 헤자즈를 차지한 것을 들었다. 1922년 당시 후쎄인은 메카와 메디나를 포함하는 헤자즈에 왕국을 선포한 뒤였고 영국은 이를 인정했다. 영국은 팔레스타인에서 요르단 강 동안을 트랜스요르단으로 명명하고 후쎄인의 장자인 압둘라를 왕으로 만들었다.

영국은 유대인이건 아랍인이건 상대와 맺은 약속 따위를 중요하게 여기지 않았다. 그건 또 선진제국주의 국가인 영국의 전통도 습성도 아니었다. 영국이 시온주의자에게 밸푸어 선언을 선사한 것은 전쟁에 긴요한 무연화약을 만들 아세톤 합성기술과 유대인들의 자금이 필요했기 때문이었고, 후쎄인에게 아랍국가를 약속한 것은 오스만제국을 교란시키기 위해서였을 뿐이다. 약속보다 중요한 것은 제국주의적 논리였다. 식민지 팔레스타인의 발달에는 유대인의 이주가 도움이 되었다. 시온주의가 주창한 팔레스타인으로의 유대인 이주는 자금과 자본, 상대적으로 근대적인 노동력의 유입을 의미했다. 영국으로서는 유대인의 이주를 막을 필요가 별로 없었지만 토착 아랍인의 반발은 통치의 불안요인으로 작용했다. 식민지 팔레스타인에서 영국이 원했던 것은 상황을 적당히 무마시키면서 자신의 이익을 취하는 길이었다. 1920년대 이후 시온주의자의 조직적인 유대인 이주가 급격히 증가하면서 내적인 갈등과 모순 또한 빠르게 심화되었지만 제국주의자들의 관심사는 아니었다. 영국의 관심은 오직 제국주의적 수탈과 이익에 있었으므로 다른 식민지에서와 마찬가지로 숱한 분쟁과 재앙의 씨앗을 뿌리는 일조차 주저하지 않았다.

영국은 차(茶)를 위해 인도 남부의 타밀족을 스리랑카로 유입시켜 토착 타밀족과의 갈등을 불렀고 타밀족과 싱할리족 사이에도 분란의 싹을 틔웠다. 그 때문에 스리랑카에서는 지금도 여전히 피바람이 불고 있다. 영국은 팔레스타인으로의 유대인 이주를 묵인·방기하고 또 조장함으로써 이른바 중동의 화약고를 손수 지었다. 봉건왕조가 사라진 시대에 하심 가문에게 이라크와 요르단을 주고 왕국을 만들게 한 것도 영국이었다. 유럽제국주의는 아시아와 아프리카, 라틴아메리카에서 범하던 악행을 뒤늦게 아랍의 사막에서 되풀이했다. 아랍은 뒤늦게 고난의 현대사를 맞이하게 되었다.

죽어가는 사해

해저가 융기한 후 다시 침강하여 만들어진 사해는 해수면에서 400미터나 낮은 내해(內海)이다. 같은 원인으로 생겨난 요르단 계곡 북부에는 그래도 나무들이 자라는 데 반해 사해 주변은 완전히 사막이다. 처음 사해에 도착해서, 사막 한가운데에 검푸른빛 바다가 불쑥 나타난 것을 보니 마치 물을 담은 접시 하나가 떠 있는 듯해서 기묘한 느낌이었다. 사해 건너편의 요르단 쪽도 제법 험준해 보이는 모래산들이 시야를 가로막고 있어서 신비로운 분위기를 더해준다.

모래바람 너머의 사해(死海)는 말 그대로 죽은 바다처럼 보였다. 움직이지 않는 검푸른 물빛은 죽음을 연상시켰고 유황의 냄새 같은 매캐함이 모래바람을 따라 주변을 맴돌았다. 사해와 마찬가지로 갇혀버린 바다인 미국 유타의 쏠트레이크는 지저분하지만 끝없이 펼쳐진 넓은 소금밭과 그 위로 불어오는 시원한 바람에서 얼마간 생명의 기운을 느낄 수 있지만 사해, 이곳은 얼마나 죽음의 기운이 충만한 바다인지……. 바로 그 무거운 죽음의 침묵이 사해만의 매력일지도 모른다. 여긴 또 지구 표면에서 가장 낮은 해수면 아래 400미터의 사막이다. 천국을 하늘에, 지옥을 땅밑에 두었던 인류의 상상력을 빌린다면 이 사막은 지옥으로 통하는 입구일 것이다.

땅 밑으로 끝없이 침잠하게 만드는 사해의 매력을 반감시키는 것은 길을 따라 드문드문 등장하는 관광지들이다. 담수를 끌어들여 야자나무 따위를 조림하고 녹지대를 만든 스파 싸이트가 있는가 하면 소박한 해수욕장도 있다.

사막을 옥토로 만드는 이스라엘의 신화는 죽음의 바다를 관광자원으로 활용하는 데까지 이어진다. 바닷물 위에 누워 신문을 읽는 이색체험은 물론, 온갖 미네랄이 풍부해 피부에 좋다는 개펄의 진흙으로 화장품이나 약재를 만드는 식이다. 낙타를 타고 네게브 사막을 헤매는 트레킹은 보너스이다. 2001년 곤두박질쳤던 이스라엘의 관광수입은 2003년 이후 회복세에 접어들어 2005년부터는 뚜렷한 증가세를 보였다. 2006년에는 240만명의 관광객이 이스라엘을 찾아 관광수입 44억달러를 올릴 것으로 기대되었다. 같은해 남한의 입국자 수가 615만명, 관광수입이 53억달러에 그쳤던 것을 고려한다면 일인당 지출의

이스라엘 사해

규모를 짐작할 수 있다. 그러나 2006년 7월 레바논과의 전쟁은 장밋빛 전망을 무위로 돌려 관광객수 180만, 관광수입 34억달러에 묶이게 만들었다. 이스라엘 관광업계의 주장에 따르면 전쟁으로 10억달러의 관광수입이 감소했다.

전쟁보다야 덜 중요하지만, 관광은 여전히 이스라엘의 중요한 외화 수입원이다. 관광부문의 놀랄 만한 성과는 전 세계 유대인들의 조국 이스라엘의 독특한 위치를 방증하고 있다. 이스라엘을 찾는 관광객의 절반 가까이는 유대인이다. 또 북미와 유럽인이 대부분인데 러시아인이 6위를 차지하고 있어서 이채롭다. 상당수 관광객이 친지를 찾아왔음을 의미한다. 이런 이유들로 이스라엘 같은 불안한 이미지를 풍기는 나라가 만만치 않은 관광수입을 올리고 있는 것이다.

죽음의 바다인 사해는 지중해와 더불어 이스라엘이 관광객을 끌어들일 수 있는 주요 관광자원이다. 그런 사해가 중병을 앓고 있다. 사해의 생태는 요르단 강이 담수를 제공하고 그만큼을 증발시켜 순환한다. 그 물을 농업용수 등으로 빼돌려 사해에 공급되는 담수의 양이 감소함으로써 지난 50년 동안 수량이 3분의 1로 줄어들었다. 중앙아시아의 아랄 해와 같은 꼴이다. 둘 다 농업개간을 이유로 흘러들어가야 할 담수를 빼돌린 결과이다. 또 대규모 이주와도 무관하지 않다.

1937년 고려인 20만명이 강제로 이주된 것을 포함해 우즈베키스탄에는 러시아인 등 외부에서 유입된 인구가 급증했다. 인간은 먹어야 살 수 있으므로 불모지가 농토로 개간되었다. 더 나아가 소련은 대규모 면화농업을 도입했고 아랄 해로 흘러야 할 시르다리야 강과 아무다리야 강은 관개시설을 통해 개간된 농지로 흘러들어갔다. 광대한 유목지대가 농토로 바뀌었지만 아랄 해는 4분의 1로 줄어들어 죽음의 바다로 바뀌었다. 사해가 걷고 있는 길은 아랄 해의 운명과 거의 동일하다. 유대인의 이주에 따른 급격한 인구증가와 키부츠로 상징되는 전투적인 농토개간에 사해는 막대한 물을 빼앗겼다.

사해의 생태계를 교란함으로써 나타나는 문제는 아랄 해처럼 직접적이지는 않다. 아랄 해의 수량 감소로 현지 어민들은 생계의 터전을 잃어야 했지만 원래부터 죽음의 바다였던 사해에서는 그런 피해가 생기지는 않았다. 그러나 아무렇지 않을 수는 없다. 해변에는 수많은 구멍들이 새롭게 생겨나고 있고 지반은 지속적으로 약화되어 주변의 호텔들을 위협한다. 또한 미네랄 성분이 풍부한 해수를 원료로 탄산칼륨 등을 생산하며 번창해온 인근 화학공업단지 또한 원료가 줄어드는 사태를 방관할 입장이 아니다. 이 공업단지는 그동안 없어진 사해 해수의 20~30퍼센트를 소모한 재앙의 주범이다.

사해의 몰락이 환경문제이기도 하지만 동시에 관광과 산업의 문제임을 인식한 이스라엘 정부는 제법 참신한 대책을 실천에 옮기는 중이다. '홍(紅)에서 사(死)로' 프로젝트로 불리는 계획은 홍해의 물을 사해로 끌어와 그간 줄어든 사해의 물을 보충한다는 발상에서 시작되었고 비용은 50억달러로 예상된다. 이스라엘은 이를 위해 요르단과 팔레스타인 자치정부까지 끌어들여 자금 마련에 분주하다. 이미 세계은행은 연구와 타당성 조사에 2000만달러를 지원했다.

'홍에서 사로' 프로젝트가 가능한 것은 아라바의 존재 때문이다. 아라바는 사해 남쪽에서 홍해에 이르기까지 166킬로미터에 이르는 단층계곡으로, 남쪽을 향하면서 해발 230미터로 높아지는데, 홍해와 사해를 가로막고 있다. 이스라엘의 야심만만한 프로젝트는 이 벽을 뛰어넘겠다는 것이다. 요컨대 홍해의 물을 230미터만 끌어올리면 사해까지 이르는 문제는 중력이 해결해주는 것이다. 또한 500미터 이상의 낙차는 수력발전에 이용할 수 있고 그렇게 생산된 전력으로 담수공장을 돌린다는 이 깜찍한 구상은 꿩먹고 알먹는 사업이다. 더 나아가 홍해에서 사해까지의 운하 주변을 관광지로 개발해 관광수입을 올린다는 도랑 치고 가재 잡는 계획까지 포함하고 있다.

수만년 동안을 잠자던 아라바 계곡이 사막벽해(砂莫碧海)가 되는 셈인데 사막에서 뭘 건드리면 결과가 좋지 않다. 성분이 다른 홍해와 사해의 물을 섞으면 화학반응이 일어난다. 석회가 생성되고 해조가 발생하며 심지어는 독성가스가 분출할 수도 있다. 또한 물을 빼앗기는 홍해 쪽은 산호층이 파괴되고 생태계가 교란될 수 있다. 또다른 생태 재앙이 일어날 수 있는 것이다. 물론 개발주의자들은 이런 개연성을 무시하는데, 예견되는 위험을 감수하는 동력은 자본의 탐욕이다. 그들은 벌써부터 불모의 땅을 개발해 막대한 이윤을 창출할 꿈에 부풀어 있다.

사해가 직면한 재앙의 기원은 물이다. 인간의 생존에도 물이 필요하지만 농업 또한 물이 절대적으로 필요하다. 사막을 옥토로 바꾼 이스라엘의 농업신화는 환경재앙을 불러왔다. 황무지 한가운데에 꽃과 채소를 재배하는 녹지, 그 놀라운 기적이 실현되려면 스프링클러가 물을 뿌려야 한다. 사막이라는 척박한 환경에서 관개시설이란 물을 극단적으로 '쥐어짜는' 것이다. 이스라엘 농업은 (요르단) 강에서, 지하에서 그렇게 물을 끌어들임으로써 가능했다. 결국은 사해로 흘러들어가게 될 물이었다.

이 문제를 해결하려면 물 소비를 줄여야 한다. 이 지점에서 키부츠와 모샤브의 딜레마가 등장한다. 이스라엘의 사막 농업은 막대한 정부보조금을 집어삼키는 난쎈스가 된 지 오래이다. 이스라엘 농업은 이스라엘 수자원의 50퍼센트를 소비하고 있다. GDP에서 농업이 차지하는 비중은 고작 3퍼센트이다. 1세제곱미터당 1달러의 비용이 지출되는 수자원을 농민들은 16센트의 값으로 사들여 농사를 짓고 있다. 이스라엘 반대편 요르단에서도 크게 다르지 않은 일이 벌어지고 있다. 75퍼센트의 수자원이 농업에 이용되지만 농업은 GDP의 고작 6퍼센트만을 차지하고 있다.

물이 귀한 두 나라에서 왜 이런 난쎈스가 지속되고 있는 것일까. 정치적 이해 때문이다. 이스라엘에서 키부츠는 노동당의 강력한 기반이며 모샤브는 우익 리쿠드당이 포기할 수 없는 근거이다. 요르단에서 농업은 부유한 지주계급의 손아귀에 장악되어 있으며 그들은 하심 왕가의 강력한 지지기반이다. 또한 이스라엘에게 사막을 옥토로 바꾼 키부츠의 신화는 국민통합, 대외적 이미지의 제고 등 다양한 역할을 해왔다. 결국 사해는 영광의 이면에서 죽음의 길을 걸어왔던 것이다.

마싸다와 사해 남쪽을 지났을 때에는 이미 해가 저물어 있었다. 차는 모래바람에 휘청거렸고 가로등 너머로 사막은 어둠 속에 잠드는 것처럼 보였다. 구릉을 휘돌며 달리는 길 너머 어딘가에서 눈부신 빛이 광채처럼 흘러나오고 있었다. 아라바 계곡의 사막 한가운데에 자리잡은 화학공장이 토해내는 빛이었다. 생각보다 큰 규모였다.

1920년대 브롬과 탄산칼슘을 생산하는 소규모 공장이 사해 주변에 생긴 이래, 1980년대를 거치면서 사해의 화학산업은 눈부신 발전을 거듭해왔다. 그 주역은 국영기업인 이스라엘 케미컬이다. 이 회사는 거대한 화학복합체로서 전통적 생산품목인 브롬과 탄산칼슘에서 유리와 플라스틱에 이르는 부문의 생산을 장악하고 있다.

사해의 물을 원료로 하는 화학복합체는 물을 끌어들여 증발시키기 위한 거대한 못이 필요하다. 일종의 증발탕인 셈인데, 매년 줄어드는 사해의 물 25～30퍼센트는 이 증발탕에서 없어져버린다. 사해의 물이 줄어들면 관광업체는 울상이 되는 반면 화학복합체는 미네랄의 농축도가 높아져 당장은 덕을 본다. 사해의 미네랄을 원료로 제품을 생산하는 화학기업들은 정유산업과 속성이 같다. 이 둘은 지구가 수백만년에 걸쳐 생성한 석유와 미네랄을 찰나에 폭식으로 거덜내버리는 주범들이다. 자원은 고갈될 것이고 그 순간 전적으로 그것에 의존해 발전해왔던 온갖 종류의 산업들도 함께 붕괴한다는 것은 자명한 사실이다. 탄창을 한 칸씩 돌려 확실히 끝장을 보는 러시안 룰렛이다.

대낮처럼 휘황한 공장으로 이어지는 길을 따라 한바퀴 둘러보았지

항공사진에 찍힌 사해 화학공장의 증발탕

만 공장 밖은 물론 입구의 주유소에서조차도 사람을 볼 수 없다. 거대한 탑과 탱크, 펌프들이 사막 밤하늘을 향해 치솟아 있고 휘황한 조명은 눈부신데, 은빛으로 물들인 기괴한 금속 성벽은 마치 바벨탑처럼 보인다. 모래바람이 그 성벽 위로 불어대고 성은 매캐한 냄새를 내뿜는다. 디스토피아의 환영이 보인다.

성을 뒤로하고 다시 밤의 사막을 달렸지만 여전히 별은 보이지 않았다.

네게브 사막 서쪽을 종단하는 길의 한 인터체인지에서 손을 흔드는 인간을 만났다. 귀신이 나타났다고 해도 놀랄 게 없는 곳이었다. 거세게 부는 바람이 아스팔트 위로 모래를 날려 마치 눈이 쌓인 듯했고, 사막 한가운데 교차로는 너무도 밝은 가로등 때문에 주변의 어둠에서 독립되었거나 추방된 것처럼 보였다. 나는 사해를 벗어나면서 보았던 주유소에서 마지막으로 인적을 확인했다. 한시간 이상을 아무것도 없는 길을 달려온 뒤에 갑자기 인간이 나타나 손을 흔들고 있었기 때문에 나는 전속력으로 인터체인지를 벗어날 요량이었다.

작심한 대로 100미터쯤 지나간 뒤에 왜 급히 멈추었는지는 알 수 없다. 언뜻 20대 초반의 젊은이로 보인 그 인간의 표정이 선했기 때문일까. 여하튼 차를 멈추고 뒷거울을 보자 그가 다리를 엔진 삼아 전속력으로 무섭게 달려오고 있었다. 나는 다시 달리고 싶은 충동에 시달렸지만 망설였고 잠시후 그는 숨을 헐떡이며 조수석 문을 열어젖혔다.

이름은 기억나지 않는다. 머리털은 길고 턱밑에 지저분한 수염을 달았지만 키파로 머리를 가리고 있지는 않았다. 1년 동안 군에서 복무하고 3년 동안 키부츠에서 병역을 대신해 일을 하고 있는 나할(농업개척 부대) 소속 병사인 이 청년은 주말을 맞아 사막에서 열리는 페스티벌에 가는 중이라고 했다. 페스티벌, 사막 한가운데에서. 도시건 마을이건 가장 먼저 나타나는 곳에 떨어내리려는 생각을 하고 있던 나는 잠시 망설였다. 무슨 페스티벌인지는 몰라도 밤을 새워 열린다고 했으므로 별을 볼 수야 없겠지만 사막에서 밤새울 수는 있었다. 낌새를 눈치챘는지 그는 손바닥에 들어오는 작은 전단지를 내밀었다. 글은 읽을 수 없었지만 그림은 기괴하기 짝이 없었다.

"이게 뭐야?"

"싸이키델릭."

기준에 따라 다르겠지만 정상적인 인간들이 모여 벌이는 페스티벌은 아니겠다는 생각이 머리를 스쳤다.

"가볼래요?"

"아니."

고개를 저었지만 어쨌든 목적지까지 태워다줄 양이었다. 30분 쯤 뒤에 그는 도로에서 벗어나 사막을 향해 뻗은 길을 가리켰다. 어둠 속을 달린 지 5분 만에 길은 없어졌다. 키부츠 청년은 나침반도 없는데 이쪽저쪽으로 길을 가리켰다. 그러곤 두대의 차가 나타났는데, 두루말이 휴지를 손에 든 그들은 길가 적당한 바위에 휴지를 두르는 중이었다. 바람은 더욱 거세게 불어 돌에 둘린 휴지들은 널뛰는 처녀의 치마처럼 허공에서 춤을 추었다. 이른바 페스티발을 찾아올 차들을 목적지로 인도할 휴지들의 춤이었다.

길은 생각보다 험했다. 가끔 벼랑이 나타나기도 했고 모래벌판을 달리기도 했으며 구릉을 기어오르기도 했다. 마침내 도착한 곳은 사방이 트인 벌판이었다. 그 한가운데에 천막이 세워져 있는데 이미

열댓명의 아이들이 진을 치고 있었다. 도착해보니 돌아갈 길이 막막했다. 간간이 휴지가 춤을 추고는 있겠지만 세찬 모래바람에 온전한지 의심스러웠고 간격도 촘촘하지 않아 길을 잃기 십상이었다. 사막한가운데에서 헤매다가는 목숨이 달아날 수도 있었고 마침 기름도 넉넉지 않았다.

망설이던 참에 천막이 바람에 날아가버렸다. 천막에 있던 녀석들은 사태를 수습하느라 우왕좌왕 바람 속을 뛰어다녔고 나는 차로 돌아왔다. 바람은 피할 수 있었지만 쉼 없이 차가 흔들렸다. 사막의 어둠을 가르고 있던 헤드라이트 불빛 아래 멀리 뛰어다니는 젊은이들이 보였고, 그들이 가까스로 붙잡고 있는 천막은 캔자스의 토네이도에 말린 도로시의 집처럼 하늘로 치솟고 있었다.

'아, 이게 사막의 모래바람이로구나.' 나는 중얼거렸다. 닫힌 창문 너머로 모래가 창문을 두드리는 소리가 기름에 튀기는 소리처럼 들렸고 차는 쉴 새 없이 기우뚱거렸다. 갑자기 마음이 편해져 졸음이 쏟아졌다. 꿈을 꾸었는데 하위탓의 아우다가 그의 베두인들과 함께 싸이키델릭 밴드의 공연을 보고 있는 꿈이었다. 공연은 싸이키델릭이라기보다는 언젠가 다큐멘터리 필름에서 보았던 1960년대 우드스탁과 비슷했다. 아우다는 끊임없이 불평을 늘어놓았다.

"이게 뭐야. 이게 뭐야."

그러곤 베두인들과 함께 칼을 빼들고 군무인 답카를 추었다. 손에 손을 잡고 사막의 거친 모래와 돌들을 허공에 날리며 부족 전체가 답카의 리듬에 맞추어 춤을 추었다. 꿈속이었지만 나는 그것이 꿈인 줄 알았다.

이스라엘에서 가장 평화로운 곳

에일랏은 정오 무렵에 모습을 드러냈다. 네게브 사막을 관통해야 도착할 수 있는 에일랏은 역삼각형 꼴인 이스라엘 남쪽 끝에 있다. 에일랏은 홍해로 통하는 이스라엘의 관문이자 전략 요충지이다. 이스라엘의 상선이 에일랏을 통하지 않고 홍해와 아라비아 해 그리고 인도양으로 나갈 수 있는 방법은, 이집트의 수에즈 운하를 통과하거나 수에즈 운하가 건설되기 전처럼 아프리카 남단 희망봉을 돌아가는 것이다.

1967년 이스라엘이 이집트를 기습공격해 전쟁을 벌인 배경에는 이집트의 아카바 만(灣) 봉쇄도 원인으로 작용했다. 지금도 에일랏이 있는 이스라엘은 비용을 치르면서 수에즈 운하를 이용할 필요가 없다.

이스라엘로서는 제법 중요한 항구이지만 물동량은 많지 않아 연간 200~300만톤 정도를 처리한다. 그래서인지 부두는 규모가 크지 않다. 산유국이 아닌 이스라엘이 원유를 들여오는 항구도 에일랏이다. 유조선 전용 접안시설도 눈에 띈다. 이래저래 중요한 항구도시인데도 다운타운은 전형적인 휴양도시 분위기를 풍긴다. 특급 호텔들이 눈에 띄고 마침 먹구름이 가득한 우중충한 날씨여서 해변과 요트 전용 부두에는 인적이 드물었지만 그 때문에 한적하고 평화로운 느낌이 더했다.

90번 도로의 끝, 에일랏에서 10킬로미터 정도 떨어진 곳은 이집트로 넘어가는 타바 국경으로, 육로로 오갈 수 있는 두개의 국경 중 하나이다. 다른 하나는 가자의 라파인데, 지금은 이스라엘이 막고 있어 이곳이 유일한 통로인 셈이다. 다운타운처럼 타바 또한 고즈넉했다.

국경 근처에 산을 향한 가파른 길이 있다. 이집트와의 국경임을 입증하는 표지는 골짜기를 따라 일정한 간격으로 꽂힌 쇠막대가 전부다. 멀리 산봉우리에 초소가 보였지만 분위기는 느슨하기 짝이 없다. 산을 내려오면서 입구에 세워진 큼직한 안내판 앞에 잠시 머물렀다. 북부의 단 키부츠에서 에일랏까지를 잇는 900킬로미터의 트레일 코스에 대한 안내문이다. 국경의 이 길에서부터 트레일 코스가 시작되는 모양이다.

에일랏은 딴세상이었다. 다른 이스라엘 도시들과 달리 총을 든 병사를 볼 수 없었고 그 입구에 검문소도 없었다. 군용트럭이나 지프 역시 보이지 않았다. 그건 타바 국경도 마찬가지였다. 물론 에일랏에 도착하기 전 임시검문소를 지나긴 했다. 하나는 사해 옆이었고 다른 하나는 사해에서 멀지 않은 곳이었다.

이스라엘과 이집트 국경에 있는 타바 검문소

에일랏은 2007년 1월 처음으로 자살폭탄공격을 받았다. 그전까지는 단 한번도 겪지 못했던 일이다. 에일랏의 평화는 지리적 위치에서 비롯된다. 이집트와 요르단이 지척에 있지만 양쪽 다 이스라엘과 맺은 평화협정을 준수하며 지내고 있다. 또한 네게브 사막이 언제나 긴장감으로 팽팽한 서안과 가자 사이에 가로놓여 있다. 이런 조건으로 에일랏은 그동안 이스라엘에서 가장 조용한 휴양지로 명성을 드높였고 넉넉한 이스라엘인이 휴일이나 휴가를 보내기 위해 이곳을 찾는다. 그런데 그 평화란 다른 도시들과 달리 에일랏엔 군대가 없다는 데에서 비롯되는 것이다. 말하자면 에일랏은 이스라엘에서 유일하게 군으로부터 자유로운 곳이다. 별일이 없어도 총을 맨 경비원들이 꽁무니를 따라다니고, 길바닥엔 M16을 든 병사들 천지인데다, 늘 검문소와 맞닥뜨려야 하는 판에 휴식을 만끽할 관광객이 찾아올 리는 만무하다. 이스라엘에서는 오직 에일랏만이 이런 종류의 평화를 제공해온 것이다.

알 아크사 순교여단의 자살폭탄공격으로 4명이 사망하는 초유의 사건이 터졌을 때 에일랏의 관광업계 종사자들은 아찔했을 것이다. 이제 에일랏도 안전하지 않음을 보여주었기 때문이다. 순교자가 된 21세의 가자 출신 젊은이 무하마드 파이잘은 가자를 떠나 이집트로 밀입국한 후 시나이반도를 횡단했고 다시 국경을 넘어 에일랏에 도착한 것으로 알려졌다. 이 사건 이후 이스라엘은 이집트와의 국경을 전기철책으로 바꾸고 완충지대를 두는 방안을 논의하고 있다고 밝혔다.

석달이 채 지나지 않은 시점이긴 했지만 에일랏은 별로 달라진 것이 없는 듯했다. 병사들이 눈에 띄지 않았고 검문을 하지도 않았으며 군용차가 오가지도 않았다. 국경 또한 심드렁할 정도로 느슨해 보였다. 이건 좀 이상한 일이다.

2004년 10월 세차례에 걸친 이른바 시나이 공습으로 34명이 죽고 171명이 부상을 입었다. 가장 피해자가 많았던 타바 공격은 바로 에일랏 국경 너머 타바의 힐튼호텔에 폭탄을 실은 트럭이 돌진한 사건을 가리킨다. 31명이 죽었고 159명이 부상당했다. 이스라엘인이 주로 찾는 캠프장에서도 2건의 폭발이 있었다. 희생자 대부분은 이스라엘인이었다. 그러나 그 사건 뒤에도 에일랏의 평화는 깨지지 않았으니 이상한 일이다.

1978년 캠프데이비드 협정이 맺어지고 얼마 뒤 1982년, 이스라엘은 이집트에 시나이반도를 돌려주었으나 타바는 1989년에 이르기까지 반환되지 않았으며 이 힐튼호텔은 이스라엘 점령기에 세워졌다. 반환 후에도 타바는 에일랏에 온 이스라엘 관광객이 덤으로 찾는 곳이었다.

이집트 정부는 팔레스타인 테러리스트들이 에일랏을 공격할 수 없어 대신 타바를 선택했다고 밝혔지만 그렇다고 에일랏이 철옹성인 것은 아니었다. 당연히 에일랏의 평화는 붕괴되고 긴장감이 찾아들었다. 이윽고 알 아크사 순교여단은 타바를 넘어 멀고먼 에일랏으로 순교자를 보냈다.

그런데도 에일랏은 여전히 이스라엘에서 가장 평화로운 도시라는 명성을 지키고 있었다. 이건 이스라엘이 에일랏을 평화로운 도시로 남겨두기를 간절히 원해서이거나, 아니면 에일랏이 아닌 다른 도시가 평화롭지 않은 도시가 되기를 원하기 때문일 것이다.

사막으로 돌아간 시온주의자

예루살렘에서 에일랏으로 가는 길은 1번 국도의 끝에서 90번 도로를 타고 남하하는 것이다. 이 길은 사해를 끼고 달리며 아라바 단층이 만들어낸 사막을 종단하는 길로 이어진다. 텔아비브에서 네게브 최대의 도시인 비르셰바를 거쳐 에일랏으로 이어지는 도로는 40번이다. 에일랏에서 본다면 90번 도로는 홍해에서 사해를 향하고 40번 도로는 홍해에서 지중해를 향해 사선으로 달린다. 40번 국도변으로 펼쳐지는 사막은 아라바 단층을 벗어나 있어 풍광이 사뭇 다르다. 달릴수록 거친 산악지형으로 변모하는 사막은 미츠페 라몬에 이르러 장대한 풍광, 라몬 크레이터를 선물한다. 아라바 단층이 만들어지기 훨씬 전, 수억년 전에 탄생한 40킬로미터 길이의 장대한 크레이터를 한눈에 볼 수 있는 곳은 국도변의 민사라 산이다. 평지에 가까운 민사라에서 크레이터는 깎아지른 벼랑 아래 500미터에 걸쳐 펼쳐져 있다. 크레이터는 모래바람 속에 잠겼고 건너편 산은 희미하게 형체를 드러내고 있을 뿐이다. 모래바람 사이로 드러난 그 모습은 지구상의 풍경으로는 보이지 않는 거칠고 광포한 암갈색 사막이었다. 낭떠러지 턱에서는 한 사내가 줄을 걸고 벼랑타기를 준비하고 있다. 고작해야 벼랑타기를 뺀다면 인간에게 이 사막은 어떤 땅일까. 라몬 크레이터 한편에 자리한 미츠페 라몬은 네게브 사막의 이스라엘 정착촌인데 사막관광의 배후도시이다. 물론 사막으로 진출한 이스라엘의 정착촌이 처음부터 관광사업을 목표로 한 것은 아니었다.

이스라엘의 사막 정책은 '사막을 옥토로'라는 슬로건으로 요약할 수 있다. 이 슬로건은 이스라엘에 대한 정형화된 이미지 중의 하나, 즉 개척자 이미지를 대변한다. 네게브 사막에 정착한 키부츠는 그 최전선의 전진기지였다.

이스라엘의 초대총리였으며 건국의 아버지로 불리는 다비드 벤구리온은 말년을 네게브 사막의 키부츠에서 지냈고, 그곳에 묻힘으로써 이 이미지의 정점에 선 인물이다. 1953년 벤구리온은 에일랏에서 예루살렘으로 돌아가는 도중의 어느 사막에서 차를 멈추게 했다. 그곳에는 청년들과 천막이 있었다. 바로 스데보케르 키부츠였다. 벤구리온은 그로부터 6개월 뒤 수상직을 버리고 스데보케르의 일원이 되어 네게브 사막으로 향했다. 그가 이곳에 보냈던 편지에는 이런 내용이 담겨 있었다.

나는 재물이나 학위를 가진 개인이나 단체를 부러워하지 않았습니다. 그러나 당신들을 만났을 때 마음속에 어떤 부러움이 자리잡는 것을 막을 수 없었습니다. 나는 왜 당신들이 하는 일에 참여할 수 있는 행운을 얻지

네게브 사막의 라몬 크레이터

못했을까요?

이스라엘의 초대 수상
다비드 벤구리온

난 벤구리온이 이 편지에 진심을 담았다고 믿는다. 그는 스데보케르 키부츠의 평범한 일원이 된 뒤 1955년 다시 총리직을 맡았지만 여전히 이 키부츠에 적을 두었다. 1963년 두번째로 총리직에서 물러났을 때 그는 스데보케르로 돌아와 그곳에서 숨을 거두었다. 벤구리온에게 사막은 '무에서 유를 창조하고 자주적으로 노동하는' 인간이 스스로를 실험하고 실현할 수 있는 최적의 장소였다. 노동 시온주의 지도자로서 그가 주도했던 건국정신이란 사막에서 꽃을 피우는 것이었고, 그것이 바로 그가 꿈꾸고 주장했던 이스라엘의 정신이었다.

스데보케르에 도착한 것은 정오 무렵이었다. 모래바람이 작열하는 사막의 태양을 가렸지만 열기를 품은 대기가 등판을 적셨고 후덥지근해서 더욱 불쾌한 날씨였다. 벤구리온 기념공원은 도로변에서 멀지 않은 곳에 자리잡고 있었다. 그가 살던 스데보케르 키부츠의 집과 조형물이 세워진 공원의 숲길을 지나면, 네게브의 산악이 한눈에 보이는 언덕 가장자리의 연구소 건물 앞에 그와 아내가 나란히 잠들어 있는 묘가 나온다. 나란히 놓인 두 개의 석관에 새겨진 비명은 헤브루어로 적혀 있어 이 언어를 모르는 사람은 어느 쪽이 벤구리온인지 쉽게 알 수 없지만 걱정할 필요는 없다. 나중에 죽은 이가 벤구리온으로 그의 석관은 오른쪽 것이다.

폴란드에서 태어나 1906년에 팔레스타인으로 이주한 그는 평소 희망에 따라 네게브 사막에 묻혔다. 그의 바람대로 네게브 사막의 일부는 옥토로 바뀌어 꽃을 피우고 있다. 물론 대부분은 여전히 사막으로 남아 있지만.

수정주의 시오니즘의 선구자
블라지미르 야보틴스키

벤구리온은 이스라엘 건국사에 등장하는 면면 중에서는 그래도 나은 축에 드는 인물이다. 예컨대 그의 라이벌이었던 블라지미르 야보틴스키 같은 극우 시온주의자보다는 상대적으로 사고방식이 몹시 건전한 인물이었다. 우선 그는 노동의 가치를 중요하게 여겼고 히스타드룻과 키부츠 같은 노동자, 농민의 조직을 정치적 기반으로 삼았다. 테러리즘에 경도되어 영국의 위임통치령인 팔레스타인 전체를 유대국가로 만들어야 한다고 주장했던 수정 시온주의자들은 천성적으로 탐욕스럽고 충동적인 중간계급에 기반할 수밖에 없는 세력이었다. 이건 후일 아리엘 샤론이나 아비그도르 리버만 따위의 변태적인 미치광이 인종도살자들이 야보틴스키를 스승으로 여기는 것과 무관하지 않다. 그들과 달리 벤구리온은 팔레스타인에 유대국가를 세우는 것이 아랍의 땅을 침략하는 것이라는 점에 대해서도 담백하게 그 진실을 인정했다.

내가 아랍 지도자라면 결코 이스라엘과의 협정에 서명하지 않을 것이다. 그건 당연하다. 우린 그들의 나라를 빼앗았다. (우리의) 신이 이 땅을 우리에게 약속한 것은 사실이지만 이게 그들에게 무슨 의미가 있겠는가.

야훼는 우리들의 신일 뿐이다.

'미안하지만 어쩔 수 없다'는 식의 이런 발언은 누군가에게 더욱 괘씸한 것일 수도 있지만 '원래 모두 우리 땅이었다'는 강도의 헛소리보다는 그래도 낫다. 최소한 벤구리온과 그의 동료들은 유엔의 팔레스타인 분할안이 정한 영토를 받아들이는 쪽이었다. 이건 나일 강에서 유프라테스 강까지가 자기네 땅이라고 우기던 수정 시온주의자들에 비한다면 그나마 양심적이다. 1967년 이스라엘이 기습공격으로 이집트의 시나이반도와 시리아의 골란고원 그리고 동예루살렘을 점령했을 때 벤구리온은 시나이반도를 점유해서는 안된다고 주장한 인물이었다. 물론 1956년 2차 중동전쟁은 그 자신이 총리로 재임할 때에 수행되었다. 1948년 전쟁에서도 그는 주도적인 역할을 수행했다.

그러나 벤구리온와 야보틴스키는 모두 시온주의자였고 근본적으로 침략주의자였다. 팔레스타인에 유대국가를 세우기 위해서는 토착민인 아랍인을 몰아내야 했다. 야보틴스키는 과격했고 벤구리온은 조금 온건했을 뿐이며 다른 점이란 민병조직 하가나와 이르군의 차이일 뿐이었다. 둘 모두 공동의 목표를 향해 긴밀히 협조했으며 건국 후 이스라엘군 창설의 주역이 되었다.

시온주의는 자신의 침략주의적 본성을 공공연히 드러내고 싶어하지는 않았다. 1920년대 시온주의자들에 의한 유대인 이주가 본격화되었을 때 그들이 내걸었던 슬로건이 '땅 없는 자들을 위한 비어 있는 땅'이었다. 말하자면 시온주의는 개척운동이었다. 팔레스타인은 불모지였고 개척자 유대인을 기다리고 있는 땅이었다. 오랫동안 (지금까지도) 시온주의의 신화로 남아 있는 이 개척정신은 시온주의의 침략성을 은폐하고 정치적인 면죄부를 안겨주는 이미지로 활용되어왔다.

사실을 말하자면 팔레스타인에는 사막에서조차 베두인이 유목하고 있었다. 갈릴리에서 헤브론에 이르기까지, 하이파에서 제리코에 이르기까지 아랍인의 마을이 있었다. 유대인이 정착했던 곳은 대부분 이미 경작되고 있던 땅이었다. 1891년 팔레스타인을 방문했던 유대인 작가 아카드 하암은 "이스라엘(팔레스타인)은 전혀 비어 있지 않은 땅이며 경작되지 않는 땅을 찾기 힘들다"고 썼다. 실제로 유대인은 시온주의자의 돈으로 지주에게서 토지를 구입한 후 아랍 소작농을 내쫓고 정착했다. 진정으로 불모지인 네게브 사막에 정착한 유대인은 무시해도 좋을 만큼 소수에 불과했다.

이스라엘의 4대 총리였던 골다 메이어는 '팔레스타인인이란 애초에 존재하지 않았다'고 주장했지만 팔레스타인이란 국가는 존재하지 않았을지언정 그곳엔 1300년을 살아온, 이제 막 국가를 만들 아랍인이 있었다. 시온주의는 그들이 국가를 탄생시킬 기회를 박탈하고 대신 자기네 나라를 세웠을 뿐이다. 시온주의의 개척정신이란 침략과 강탈을 그럴싸하게 미화한 허구적 신화에 불과했다.

1947년 시온주의자들이 유대국가를 세우기 위한 전쟁을 시작했을 때 다수의 팔레스타인 난민 발생은 피할 수 없는 현실이었다. 이것은 그 땅에서 평생 살아온 아랍인을 몰아내는 전쟁이었다. 1948년 전쟁의 와중에 벤구리온은 동료들에게 말했다.

"늙은이는 죽을 것이고, 젊은이는 잊을 것이다."

이것이 얼마나 헛된 소망이었는지는 벤구리온 자신이 누구보다 잘 알고 있었을 것이다. 1949년 유대인 철학자 마르틴 부버는 아랍 난민에 대해 언급하면서 벤구리온에게 이렇게 말했다.

우리는 이스라엘이 무죄가 아니며 구원도 아니라는 현실에 직면하게 될 것이다. 이스라엘의 탄생과 확장으로 우리 유대인들은 역사적으로 우리 자신이 겪었던 디아스포라의 비극을 다른 민족에게 겪게 했다.

오늘 가자와 서안, 레바논과 시리아와 요르단의 젊은 팔레스타인인은 아무것도 잊지 않고 있다. 노인들은 죽어가고 있지만 무덤 속에서도 고향을 향해 머리를 두고 있으며 묘비명에 자신이 떠나온 마을의 이름을 새기고 있다. 노인의 뼈와 젊은이의 기억과 싸우기 위해 이스라엘은 죽은 자의 무덤과 산 자의 머리 위에 폭탄을 떨구고 있지만 역사와 기억을 없앨 방법은 좀처럼 찾을 수 없다. 그 불가능한 길을 걸어왔던 이스라엘은 오늘 또하나의 나치즘을 실현하고 있다.

시온주의는 유대인을 약속의 땅으로 인도한 것이 아니라 선악과를 따도록 인도했다. 벤구리온이 말년을 사막에서 보낸 이유는 어쩌면 그 죄악의 언덕에서 가장 멀리 떨어진 곳이 네게브 사막이기 때문인지도 모른다.

05

'자치'라는
이름의
식민지

살 만한 도시

예루살렘에서 또 길을 잃은 날, 어쩌다보니 칼란디아 검문소가 눈앞에 나타났다. 일정대로라면 아직 라말라(Ramalah)로 갈 때는 아니었기 때문에 돌아가려 했지만 검문소를 지나버리고 말았다. 여행을 관장하는 신 중에는 '어쩌다보니 신'이 있어 주로 무더운 정오 무렵에 탈진한 여행자를 인도하곤 한다.

검문소를 지나는 데 어려움은 없었지만 이쪽과 저쪽은 한눈에도 다른 세상이었다. 바늘처럼 따갑게 내리꽂히는 땡볕 아래 서안에서 나오려는 차들은 검문을 받기 위해 줄지어 서 있고 그 뒤로 흙먼지가 자욱하게 피어올랐다. 라말라로 향하는 도로는 비포장길이나 다름없었다. 그 고약스런 길을 얼마간 달리자 갑자기 싱싱하게 먹색으로 빛나는 아스팔트가 나타났고 깨끗한 건물들이 도로변에 이어지기 시작했다. 나는 어쩌다보니 예루살렘으로 돌아 나왔거나 길을 잃은 것은 아닌지 의심스러워져 차를 멈추고 마침 길가에 주차해 있던 택시 운전사에게 물었다.

"라말라가 어디지요?"

사람 좋게 생긴 택시 운전사는 기분 좋게 대답해주었다.

"여기가 라말라요."

멀쩡한 도시였다. 그게 이상했던 것을 보면 아마도 나는 무의식중에 라말라가 멀쩡하지 않은 곳으로 여기고 있었던 모양이다. 택시 운전사가 가리키는 시내 중심가 방향으로 차를 몰았고 한동안 이곳저곳을 두서없이 돌아다녔다.

'역시 멀쩡한 도시군.'

이게 이스라엘의 점령지 서안의 행정도시 라말라에 대한 나의 첫인상이었다. 시내 중심지인 알 마나라 광장 주변에는 사람들로 북적였다. 쇼핑가와 쇼핑몰도 눈에 띄었다. 중심가를 벗어나자 주택가로 보이는 구릉에는 아파트 같은 깨끗한 건물들이 즐비했다. 문득 살 만한 도시라는 생각이 들었다. 총을 든 병사들이 무시로 오락가락하며 고압적인 분위기를 자아내지도 않았고 연회색 팔레스타인 대리석으로 외벽을 치장한 건물들은 멋져 보였다. 시내는 번잡하고 시끄러운데다 무질서했지만 그곳을 벗어나자 적조하리만큼 조용했다.

멀쩡한 도시가 살 만한 도시로 바뀌어 보일 때쯤 나는 조금씩 불안해지기 시작했다. 나는 살 만한 도시를 찾아온 것은 아니었다. 해거름즈음 나는 누군가라도 만나야겠다고 생각하고 서울에서 챙겨온 전화번호 목록에서 하나를 골라 텔아비브에서 마련한 휴대전화의 버튼을 눌렀다. 불통이었다. 다운타운 근처 대리점에 문의한 결과 "그건 이스라엘에서나 통하지요"라며 자왈이라는 심카드를 내밀었다. 자왈(子曰)이라, 중국업체인가?

자왈은 팔레스타인 이동통신업체로 팔텔의 자회사라고 했다. 점원 말로는 팔텔을 소유한 자는 손꼽히는 갑부라고 한다. 이동통신은 어디서나 황금알을 낳는 거위가 아닌가. 게다가 팔텔은 1997년 이후 20년간의 사업허가를 얻었으며 첫 10년간은 독점사업을 벌일 수 있었다. 말할 것도 없이 1996년 출범한 자치정부로부터 획득한 이권일 것이다. 밝고 명랑한 거래였을까. 이 방면에 쌓인 자치정부의 명성을 고려한다면 천만의 말씀일 것이다.

나는 자왈 칩으로 바꾸는 대신 점원의 휴대전화를 빌려 썼다. 두시간 뒤로 약속을 잡고 해가 진 다운타운 이곳저곳을 걸었다. 라말라는 현대적으로 발달한 도시는 아니었다. 번잡한 거리는 광장을 중심으로 100여미터에 불과했고, 상점들의 물건도 대개 수수한 편이었다. 사람들의 표정과 외모를 살피기에 거리의 불빛은 충분히 밝지 않았다. 차도에는 차들이 꼬리를 물었는데 벤츠와 베엠베도 심심치 않게 볼 수 있었다. 한 고급승용차의 차창 너머로 슬쩍 훔쳐본 운전자와 승객의 모습은 거리를 배회하는 수많은 사람들의 행색과는 뚜렷이 대조되었다.

어쩌다보니 오게 된 라말라의 첫인상은 막연히 내 머릿속에 자리잡고 있던 팔레스타인의 이미지와 너무 달랐다. 이 도시는 전쟁터가 아니었고 세상의 다른 도시들처럼 가난한 자와 부유한 자가 나뉘어 있었다. 지극히 당연한 일인데도 나는 어인 일인지 괜한 배신감 따위를 느끼고 있었다.

서안의 팔레스타인 행정도시 라말라

알 마나라 광장 한편에서 은발의 팔레스타인 사내를 만났다. 우리는 근처 커피숍에 마주 앉았는데 그는 작가라고 했다. 이 사내는 이즈음 돌아가는 꼴을 묻는 상투적인 내 질문에 대뜸 팔레스타인의 오랜 고통을 말하기 시작했다. 그러곤 자신에겐 이제 꿈도 희망도 없다고 단언했다. 나는 몇번이나 같은 질문을 되풀이했다. 희망이 없어요? 희망이 없어요? 그럼 어떻게 살지요? 그는 다만 기다릴 뿐이라고 대답했다. 뭘 기다려요? 아무것도. 단지 기다릴 뿐이지요.

친구인 듯한 사내가 그의 뒤통수를 툭 치며 지나갔다. 그는 콧수염을 만지작거리며 어색한 웃음으로 뒤통수를 친 사내를 흘겼다. 그가 할 수 있는 일이란 정말 기다리는 일뿐인지도 모른다. 어쩌면 그걸 써 갈기고 즐기면서 입에 풀칠을 하고 있을지도 모르리란 끔찍한 생각도 들었다. 나는 턱없이 피곤해졌고 빨리 이 도시에서 벗어나고 싶어졌다. 머리가 어질어질했다. 끊임없이 줄담배를 피워댄 탓도 했지만 커피숍 이곳저곳에서 안개처럼 피어오르는 짙은 물담배 냄새 때문이기도 했다.

남아공 반투스탄과 이스라엘 점령지

1989년 크리스마스에 예루살렘을 방문했던 남아프리카공화국의 데스몬드 투투 대주교는 이렇게 말했다.

저는 남아프리카인입니다. 지금 가자지구와 서안에서 발생하는 일들, 이건 한때 남아프리카공화국에서 저지른 짓이군요.

투투 대주교가 비교한 것은 물론 남아공의 아파르트헤이트이다. 악명높은 남아공 백인정권이 사라진 후 지구상에서 유일하게 그 적자로 인정받고 있는 나라가 이스라엘이다.

팔레스타인의 오늘을 이해하는 데에는 지난 60년 동안 켜켜이 쌓인 복잡한 문서들, 예컨대 전쟁과 협정, 교섭, 결의, 회담의 정글을 뒤지느니 차라리 남아공의 어제를 돌아보는 편이 나을지도 모른다. 왜냐하면 아파르트헤이트는 이미 종결되어 정리된 역사가 되었기 때문이다. 그것을 통해 우리는 팔레스타인과 이스라엘의 내일을 가늠할 수 있을지도 모른다.

나찌는 세계사에 인종말살 정책을, 남아공의 백인정권은 인종분리 정책을 기록했다. 1910년대에 시작되어 1940년대에 본격화된 아파르트헤이트는, 한때 영국의 식민지였던 나라에서 제국주의가 물러간 후 본국을 잃어버린(또는 버린) 토착 백인 지배세력이 인종주의에 근거한 새로운 식민주의를 확립하는 과정에서 등장했다.

오늘날 팔레스타인을 가리킬 때 쓰는 말인 '반투스탄'은 원래 남아공 백인정권의 인종분리 정책의 일환으로 추진된 흑인자치구를 일컫는 용어로, 1948년 집권한 남아공의 국민당이 1951년 '반투스탄정부법'을 제정함으로써 알려졌다. 1913년 흑인의 토지소유를 전 국토의 10퍼센트로 제한한 '원주민토지법'으로 보호구역을 탄생시킨 백인 인종주의정권은 전 국토의 13퍼센트에 불과한 10개의 흑인자치구를 만들었다. 77퍼센트는 소수 백인의 영토였다. 10개의 반투스탄은 부족별로 나누었으며 여기에 '홈랜드'라는 이름을 붙였다. 각각의 반투스탄에 주어진 자치는 아파르트헤이트 정권에 협조적인 자들에게 허락했다. 1959년 자치권을 강화한다는 명분의 '반투스탄자치정부법'의 통과로 흑인들은 시민권을 비롯한 국민으로서의 권리를 완전히 박탈당했으며, 1970년 '흑인 홈랜드국적법'에 이르러서는 반투스탄에 거주하지 않는 흑인들조차 시민권을 박탈당함으로써 아파르트헤이트와 반투스탄은 완성단계에 이르렀다.

1976년부터 반투스탄은 남아공 백인정권의 후원으로 독립했지만 국제적으로는 어떤 나라로부터도 인정받지 못했다. 반투스탄은 정치적·경제적으로 백인 남아공에 예속된 신종 흑인식민지에 불과했다. 반투스탄 흑인은 극도로 빈곤했고 자치정부는 예외없이 부정하고 부패했다. 반투스탄의 살인적인 실업률로 흑인은 외부, 즉 남아공으로

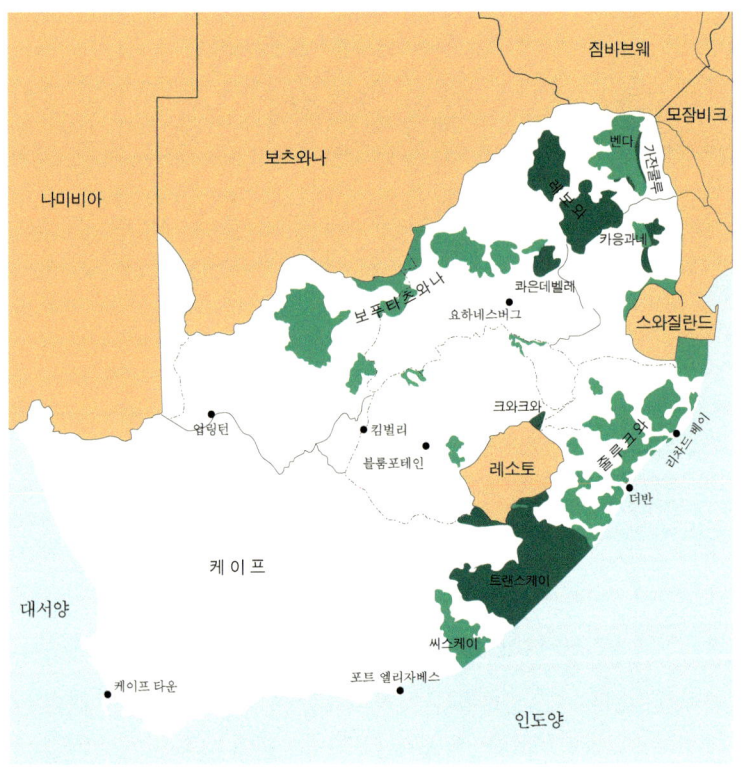

남아프리카공화국 백인정권 하의 반투스탄

일자리를 찾아나서야 했다. 반투스탄은 남아공 백인 자본과 농장주에게 극도로 저렴한 흑인 노동력을 제공하는 거대한 풀이었다. 남아공의 백인은 즐겁게 이들을 착취하고 언제라도 홈랜드로 돌려보낼 수 있었다.

똑같은 일이 팔레스타인에서 벌어졌고 지금도 이어지고 있다. 특히 1995년 오슬로협정이 체결된 후 등장한 팔레스타인 자치정부는 반투스탄의 자치정부와 별로 다르지 않은 길을 걸어왔다. 또한 이스라엘과 그의 동반자인 미국의 바람은 남아공의 아파르트헤이트 백인정권이 반투스탄에 기대했던 것과 다르지 않다. 자치라는 이름이 상징하는 주권과 자결의 헛된 기대 아래 부정하고 부패한 자치를 온존시켜 방패막으로 삼는 것이다. 팔레스타인 자치정부는 지난 10여년 동안 그 요구를 충족시켜왔다.

라말라의 도로를 굴러다니는 벤츠와 베엠베, 구릉에 자리잡은 고급 맨션과 아파트는 그 댓가로 호의호식하는 팔레스타인 신흥지배계급의 존재를 암시한다. 자치정부와 관련해 떠들썩하게 드러났던 몇가지 추문들은 이런 추측이 근거 없지 않음을 시사한다.

2003년 4월 아라파트를 승계해 초대총리로 지명된 마흐무드 압바스가 4개월 만에 사퇴하고 그 자리가 아흐메드 쿠레이에게 돌아갔다. 하지만 쿠레이의 집안이 소유한 시멘트 회사가 이스라엘의 고립장벽과 점령촌 건설에 사용될 시멘트를 공급해 이적행위나 다름없는 짓을 저지른 사실이 밝혀져 파문이 일었다. 죽은 아라파트도 스캔들에서 자유롭지는 않다. 그의 미망인 수하 아라파트는 스위스 은행에서 개인계좌로 입금된 900만유로 때문에 돈세탁 혐의로 프랑스 당국의 수사대상이 되었다. 1997년 자치정부 예산 중 3억 2600만달러가 허공으

2005년 백악관에서 미국 대통령 부시와 만난
마흐무드 압바스

로 사라진 사실도 밝혀졌다. 물론 지금까지 아무도 이 사건에 대해 책임지지 않고 있다. 하마스의 총선 압승 직후인 2006년 2월에는 50건의 부정으로 7억달러가 사라진 것이 밝혀졌다. 이 스캔들에는 다양한 기업들이 연루되어 있다.

컬럼비아대학의 조지프 마싸드에 따르면 '오슬로협정과 이해를 같이하는 다섯계급'이라는 이름의 이 신흥 지배계급은 정치인, 관료, 치안 부처, NGO 활동가, 사업가로 나뉜다. 이들은 모두 오슬로의 자식이자 오슬로의 꿀을 빨고 있는 자들로 팔레스타인이란 반투스탄을 지탱하는 '자치체제'의 계급적 구성부분들이다. 이들이 오슬로의 아버지인 미국과 이스라엘 그리고 자신의 이익을 수호하기 위해 뛰고 있는 모습은 비감함을 넘어서 처참할 정도이다.

2006년 총선에서 하마스의 압승은 팔레스타인의 반투스탄적 자치에 대한 불신이자 항의를 의미한다. 이후 미국과 이스라엘이 주도한 경제봉쇄와 하마스에 대한 탄압은 반투스탄을 거부한 팔레스타인인에 대한 억압이었지만 자치정부가 보여준 태도는 명백히 매판적이었다. 자치정부의 주도세력인 팔레스타인 민족해방운동(Fatah, 파타)은 미국과 이스라엘이 제공하는 자금과 무기를 받았다. 가자가 이스라엘의 폭격을 받는 와중에 서안에서 하마스 조직원들을 체포하고 고문한 것은 이스라엘 비밀경찰이 아니라 팔레스타인 자치정부의 보안군이었다. 게다가 파타는 새 내각을 출범시켜 가자지구의 고립에 동조했다.

아파르트헤이트가 탄생시킨 반투스탄은 자치라는 미명 아래 등장한 남아공 백인들의 흑인식민지였다. 반투스탄의 자치정부는 예외없이 부패했고 그러는 한 아파르트헤이트 정권의 지지와 지원을 받았다. 오슬로협정으로 그처럼 부패한 자치정부가 팔레스타인에도 등장했다. 하마스가 집권하면서 조성된 위기국면에서 증명된 것은, 미국과 이스라엘이 마침내 팔레스타인을 완전한 반투스탄으로 만들었고, 이 상태를 유지하기 위해 수단과 방법을 가리지 않고 있다는 점이다.

'인종 감옥' 팔레스타인

팔레스타인 지역을 지칭하는 다른 이름이 있다면 바로 '점령지'이다. 요르단 강 서안과 가자의 국제적인(예를 들어 유엔이 채택한) 공식 명칭은 '이스라엘 점령지'이다. 물론 군사 점령지를 말한다. 이스라엘은 1967년 이집트와 시리아 등 주변 4개국과의 전쟁을 통해서 서안과 동예루살렘, 가자, 시나이반도, 골란고원을 점령한 후 휴전을 맺었다. 같은 해 11월 유엔안전보장이사회는 '점령한 영토로부터 이스라엘 무장병력의 철수' 등 5개 항으로 이루어진 짤막한 결의안 242호를 채택했지만 점령 상태는 지금까지 유지되고 있다. 유엔안보리 결의안은 이 점령이 국제법상 불법이라는 판정의 근거이다.

1967년 이스라엘에 의해 점령되기 전 서안(동예루살렘 포함)과 가자는 요르단과 이집트에 속해 있었다. 말하자면 팔레스타인은 존재하지 않았다. 1948년 전쟁은 이스라엘을 탄생시켰지만 요르단 강 서안은 (트랜스)요르단에, 가자는 이집트에 넘긴 채 휴전이 체결되었다. 1948년 11월 가자에서는 아랍연맹의 후원 아래 예루살렘을 수도로 하는 전 팔레스타인 정부의 수립이 선언되었지만 요르단이 외면한 가운

팔레스타인 서안의 이스라엘 검문소에서 군인의 명령에 팔레스타인 사내가 웃옷을 열어 보이고 있다.
군인의 뒤편으로 검문소를 통과하지 못하고 잡혀 있는 그의 친구가 보인다.

데 곧 유명무실해졌다. 1948년 전쟁에서 서안을 차지한 하심 왕가의 요르단은 자신들의 점령지에 팔레스타인 국가를 수립하는 방안을 고민하는 대신 1950년 재빨리 합병하는 쪽을 택했다(요르단은 1988년 이전까지 서안에 대한 영유권을 포기하지 않았다). 영국이 이 합병을 즉각 인정한 것은 꽤나 인상 깊은 대목이다.

서안과 가자가 이집트와 요르단의 영토였음에도 인구는 팔레스타인인이 압도적으로 많았다. 특히 1948년 전쟁으로 발생한 난민 대부분은 서안과 가자로 흘러들어갔다. 서안의 팔레스타인 난민들은 이후 1967년 전쟁 당시 요르단으로 넘어갔는데 현재 요르단 인구의 70퍼센트가량이 팔레스타인인이다.

내가 라말라에서 머물렀던 집의 주인은 여든을 넘긴 노인이었는데 그는 요르단이 통치하던 시기가 달갑지 않았고 심지어 이스라엘 점령 통치보다 나을 게 없었다고 술회했다. 그의 기억에 따르면 요르단 관리들은 고압적이었으며 유엔의 구호물자들에 더 많은 관심을 갖고 있는 자들이었다. 그러나 강퍅했던 시절이라 해도 그때의 서안을 1967년 전쟁으로 이스라엘의 점령지가 된 이후의 서안과 비교할 수는 없다. 노인은 1967년 전쟁 후 보따리를 싸 미국으로 이민을 떠나 최근에야 돌아온 사람이었다. 노인과 달리 서안에 남은 팔레스타인인에게 이스라엘의 점령은 끝을 알 수 없는 악몽의 시작이었다. 점령 40년을 맞은 현재의 서안과 가자를 일컫는 '인종 감옥'은 수사(修辭)가 아니라 비참한 현실이다. 점령지의 팔레스타인인은 점령당해 있을 뿐 아니라 갇혀 있으며, 일상적으로 인권을 유린당하는데다 신식민지적으로 수탈당하고 있다.

1967년 점령 이후 서안은 이스라엘이 벌이는 영토확장 야욕의 제물로 비치기도 했다. 서안의 이스라엘 점령촌은 1948년을 전후해 유대인 정착촌이 수행했던 역할을 반복하는 듯하다. 그러나 이스라엘의 실제 목적은 점령과 지배이지 영토확장이 아니다. '대 이스라엘'은 유대인을 선동하는 기제일 뿐이다.

영토확장이 이스라엘에 결코 이롭지 못하다는 것은 인구통계학이 말해준다. 이스라엘이 서안과 가자를 합병한다면 팔레스타인인들이 농담삼아 말하듯 선거를 통한 팔레스타인 국가의 창출로 이어질 것이다. 그러나 이스라엘은 어떤 아랍인에게도 선거권을 부여하기를 원하지 않는다.

이스라엘이 팔레스타인인을 밀어내고 있다는 주장은 영토확장과 마찬가지로 잘못된 선전이다. 이스라엘의 바람은 값싼 노동력과 종속된 시장으로 요약할 수 있다. 오늘 서안과 가자가 감옥이 되고 있는 이유는 점령된 감옥이야말로 이 두 역할을 가장 완벽하게 실현해낼 수 있기 때문이다. 그러므로 이스라엘의 팔레스타인 점령을 제대로 이해하기 위해서 우리는 다시 남아프리카공화국의 반투스탄으로 돌아가야 한다.

남아공의 아파르트헤이트 정권은 국토의 13퍼센트를 떼어 10개의 반투스탄을 만들었고 신식민지로 삼아 통치했다. 반투스탄의 흑인은 백인 산업자본과 농업자본에 저렴한 노동력 원천이 되었고 또한 완벽하게 통제 가능한 시장으로 기능했다. 반투스탄은 더이상 불가능한 재래의 식민지 직접통치를 대체할 가장 효율적인 통치수단이었다. 그 핵심 키워드는 인종의 '분리'였으며 바로 이것이 저임노동력과 시장이라는 신식민지적 공식을 가능케 했다. 한편 반투스탄은 정치적·군사적으로 더없이 효율적으로 지배할 수 있었다. (한정된) 자치는 아파르트헤이트 남아공에는 명분을, 흑인에게는 환상을 제공했다. 흑인을 국토의 13퍼센트에 몰아넣음으로써 남아공 백인정권은 한정된 물리력을 효율적으로 사용할 수 있었다. 마치 흑인을 우리에 몰아넣고 그들 중 가장 탐욕스러운 자에게 '자치'라는 몽둥이를 들려 우리지기로 고용함으로써 한층 수월하게 지배하고 수탈할 수 있게 된 것과 마찬가지였다.

근본적으로 이와 쌍생아 격인 팔레스타인 점령지는 다른 점도 있었다. 1995년 오슬로협정이 체결되기 전까지는 점령지에 반투스탄식 자치란 존재하지 않았다. 남아공이 1913년의 흑인 보호구역에서 반투스탄의 영감을 얻었듯이 이스라엘은 자신의 경험에 바탕한 점령지 지배 계획을 구상했다. 바로 유대인 정착촌이었다. 점령지에 유대인 정착

촌을 도입함으로써 이스라엘은 점령지를 일상적으로 지배할 수 있는 물적·인적 토대를 구축할 수 있었다. 하지만 전쟁은 이스라엘이 점령지에 자치를 도입할 수 없는 원인으로 작용했다. 방금 아랍과 전쟁을 끝내고 또다른 전쟁을 벌이면서 점령지에 잠재적 위협인 아랍인의 자치를 허용할 수는 없었다. 만약 반투스탄식 자치가 가능했다면 이스라엘이 마다할 이유는 없었을 것이다. 1978년 캠프데이비드 협정은 그 실마리를 보여주기도 했다. 어쨌든 점령지 내 유대인 정착촌의 확대는 점령의 항구화에 기여함으로써 실질적 지배를 강화하기 위한 수단이 되었다.

　점령지에 대한 수탈은 체계적으로 심화되었다. 캠프데이비드 협정이 체결된 1970년대말 점령지는 연간 6억달러의 이스라엘 상품이 판매되는 통제된 시장이었다. 1967년 점령지의 탄생으로 확대된 이스라엘 국내시장은 경제부양을 가져오기까지 했다. 또한 이스라엘은 저렴할뿐더러 착취에 대한 저항력이 현저히 낮은 점령지의 값싼 노동력을 만끽했다. 1980년대 중반 서안과 가자의 노동력은 이스라엘 전체 노동력의 7퍼센트를 차지했고, 1985년에는 점령지 가용노동력의 3분의 1을 이스라엘이 이용하고 있었다. 특히 건설업에서의 비중은 압도적이어서 건설노동력의 45퍼센트를 점령지에서 충당하고 있었다.

또하나 주목해야 할 것은 이로부터 이스라엘의 군산복합체가 막대한 이득을 취했다는 점이다. 1967년 전쟁 이후 급증한 이스라엘의 군사비 지출은 1973년 전쟁을 거치면서 1980년대에는 GDP의 24퍼센트라는, 상상을 초월하는 수치로 치솟았다. 이 과정에서 점령지는 막대한 군사비를 빨아들이는 호스 역할을 했다. 점령지에 건설되기 시작한 점령촌은 이스라엘군의 보호를 동반했고 다양한 군사시설에 대한 지출로 이어졌다. 요컨대 점령지에 대한 폭력적 식민화가 이스라엘과 미국의 군산복합체의 이익과 무관하지 않음은 두말할 나위가 없다.

봉쇄 그리고 전진

봄을 맞은 서안 고지대의 하늘은 더없이 짙푸르고 대기는 청명했다. 구릉에는 키 작은 노란 들국이 만발했고 키 큰 엉겅퀴가 가시를 뽐내며 보랏빛 꽃망울을 틔웠다. 목동들이 한가롭게 양에게 풀을 뜯기는 벌판은 한폭의 그림과도 같았다.

그러나 사실을 말한다면 점령지의 팔레스타인 사람들은 누구 할 것 없이 꽤나 지치고 우울해 보였다. 천성이 낙천적인 사람조차 가끔씩 표정에 어두운 그림자가 드리워졌다.

"팔레스타인에 온 것을 환영해. 최악의 시기에."

누군가 농담처럼 이렇게 말했는데 유감스럽게도 그건 빈말이 아니라 현실이었다. 서안과 가자를 통틀어 가장 넉넉하고 기름진 라말라

같은 도시에서도 예외는 아니었다. 알 마나라 광장 주변은 언제나 청년 실업자로 들끓었다. 어떤 젊은이들은 일자리를 구하기 위해 다른 지역에서 검문소의 숲을 지나 힘들게 이곳까지 왔다. 그러나 라말라에도 일자리는 없었다.

직장을 갖고 있어도 제대로 월급을 받고 있다는 사람이 드물었다. 경제봉쇄 탓에 돈줄이 막힌 자치정부는 공무원에게 급여를 지불하지 못했다. 사기업도 봉쇄의 영향에서 자유롭지 못했다. 외국 방송국과 거래하는 프로덕션에서 프로듀서로 일하고 있는 자이드는 회사가 금융봉쇄로 송금이 어렵다는 이유로 두달째 월급을 받지 못하고 있다. 상점들도 더불어 파리를 날리고 있었다. 거리는 행인들의 발길로 분주했지만 5셰켈짜리 샌드위치 말고는 물건을 사는 사람들은 눈에 띄게 적었다. 거리는 그저 북적거리기만 할 뿐이었다.

파타와 하마스의 충돌은 서안에는 상대적으로 적은 영향을 미쳤다 해도 상식있는 사람들의 넋을 빼놓기에는 충분했다. 이 문제에 대해서는 다들 입을 열기를 꺼렸지만 지독히도 우울한 표정으로 속을 내비쳤다. 그 와중에도 이스라엘 점령군은 틈틈이 자신들이 원하는 사람들을 잡아갔다. M16이나 우지가 내뱉는 소리는 칼라슈니코프와 달랐기 때문에 어느 편 총소리인지 알 수 있었다. M16의 총소리가 들린 뒤에는 사람들이 끌려갔다. 너무도 빈번한 일이어서 그나마 누군가 총에 맞아 죽지 않으면 이야깃거리조차 되지 못했다.

일주일에 한번씩 돌아오는 휴일에도 그들은 어제와 똑같이 알 마나라 광장 근처를 배회했다. 물론 대부분은 실업자였지만 어제까지 직장에서 일을 했던 사람들도 새로 대열에 합류했다. 시간이 지날수록 사람들이 좀비처럼 살고 있음을 알 수 있었다. 그들은 아무 이유도 없이 같은 거리를 왕복했고, 매일처럼 같은 사람과 손을 잡고 볼을 비벼댔으며, 어제 했던 이야기를 오늘 반복하고 내일 또 지껄일 터였다.

도시에는 무기력이 팽배해 금방이라도 터져버릴 것 같았다. 패배감으로 충만한 무기력이었다. 모두들 이스라엘이 어떤 만행을 저지르고 있는지 빠르게 내뱉고 저주를 퍼부었지만 어떻게 그 손아귀에서 해방될 수 있는지는 아무 말도 하지 못했다.

서안에 맴도는 이 무기력의 직접적인 원인은 2006년 하마스 집권 이후 시작된 경제봉쇄이다. 하지만 단순히 그 때문으로 보기에 사람들은 너무도 지쳐 있었다. 그들이 기아에 허덕이는 것은 아니었다. 어렵지만 어쨌든 굶고 있지는 않았다. 그처럼 무기력의 원인은 복합적인 것이어서 경제봉쇄의 이면을 살펴야 비로소 납득할 수 있다.

2006년 이후 경제봉쇄를 주도한 세력은 이스라엘과 이른바 중동평화 4인방으로 불리는 '쿼텟'이었다. 2002년 구성된 쿼텟은 미국과 러시아, 유엔 그리고 유럽연합으로 구성된 협의체이다. 중동평화를 중재한다는 명분으로 구성된 이들은 하마스가 총선에서 압승을 거둔 후 팔레스타인 경제봉쇄를 주도하고 있다.

쿼텟과 이스라엘의 협조 아래 이루어지는 경제봉쇄는 ① 이스라엘이 팔레스타인에 전달해야 할 각종 세수(稅收)를 넘기지 않는 것 ② 팔레스타인에 대한 쿼텟의 지원금 감축 ③ 물류 통제 ④ 금융 제재가 핵심이다. 모두 허약하기 짝이 없는 팔레스타인 경제를 공동화시키는 데에 결정적인 역할을 하고도 남는다.

그동안 자치정부의 부정한 쌈짓돈 역할을 해왔던 세수의 차단은 그렇다 치더라도, 유엔과 유럽연합의 다양한 지원이 끊긴 것은 팔레스타인 민중의 생존에 치명적이다. 더불어 외부에서 유입되는 자금을

2003년 6월 아카바에서 만난 마흐무드 압바스와 조지 부시,
아리엘 샤론, 요르단 국왕 압둘라 2세(왼쪽부터)

뒤로 챙기던 자치정부의 정치가와 관료, 보안군의 모리배 또한 그 영향에서 무관할 수는 없었다. NGO들도 타격을 받았으며 팔레스타인 자치로 이윤을 챙기던 자본들도 쓴맛을 보았다.

경제봉쇄의 목표는 자치정부의 주역인 하마스를 제거하는 것이다. 하마스는 테러리스트 집단이며 이들에게 자치정부를 맡긴다는 것은 중동평화에 절대적인 악영향을 미친다는 명분을 내세운다. 이는 쿼텟의 이른바 '중동평화 로드맵'에 팔레스타인 민중의 민주적인 정치적 의사가 반영되지 않음을 의미한다.

이스라엘과 쿼텟의 경제봉쇄 1년이 경과하는 시점에서 그 목적은 달성된 듯하다. 하마스는 가자지구에 고립되었으며 뒷구멍으로 자금과 무기를 지원받는 파타는 서안에서 정치적 주도권을 되찾았다. 경제봉쇄로 꿀물을 잃은 신흥 지배계급들은 전적으로 파타를 지지하고 있으며 신흥 중산층의 여론을 몰아가고 있다.

자신들의 정치적 선택이 1년 만에 물거품이 되어버린 꼴을 목격하는 팔레스타인 민중의 심정은 참담할 수밖에 없다. 투표로 불신임당한 파타가 권력을 잃지 않고 여전히 지배자로 버티고 있는 현실은 고통스럽기만 하다. 그러나 무엇보다 끔찍한 좌절감은 자신의 운명을 타자가 쥐고 흔드는 현실에서 비롯된다. 여기에 '팔레스타인 민족해방운동'이라는 이름의 파타가 미국과 이스라엘의 손을 잡고 있는 작태는 팔레스타인인의 자존심을 나락으로 떨어뜨렸다.

오늘 팔레스타인인은 적이 외부에만 있는 것이 아니라 내부에도 있음을 학습하고 있다. 또한 내부의 적이 외부의 적보다 자신의 해방에 더욱 강고한 장애물임을 배우고 있다. 팔레스타인인은 해방 대신 주어진 '자치'가 숨기고 있는 본질을 지난 10년간 뼛속 깊이 깨달았다. 그 10년이 충분한 시간인지 아닌지는 누구도 알 수 없다. 여하튼 그들은 절망의 나락에 빠짐으로써 전진하고 있다. 옳은 방향으로 전진하려면 장 뽈 싸르트르가 프란츠 파농의 『대지의 저주받은 자들』에 주었던 다음 글귀를 기억해야 할 것이다.

운동이 교착 상태에 빠진 곳에서 다시 추진력을 얻으려면 농민들은 자국의 부르주아지를 타도해야 한다.

06

숨통을
조이는
봉쇄망

빌 리 언

제 닌

빌리언과 국제연대 그리고 미디어

라말라 거리에 이제 막 도착한 배낭여행자 차림의 젊은이를 본다면 그들 중의 일부는 빌리언(Bil'in)으로 갈 것이라고 믿어도 좋다. 라말라 서쪽의 카프르니메를 지나면 만날 수 있는 빌리언은, 2005년 1월 첫 시위가 시작된 후 매주 금요일 분리장벽에 항의하는 비폭력 시위가 열리는 팔레스타인 마을로 국제적인 명성을 얻고 있다. 빌리언 시위는 처음부터 팔레스타인인들만이 아니라 분리장벽 건설을 반대하는 이스라엘의 진보 평화단체들, 예를 들어 구시샬롬 같은 조직들이 참가하는 행사였다. 평화운동 네트워크인 국제연대운동(ISM)은 빌리언의 금요시위에 세계 각지에서 온 자원자들의 참가를 후원하고 있다.

라말라에서 12킬로미터쯤 떨어진 빌리언은 1976년 3차 중동전쟁 후 팔레스타인 서안과 이스라엘의 경계에 그어진 그린라인에서 불과

4킬로미터밖에 떨어져 있지 않은 마을이다. 마찬가지로 그린라인 가까이 위치한 이스라엘 점령촌 모딘 일릿을 목전에 두고 있다. 1991년 등장한 후 무서운 속도로 팽창해 2007년 현재 인구가 3만여명에 달하는 모딘 일릿은 당연히 주변의 땅을 급속히 잠식해왔고 7개의 크고 작은 점령촌을 형성해 이른바 '모딘 블록'을 형성했다. 모딘 블록의 인구는 4만 7000여명에 달한다. 그 과정에서 모딘 블록 일부가 빌리언 부근까지 확장되었고 그 인근에 분리장벽이 건설되었다. 이것은 콘크리트 장벽이 아닌 전기철책이다.

라말라에서 빌리언으로 가는 길은 서안의 전형적인 농촌지대를 지나 구릉을 타고 넘으며 구불구불 이어지는 기분 좋은 길이다. 시위는 마을의 모스크에서 장벽을 향해 행진하면서 시작된다. 모스크 주변에서는 외국 젊은이들이 눈에 띄었다. 캐나다에서 온 젊은이는 팔레스타인 이민 2세대로 부모의 나라를 찾아왔다고 했다. 일본에서 온 젊은이는 국제연대운동을 통해 소개받아 오게 되었다고 말했다. 정해진 시간인 1시를 조금 넘겨 행진이 시작되었다. 시위자들의 수는 매주 다르다. 내가 찾았을 때 모인 인원은 200여명으로 제법 큰 규모였다. 아마도 20명 정도가 방송사나 신문사의 기자였을 것이고 그중 2명은 다큐멘터리 촬영차 나온 것 같았다.

팔레스타인 깃발을 든 아이들을 앞세운 시위대가 마을 뒤편 올리브나무 숲이기도 한 구릉을 지나 철책 앞에 도착했을 때 시위진압에 동원된 이스라엘군 역시 철책 너머에 진을 치고 있었다. 잠시 뒤에 병사 중의 한명이 최루탄을 터뜨린 것을 신호로 시위대는 뒤편의 숲과 구릉 사이로 흩어졌다.

시위는 격렬해 보였다. 시위대 때문이 아니라 진압에 나선 이스라

빌리언의 시위대

엘 병사들 때문이었다. 고무탄발사기나 유탄발사기를 장착한 M16으로 무장한 병사들은 구릉지인 까닭에 별 효과는 없었는데도 쉴 없이 기계처럼 최루탄을 쏘았고 간간이 고무탄을 섞었다. 그러자 이채롭게도 외국인들은 피하는 대신 병사들 옆에 서서 야유를 퍼부었는데 이게 그들의 빌리언식 시위였다. 병사들은 대꾸하는 대신 무시했다. 기자들은 병사들의 뒤편이나 옆에서 사진을 찍거나 촬영을 했다. 다른 부류로는 팔레스타인인들이 있었다. 그들은 병사들이 고무탄을 쏘며 전진하자 일찌감치 물러서 숲속으로 자리를 옮겼다. 이스라엘식 시위 진압의 놀라운 점 중 하나는 조준사격으로 고무탄을 쏴댄다는 것인데, 살상효과가 뛰어난 고무탄은 오직 팔레스타인인을 표적으로 했다. 그러나 이날 빌리언의 시위에서는 1976년 노벨평화상 수상자인 메어리드 코리건이 고무탄을 다리에 맞는 부상을 입었다. M16에서 발

사되는 고무탄에 맞으면, 실명하거나 중상을 입거나 심지어 사망할 수도 있다.

차츰 외국인들이 모습을 감추기 시작하자 숲속의 팔레스타인 젊은 이들은 새총 비슷한 휴대용 투석기로 돌을 날렸고 시위진압용 군용 지프가 마을 쪽을 향해 움직이기 시작했다. 빌리언의 시위는 그렇게 끝이 나고 있었다.

정말 오랜만에 시위현장에서 진땀을 흘리며 이리저리 뛰어다니고 최루탄 연기를 들이마셨기 때문에 시위가 끝나기도 전에 탈진해 허덕였지만 나는 원했던 사진을 얻을 수 있었다. 유일하게 방독마스크를 쓰고 나타난 AFP의 여기자도 아마 필요한 사진을 찍었을 것이다. 설령 만족하지 못했다고 해도 크게 아쉬워할 일은 아니었다. 다음주 금요일 1시에 행진은 다시 시작할 테니까.

고무탄까지 동원했지만 외국인과 기자 들이 모여드는 빌리언의 시위에서 이스라엘 보안군은 대단한 인내력을 보였다. 팔레스타인 시위자들을 체포하려 들지도 구타하지도 않았다. 최루탄과 고무탄이 난무하지만 빌리언의 시위진압은 온건한 편이었다. 하지만 그밖의 장소에서는 사정이 다르다. 나는 후아라 검문소에서 어린 이스라엘 병사가 중년 팔레스타인인의 팔을 뒤로 꺾은 채 플라스틱 줄로 묶는 꼴을 눈앞에서 보았는데 놀랄 만큼 잔인했다. 주변에 100명 이상의 사람들이 지켜보고 있는데도 그랬다. 그 며칠전에는 한 팔레스타인인이 같은 검문소에서 총을 맞고 중상을 입어 병원에 실려가야 했다. 실탄사격은 드문 일이 아니었다. 서안의 이스라엘 병사들은 언제 어디서라도 주저없이 총을 쏘았다.

검문소 또는 다른 어디에서라도 팔레스타인인이 이스라엘 병사의 명령에 절대복종하는 이유는 죽고 싶지 않아서이다. 당장의 굴욕보다는 생명이 소중하니까. 제닌에서 가장 가까운 장벽까지 나를 데려다 주었던 알 파라 캠프의 압둘라는 철책의 교통로 저 멀리서 군용 지프가 달려오는 것을 보고는 언덕 아래로 냅다 줄행랑을 쳤다. 나중에 이유를 묻는 내게 그는 '총에 맞고 싶지 않아서'라고 대답했다.

빌리언에서 취재중인 외신기자

"그럼 나는?"

어이가 없어진 내가 퉁명스럽게 묻자 그가 말했다.

"당신은 외국인이잖아. 저자들은 망원경이 있으니까 당신이 외국인 걸 알아."

빌리언에서 매주 금요일 1시에 시위가 벌어지는 이유는 외국인(이스라엘인을 포함해)과 기자 들이 찾기 때문이다. 이스라엘군과 부딪혀야 하는 시위가 벌어질 때 외국인을 동원하는 것도 같은 이유이다. 요컨대 국제연대운동 활동가는 이렇게 말한다.

이스라엘군이 팔레스타인인을 천명이나 죽여도 미디어는 눈 하나 깜짝하지 않는다. 그러나 유럽인 또는 북미인이 한명이라도 죽거나 부상을 당하면 세계의 미디어가 보도한다. 또 외국인들이 참가하면 이스라엘군은 폭력을 자제한다. 우린 방패와 미디어가 동시에 필요하다.

2003년 5월 가자에서 보안을 이유로 이스라엘군이 한 마을을 깔아뭉갤 때 반대시위에 나섰던 미국 여성 레이첼 코리가 불도저에 깔려 목숨을 잃은 사건이 발생했다. 그녀의 죽음은 국제적으로 큰 반향을 불러일으켰다. 이스라엘은 그녀의 무모한 만용으로 책임을 돌렸지만 곤혹스러울 수밖에 없었다. 그런데 이스라엘군의 습격으로 몇명의 팔레스타인인이 목숨을 잃고 팔과 다리가 잘려나갔는지, 얼마나 많은 가족들이 집을 잃었는지는 아무도 알지 못하고 누구의 이름도 기억하지 않는다.

"빌리언? 국제사회와 미디어가 팔레스타인에서 벌이는 쇼지요."

라말라로 돌아와 빌리언에 대해 이야기하던 중 누군가 냉소적으로 내뱉은 말이다. 이건 좀 심한 말이었다. 어쨌든 외국인들은 빌리언의 시위에 선의로 참가하고 있었다. 그들의 선의를 의심할 필요는 없었다. 그러나 빌리언의 시위가 진정한 국제연대를 의미하는지 나는 확신할 수 없었다. 그러니까 '이 야만적인 자들이 이제는 외국인에게까지 고무탄을 쏘고 있다'는 것을 폭로하기 위해서라면, '그럼에도 불구하고 이스라엘은 외국인에게는 손대지 못한다'는 것을 증명하기 위해서라면 그걸 국제연대라고 말할 수 있는 것일까.

그는 냉소적으로 말했다.

"돌아가서 자신들의 나라에서 싸우란 말이지. 그럼 가끔이라도 얻어터지고 끌려가기라도 할 것 아니에요? 총에 맞아 죽을 일이야 없겠지만."

라말라의 마지막 시위

빌리언에서 라말라로 돌아온 그날 알 마나라 광장은 하마스의 집회에 참가한 군중들로 가득차 있었다. 야신과 하니예 등 하마스 지도자들의 사진을 인쇄한 플래카드 아래는 녹색 하마스 깃발이 물결처럼 펄럭였다. "알라 외에는 신이 없고 무함마드는 신의 사자(使者)이다." 녹색 바탕에 아랍어의 샤하다(교리)가 흰색으로 적힌 깃발은 단순한 배색이지만 강렬했다. 이날 집회는 서방의 압력으로 붕괴 직전에 놓인 하니야 정권을 지원하기 위한 것이었다. 시리아의 다마스쿠스에서 망명중인 지도자 칼리드 메샬이 전화로 연설을 했으며 그 목소리가 연단의 스피커를 통해 흘러나왔다.

"하마스는 단 한조각의 땅도 포기하지 않을 것이다. 우린 저항을 포기하지 않을 것이다. 우린 양보하지 않을 것이다."

녹색 깃발이 빌딩 사이에서 물결치고 함성과 구호가 들렸지만 집회는 긴장감으로 충만하기보다는 묘하게 맥이 빠져 있었다. 12월의 무력충돌을 계기로 맺어진 하마스와 파타의 위태로운 정전협정은 막바지로 치닫고 있었다. 라말라에서 하마스의 집회가 열리던 바로 그날에도 가자에서는 하마스와 파타의 충돌로 3명이 부상을 입었다. 외신이 2000여명으로 추산한 이날 하마스의 집회는 서안에서 여전히 하마스가 살아 있음을 증명했다. 파타의 거점인 라말라에서 열린 집회였지만, 늘 알 마나라에 진을 치고 있던 자치정부 경찰은 눈에 띄지 않았고 집회는 별다른 충돌 없이 끝났다. 내가 떠날 때까지 라말라에서

라말라 알 마나라 광장에서의 하마스 집회

열린 하마스의 대중집회는 이것이 처음이자 마지막이었다. 불과 보름이 지나기도 전에 충돌은 다시 격화되었고, 두달 뒤 하마스가 가자에서 파타를 축출하자 마흐무드 압바스는 기다렸다는 듯 비상사태를 선포하고 공동내각을 무산시켰다. 압도적인 무력과 외부 지원을 기반으로 파타는 서안을 완전히 장악했다. 서안의 하마스는 뿌리가 뽑혀나가기 시작했다. 전해 6월부터 서안 전역에서 시작된 이스라엘의 하마스 지도자 소탕작전은 이제 끝을 보려는 참이었고 이미 하마스 정권은 붕괴된 상태였다.

2006년 총선에서 민주적으로 구성된 하니야 정권을 붕괴시킨 것은 파타를 내세운 미국을 비롯한 쿼텟과 이스라엘이었다. 그 수단은 경제봉쇄 그리고 파타에 대한 무기와 자금 지원이었다. 세계사에서 이런 일은 아주 빈번히 일어났다. '분리하고 지배한다'는, 제국주의가 전가의 보도처럼 사용하는 방법이다. 하지만 팔레스타인 사람들에게는 이런 일이 초유의 사태였다. 오슬로협정에 따라 자치정부가 수립되기까지 해방운동 세력 내부에는 수많은 분파가 존재했다. 내부의 노선투쟁이나 갈등이 없었던 것도 아니었다. 그러나 노골적으로 적과 동침함으로써 운동의 대의를 자기 손으로 훼손하는 세력은 존재하지 않았다.

1990년대로 접어들면서 아라파트의 팔레스타인해방기구(PLO)가 주도해온 해외의 해방운동은 끈 떨어진 연과 같았다. PLO에 큰 힘이 되었던 사회주의권은 몰락했고, 테러 중심의 투쟁노선은 한계에 부딪혔으며, 1차 인티파다로 팔레스타인 내부의 투쟁이 발화됨으로써 운동의 중심은 더이상 해외에 있지 않게 되었다. PLO가 오슬로협정의 당사자가 되어 팔레스타인으로 돌아온 배경은 그랬다. 그로부터 10년

이 지난 후 세계는 점령자와 야합하고 있는 파타와 PLO를 보고 있다. 역설적으로 PLO를 견제하기 위해 미국과 이스라엘의 암묵적인 지원을 받았던 하마스가 비타협적인 투쟁의 주체가 되었다.

아마도 고통스러울 것이다. 하마스의 집회에 참석한 사람들의 얼굴에 하나같이 그림자가 깔려 있었다. 절체절명의 시기에 열린 집회에서 생기가 느껴지지 않는 것은 긍지와 자존심에 깊은 상처를 입은 탓일 것이다. 그들에게 파타는 팔레스타인의 일부였고 그런 파타를 적으로 돌려 총부리를 겨누고 싸워야 한다는 현실을 받아들이기가 쉽지 않았을 것이다. 집회가 끝나고 사람들은 천천히 알 마나라 광장을 떠나 뿔뿔이 흩어졌다. 사자상 아래 하마스의 녹색 머리띠를 매고 깃발을 팔던 어린아이가 팔다 남은 깃발을 가슴에 안고 흩어지는 군중을 물끄러미 바라보고 있었다. 아이의 눈에 그날 집회가 어떻게 기억될지는 훗날의 역사가 결정할 것이다.

보름쯤 뒤에 가자에서는 휴전 후 가장 격렬한 무력충돌이 벌어졌다. 그날 밤 라말라의 상가는 해가 지기 전에 모두 문을 닫았고 칠흑처럼 어두운 알 마나라에서는 젊은 하마스 대원들의 시위가 있었다. 칼라슈니코프 소총을 맨 100여명이 횃불을 켜 들고 사나운 함성을 외치며 텅 빈 라말라 중심가를 행진했다. 아마도 라말라에서는 다시 못 볼 하마스의 마지막 무력시위였다.

제닌, 제닌, 제닌

2000년 9월의 2차 인티파다는 이스라엘 총리 아리엘 샤론의 알 아크사 사원 방문을 계기로 촉발되었지만, 본질적으로는 같은해 7월 캠프데이비드 협상의 결렬이 배경이었다. 1995년 오슬로협정 체결에 따라 등장한 팔레스타인 자치정부는 5년 기한의 임시정부였다. 오슬로가 임시자치정부에 쥐어준 팔레스타인은 3분의 1쪽짜리도 못되었다. 1994년 가자-제리코 협정과 1995년의 잠정합의안에 따라 임시자치정부가 들어설 서안과 가자는 A와 B 그리고 C라는 기호로 삼분되었다. 이중 자치정부의 권한이 얼마간 온전하게 미치는 A지역은 서안 전체의 18%에 불과했다. 전적으로 이스라엘이 통치하는 C지역은 전체 면적의 61%에 달했으며 군사적으로 이스라엘이 관할하는 B지역이 21%를 차지했다. 팔레스타인 인구의 97%는 A와 B 지역에 밀집되어 있었다. 가자는 사정이 나았는데 A지역이 69%를 차지했고 B지역이 19%, C지역이 12%를 차지했다. 가자가 좁은 면적에 세계 최고의 인구밀도를 자랑하는 지역인 것은 이런 상황과 무관하지 않다.

2000년 캠프데이비드 회담은 온전한 정부 꼴을 바라는 아라파트와 양보하지 않는 샤론 그리고 이스라엘 편에 선 클린턴의 대립으로 결렬이라는 예정된 수순을 밟았다. 그리하여 폭발한 2차 인티파다는 자살폭탄 공격의 급증으로 이어졌다. 당연히 이스라엘은 압도적인 군사력으로 대응했다. 여전히 인티파다의 거센 소용돌이가 멈추지 않고 있던 2002년 팔레스타인의 풍경은, 라말라의 자치정부 청사에 연금되어 미사일 공격을 받고 있던 아라파트로 상징되는데, 이는 물론 아라파트와 라말라에 국한된 것은 아니었다.

2002년 4월 3일 이스라엘은 서안 전역을 대상으로 한 '방패 작전'에 돌입했다. 서안의 모든 도시를 대상으로 한 이 작전은 아마도 2차 인도차이나전쟁에서 미군이 남베트남에서 벌였던 '수색과 섬멸 작전'을 본떴을 것이다. 테러리스트 색출을 명분으로 내건 이스라엘군은 탱크와 장갑차, 불도저를 앞세워 서안의 모든 도시를 공격해 쑥밭으로 만들었다. 폭격기를 동원하지는 않았지만 대신 무장 헬리콥터가 등장했다.

영국 일간지 『가디언』은 이 작전으로 500여명의 팔레스타인인이 사망했다고 보도했고 팔레스타인 적신월사는 사망자가 216명이라고 밝혔다. 한달 넘게 계속된 이스라엘의 방패 작전에서 공방이 가장 격렬했던 곳은 서안 북부의 제닌(Jenin) 난민캠프였다. 캠프를 공격한 이스라엘군은 캠프 내 무장조직의 저항에 맞닥뜨렸고 시가전을 벌여야했다. 뒤로 물러선 이스라엘군은 다시 무장 불도저를 앞세워 캠프를 밀어버렸다. 방패 작전에서 사망한 29명의 이스라엘 병사 중 23명이 제닌 난민캠프에서 숨졌다. 이 공격으로 22명의 비무장 민간인을 포함한 56명의 팔레스타인인이 사망했다.

쑥밭이 된 제닌 난민캠프의 모습은 이스라엘의 철군 직후 상황을 영상으로 담은 모하메드 바크리의 다큐멘터리 「제닌, 제닌」에서 엿볼 수 있다. 캠프는 융단폭격이 지나간 후를 방불케 한다. 건물이 모두 주저앉았고 사람들은 유엔이 제공한 천막에 누워 있다. 당시 이스라엘군이 대량 양민학살을 저질렀다는 소문이 국제적으로 퍼졌다. 유엔과 엠네스티, 휴먼라이트워치(HRW)의 조사 결과 대량학살은 없었다는 결론이 나왔지만, 제닌 난민캠프에 붙은 양민학살이란 문패는 2002년 이스라엘의 방패 작전에 헌정된 훈장처럼 지금까지 남아 있다.

2007년 4월, 침공 5주년을 앞둔 제닌 난민캠프에서는 2002년의 흔적을 찾을 수는 없었다. 캠프의 자치운영 사무실에서 대화를 나누던 청년은 한번 둘러보자는 부탁에 엉거주춤 일어서주긴 했지만 슬쩍 웃으며 5분이면 충분할 것이라고 말했다.

Everywhere in the camp you find
someone looking for a relative,

모하메드 바크리의 「제닌, 제닌」 속 한 장면. 이스라엘군에 의해 파괴된 제닌 난민캠프.

캠프의 길들은 서안의 어떤 난민캠프보다 말끔하게 아스팔트 포장
이 되어 있었다. 건물들 역시 깨끗했다. 외벽은 다른 캠프처럼 붉은색
구호들로 어지러웠지만 시멘트를 그대로 드러낸 게 아니라 흰색 또는
베이지색으로 칠해져 있었다. 아무 때나 들어와 총을 쏴 갈기며 이른
바 테러리스트를 체포해 가는 이스라엘군의 총알 세례로 벌집 꼴을
한 벽도 간간히 눈에 띄었지만 그마저도 말끔하게 단장되어 있었다.

"5분이면 충분하다고 말했지요."

옆에서 나를 지켜보고 있던 청년이 웃음이 가시지 않은 표정으로
말했다. 아마도 폭삭 주저앉은 건물의 잔해 따위는 없는지 두리번거
리는 나 같은 얼간이들이 여럿 있었다는 증거였다. 그런 흔적은 남아
있지 않다는 것을 알게 되기까지는 5분이면 족했다. 2002년 세계 언
론의 주목을 받았던 만큼 복구지원도 쇄도했음을 짐작할 수 있었다.
나를 안내하던 청년은 아랍에미리트와 이란이 복구사업에 모두 2700
만달러를 지원했다고 귀띔했다.

캠프의 비탈길을 내려오면서 70년대 이발소 그림이라면 딱 알맞을 벽화가 그려진 담벼락을 보았다. 한편에 시멘트 블록이 그대로 드러난 벽에 그려진 그림에는 숲이 우거지고 물이 콸콸 흐르는 시내가 있고 언덕에는 네덜란드에나 있음직한 풍차와 소박한 단층집이 나무 사이로 엿보였다. 실로 유치한 그림이었다.

"멋진 그림이지요."

그림 앞에서 잠깐 서 있는 동안 청년이 혼잣말처럼 중얼거렸다.

"멋지군요."

잠깐의 침묵 끝에 나는 흔쾌히 동의했다. 모두의 꿈이 스며든 그림보다 멋진 작품을 세상 어디에서 찾을 수 있단 말인가. 게다가 이곳은 불과 5년 전에 폐허로 변했던 제닌 난민캠프였다.

나는 캠프 이곳저곳을 그와 함께 돌아다녔다. 순교자의 사진이 들어간 포스터와 구호 들로 어지러운 벽 사이에서 나는 끊임없이 무엇인가를 찾았지만 찾을 수 없었다. 숲과 시내와 풍차를 담은 그 유치한 벽화는 열군데가 넘는 다른 난민캠프에서는 찾을 수 없었던, 가장 아름다운 벽화였다.

캠프 어귀에는 재활치료쎈터가 있었다. 의족을 만드는 작업장에서는 한달에 여섯족을 만든다고 했다. 자체 생산이 가능하다며 쎈터 관계자가 자못 자부하듯 알려주었을 때 나는 그게 누구에게 필요한지 묻지 않았다.

으레 그렇듯이 쎈터를 떠나기 전 그들은 커피를 대접했다. 시큼하고 텁텁한 아랍 커피를 그날 다섯번째인가 홀짝거리던 중에 쎈터 책임자는 사진을 보여주겠다고 했다. 1986년 캠프에 기거하면서 활동했던 프랑스 사진작가 호세 드레이의 사진들이었다. 프랑스로 돌아간

제닌 난민캠프의 벽화

후 그녀가 캠프로 보내온 흑백사진은 100여장에 달했다. 전부를 살펴보는 데에는 적잖은 시간이 필요했다. 마지막 사진을 내려놓은 후에도 나는 한동안 그 자리를 떠나지 못했다. 캠프의 골목들, 거리에서 웃는 아이들, 빵을 굽는 아낙네, 담벼락 앞에 앉은 청년들, 수염을 쓰다듬는 노인들, 모여 앉아 커피를 마시는 남자들, 벽돌을 나르는 사내들, 빛바랜 흑백사진에 등장하는 그 수많은 인물의 표정과 몸짓, 옷차림은 20년이 지난 지금도 변함없이 캠프의 골목과 창문 너머에 살아 있었다. 내 눈과 머리는 20년 전의 사진을 본 것인지 또는 바로 어제 찍은 사진을 본 것인지를 분간할 수 없었다. 방금 보고 온 캠프의 건물들은 더없이 말끔했지만, 인간들은 여전히 변하지 않은 채 같은 자리에서 같은 일을 하면서 같은 표정으로 숨을 쉬고 있었다.

다큐멘터리 「제닌, 제닌」은 이스라엘 국적의 팔레스타인 사람 모하메드 바크리가 제작하고 감독했다. 이 영화는 발표 직후 이스라엘의 맹렬한 비난을 받았고 이스라엘 영화심의위원회는 배포금지를 결정했다. 시온주의자로 유명한 프랑스 국적의 유대인 다큐멘터리 감독 삐에르 레호브가 「제닌, 제닌」에 맞서 「제닌으로 가는 길」을 내놓은 것은 이듬해인 2003년이었다.

「제닌, 제닌」을 둘러싼 공방은 뜨거웠다. 「제닌으로 가는 길」은 「제닌, 제닌」이 어떻게 사실을 오도하고 있는지, 가려진 진실은 무엇인지 밝히는 다큐멘터리이다. 2003년 11월 이스라엘 법원은 심의위원회의 배포금지가 부당하다며 제소한 바크리에게 승소판결을 내렸다. 인터뷰에서 바크리는 두 영화의 진실에 대한 생각을 이렇게 피력했다.

모든 진실에는 우리의 것과 당신의 것이 있다. 이 두가지 진실이 하나의 큰 진실을 만들 것이다.

기묘한 진실이다. 당파적 진실을 말하는 것 같지만 두 당파적 진실이 또하나의 당파적 진실을 만들 수는 없는 일이다. 합치는 순간 당파적 진실에서 멀어질 테니까. 바크리는 뭔가 변증법적으로 합할 수 있는 방법을 고안한 것일까.

「제닌, 제닌」은 2002년 4월 제닌에서 벌어진 이스라엘의 만행을 고발한다. 「제닌으로 가는 길」은 그 모든 것이 허위라고 주장한다. 심지어 레호브는 「제닌, 제닌」에 등장했던 인물들을 다시 한번 자신의 다큐멘터리에 등장시켜 완전히 다른 결론을 도출한다.

바크리의 진실이란 이스라엘군이 난민캠프를 침공해 무고한 양민을 학살하고 주택가를 파괴한 것이다. 덧붙여 이런 만행이 팔레스타인인을 굴복시키지는 못할 것이라고 주장한다. 레호브의 진실은 난민캠프가 이슬라믹 지하드 같은 테러리스트들의 온상이라는 것이다. 그들은 난민캠프에 진입한 이스라엘 병사들을 노리고 부비트랩을 설치했고 그래서 이스라엘군은 불도저를 동원할 수밖에 없었다. 덧붙여 이스라엘이 인도적으로 부상자를 치료했다는 증거를 제출한다.

바크리와 레호브의 진실에는 공통점이 있다. 둘 모두 제닌에 천착한다. 제닌으로 들어간 카메라는 제닌의 모든 것을 보여주지만 그 밖으로 나오지는 않는다. 말하자면 나블루스와 베들레헴, 제리코와 라말라를 말하지 않으며, 2002년 4월 3일 이스라엘군이 서안의 모든 도시를 침공했다는 사실을 말하지 않는다. 제닌의 진실은 제닌에만 있는 것이 아니므로 바크리와 레호브의 진실은 모두 절름발이 진실이다. 두 절름발이 진실을 합쳐봐야 두 다리 모두 못쓰는 진실이 될 뿐이다. 이런 무지몽매한 산수를 해야 할 필요는 물론 없다.

그러므로 바크리가 말했던 두가지 진실이란, 바크리와 레호브의 진

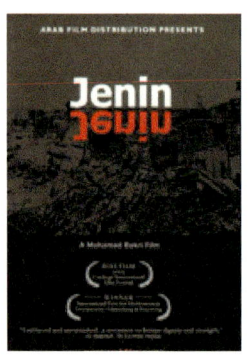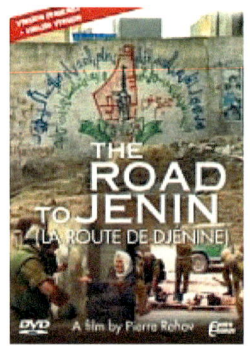

「제닌, 제닌」과 「제닌으로 가는 길」의 포스터

실과 그 진실을 보고 있는 우리의 진실일 것이다. 더 큰 진실을 만들려면 우리가 필요하다. 바크리는 우리가 더 큰 진실을 알려 하지 않는다면 결국 어떤 진실도 존재할 수 없음을 말하고 싶었던 것은 아닐까.

여하튼 두 다큐멘터리를 볼 기회가 있다면 모두 대단한 설득력을 갖추었음을 느낄 수 있을 것이다. 작품성을 따진다면 절제미가 돋보이고 극적인 요소를 살린 바크리의 손을 들어주어야겠지만, 다큐멘터리로서는 논리를 앞세워 집요하게 파고들어가는 레호브가 앞선다. 바크리가 배우로 경력을 쌓은 반면 레호브는 프로 다큐멘터리스트라는 점을 고려하면 그 차이를 이해할 수 있다. 나는 둘 모두를 보라고 권하고 싶다. 진실이란 무엇인지를 생각해볼 수 있는 기회가 될 테니까.

07

천국과
지옥
사이에서

천국과 지옥의 거리

나블루스(Nablus). 서안 북부의 가장 큰 도시이다. 외부인들에게
마치 서안의 수도처럼 느껴지는 라말라의 상주인구가 2만 3000여명
에 불과한 반면, 나블루스의 인구는 13만 5000명에 달해 서안에서 나
블루스의 비중을 말해준다. 게르짐 산과 에발 산 사이의 구릉지에 길
게 뻗은 이 오래된 도시는 로마시대에 세워졌다. 유서 깊은 건축물들
과 올리브 기름, 아랍식 샌드위치 크나페와 치즈, 비누로 유명했던 이
도시는 2차 인티파다가 시작된 이후 최악의 처지에 놓여 있다. 이스라
엘은 테러의 거점이라는 이유로 서안의 어느 곳보다 봉쇄와 침탈의
강도를 높여 이 도시를 압박했다. 나블루스와 외부를 잇는 가장 중요
한 도로에 설치된 후아라 검문소는 언제나 수많은 팔레스타인인으로
붐비지만 나가기도 들어가기도 쉽지 않다. 물류는 말할 것도 없어 도

시는 만성적인 물자부족에 시달리고 있다. 2차 인티파다 후 나블루스의 실업률은 천정부지로 치솟아 45~50퍼센트에 달한다고 한다. 테러리스트 검거라는 명분으로 자행되는 이스라엘의 군사작전은 나블루스에 이르면 어느 지역보다 일상적으로 펼쳐진다. 나블루스는 서안이라는 감옥 안에 만들어진 가장 튼튼한 감옥인 셈이다.

인티파다 당시 폭격으로 붕괴된 건물들이 대로변에 흉물스러운 모습을 그대로 드러내고 있는 도로와 중심부 광장, 시장은 라말라와 흡사했지만 잘 정비된 주택가와 고급 승용차는 눈에 띄지 않았다. 라말라에서 볼 수 있었던 신흥 중산층의 모습도 쉽게 찾아볼 수 없었다. 대신 라말라보다 더욱 무거운 빈곤과 무기력, 고단함이 무겁게 짓누르고 있었다. 사람들은 어지간해서는 실수로라도 웃지 않았다. 내가 경험했던 서안의 어느 도시보다도 우울한 분위기였다.

바크리와 마찬가지로 이스라엘 국적의 팔레스타인 영화감독인 하나 아부 아싸드의 「천국을 향하여」(Paradise Now)는 나블루스를 배경으로 현지에서 촬영한 영화였다. 무장조직에 의해 순교자로 지목되어 폭탄을 몸에 두르고 텔아비브로 떠나야 하는 두 젊은이를 그린 이 영화는 이스라엘에서도 팔레스타인에서도 환영받지 못했지만 해외에서는 호평을 받았다. 2004년쯤에 촬영했을 텐데 씨나리오의 시공간이 촬영의 시공간과 일치한다는 점에서 독특한 작품이다. 감독은 2차 인티파다의 여진이 계속되던 즈음의 나블루스에서 순교에 나선 두 청년을 필름에 담고 있었지만, 사건은 실제로 그 직전에 벌어졌거나 어쩌면 바로 그 순간에도 도시의 어느 한구석에서 일어나고 있을 터였다. 나블루스의 투쟁조직들이 민감하게 반응하여 나사렛으로 촬영 장소를 옮겨야 했던 이유도 아마 그 때문이었을 것이다.

영화 「천국을 향하여」의 한 장면

「천국을 향하여」는 팔레스타인과 관련한 가장 민감한 주제를 건드린다. 이 영화는 알라의 이름으로 몸에 폭탄을 두르고 이스라엘 어느 곳에서 기폭장치의 스위치를 누르는 젊은이들에 대한 이야기이다. 영화는 이 민감한 주제를 허공에 드리워진 줄 위를 위태롭게 걸어가듯 풀어나간다.

2차 인티파다 시기의 나블루스. 자동차 정비소에서 일하는 싸이드와 할레드는 어느날 조직으로부터(아마도 이슬라믹 지하드나 알 아크사 순교여단, 또는 알 카삼 순교여단) 순교자로 선택되었음을 통고받는다.

"내일 텔아비브에서 결행할 텐데 할레드와 자네가 선택되었어. 자네가 원한다면 함께 가세."

"내일요?"

"그래, 준비되었지?"

"예. 물론이죠. 알라신의 뜻인데."

한 인간의 죽음을 놓고 이루어지는 대화로 보기에는 섬뜩할 만큼

담담하고 짧다. 물론 영화는 복선을 깔고 있다. 싸이드의 아버지는 1987년 1차 인티파다 때 변절한 후 반역자로 지목되어 처형당했다. 순교는 가족이 짊어진 반역의 불명예를 씻을 수 있는 기회이다. 하지만 이를 거부한다면 싸이드의 집안은 대를 이어 불명예를 짊어지게 되는 셈이다. 반면 할레드에게는 다리를 저는 아버지가 있다.

"이봐, 자네 아버님은 왜 절뚝거리시지?"

"인티파다 때 이스라엘 놈들이 집으로 몰려와서 한쪽 다리를 선택하게 했지. 나였으면 놈들에게 모욕당하기 전에 스스로 두 다리를 모두 잘랐을 거야."

영화는 이들이 순교를 받아들일 나름의 이유가 있음을 시사한다. 둘은 순교 영상물을 촬영한 후 머리털과 수염을 깎고 몸을 씻고서 폭탄과 기폭장치를 두른다. 순조롭게 진행되는 것처럼 보였던 일은 서안의 철조망을 넘자마자 어그러지기 시작한다. 접선책은 도망치고 싸이드와 할레드는 다시 나블루스로 돌아오던 중 헤어진다. 일이 예기치 않게 돌아가면서 둘은 각각 망설임이 깃들 시간을 얻는다. 싸이드는 조직의 은신처로 돌아가는 대신 하루 전 한눈에 자신의 마음을 사로잡은 순교자 아부 싸림의 딸 수하를 만나고 아버지의 무덤을 찾아간다. 수하는 모든 것을 눈치채고 폭력은 폭력을 낳을 뿐이라며 싸이드를 설득하지만 막을 수는 없다. 싸이드와 할레드는 다시 철조망을 넘어가고 이번에는 무사히 텔아비브에 도착한다. 할레드는 마지막 순간에 겁에 질려 말한다.

"돌아가자. 수하 말이 옳았어. 이 방법으로는 이길 수 없어."

싸이드는 그런 할레드를 돌려보내고 홀로 남아 버스에 오른다. 영화는 마지막 장면에서 이스라엘 병사들과 시민들이 탄 버스에 앉아 있는 싸이드의 얼굴을 클로즈업하여 싸이드가 기폭장치의 스위치를 눌렀음을 암시한 후 막을 내린다.

거두절미한다면 수하와 할레드가 옳다. 자살폭탄테러로 팔레스타인은 해방될 수 없다. 그러나 본질적인 문제는 다른 어떤 방법으로도 이스라엘을 이길 수 없다는 데에 있다. 자살폭탄테러는 힘의 절대적인 불균형과 일방적인 억압에 직면한 약자가 선택할 수 있는 방법의 극단에 위치한다. 이 방법은 확실한 죽음을 담보로 한다는 점에서 비인간적이다. 또한 무고한 인간이 희생될 수 있다는 점에서 참혹하다.

폭력에 맞서는 폭력이 불가항력적이고 필연적이라고 해도 자살폭탄테러에 퍼부어지는 비난은 타당하다. 그건 종교의 이름으로 미화될 수 없거니와 사실 종교적인 문제도 아니다. 싸이드와 할레드 그리고 조직은 모든 일에 알라를 앞세우며 등장인물의 대화에도 끊임없이 알라가 등장한다. 그러나 그들의 대사에서, 아니 그들의 역사와 기억에서 알라를 지워버린다고 해도 달라질 것은 없다. 싸이드와 할레드를 텔아비브로 떠미는 것은 알라가 아니기 때문이다. 알라는 인간을 죽음으로 인도하는 비인간적이고 잔혹한 일을 인간의 이름으로 수행할 수 없기 때문에 들이미는 핑계에 불과할 뿐이다.

영화에 등장하는 모든 인물은 지극히 세속적인 삶을 살아가고 있다. 그건 싸이드를 자살폭탄테러로 이끄는 학교 선생인 자말의 경우에도 마찬가지이다. 그 누구도 돈독한 신심을 갖고 있지 않다. 진실을 말한다면 그들 모두에게 천국은 비장한 농담에 불과하다. 할레드는 자살폭탄테러에 부정적인 수하에게 "난 지옥에 사느니 천국을 믿는 편을 택했어"라고 말한다. 천국을 향해서가 아니라 지옥을 벗어나기 위해서이다. 싸이드도 수하도 할레드도 또다른 누구도 천국은 존재하

지 않으며 설령 존재한다고 할지라도 인간에게는 땅 위의 지옥이 하늘의 천국보다 낫다는 것을 안다. 싸이드와 할레드는 그저 부조리한 세상에서 부조리한 방법으로 부조리하게 죽음을 향해 떠밀리고 있을 뿐이다.

자살폭탄테러에 대해 수하의 말이 옳을지 몰라도 현실에 대해서는 그렇지 않다. 수하는 대안을 제시할 수 없다. 그건 이 방법이 벼랑 끝에서 유일하게 움켜쥔 나무뿌리와 같기 때문이다. 전투기도 헬리콥터도 미사일도 탱크도 병력도 없는 현실에서 자살폭탄테러는 적이 갖지 못한 유일한 무기이다. 벼랑 끝에 매달린 자에게 나무뿌리를 놓으라고 말하려면 대신 잡을 수 있는 무엇인가를 내놓아야 하지만 그런 건 현실에 존재하지 않는다. 그러므로 수하의 이 말은 몽상이거나 식민지 부르주아지의 기만에 불과하다.

"우린 전쟁을 바꿀 수 있어요. 도덕적인 전쟁으로."

수하가 할레드에게 그 말을 하는 순간 그들이 탄 차는 마주 오는 트럭을 피하느라 요동치고, 간신히 위기를 모면한 두 사람은 이스라엘 병사들이 진 치고 있는 검문소와 마주한다. 그들은 이 현실을 바꿀 수 없다. 도덕적인 전쟁이란 근원적으로 존재하지 않는 것이다. 수하의 말이 공허하게 들리는 것도, 싸이드가 결국 버스에 오르는 것도 그 때문이다. 막을 수 있는 방법은 존재하지 않는다.

감독인 아싸드는 영화 밖에서 결국은 같은 말을 반복한다.

"나는 살인을 반대한다. 또 자살 공격이 중단되기를 바란다. 하지만 난 자살폭탄 공격을 수행하는 이들을 비난하지 않는다. 내게 그것은 극단적인 상황에 대한 지극히 인간적인 반응이다."

반대하지만 비난할 수 없는 이 부조리한 현실에서 폭탄을 몸에 두르고 적지를 향해 떠나는 이유를 아싸드는 조직의 지도자와 마주한 싸이드의 입을 빌려 이렇게 말한다.

"우리가 안전할 수 없다면 그들 또한 안전할 수 없다는 걸 그들은 알아야 해요. 그건 힘의 문제가 아니지요. 그들의 힘은 그들에게 도움이 안돼요. 난 이 메씨지를 그들에게 전할 겁니다. 다른 방법은 없어요. 끔찍한 건 그들이 스스로 피해자라고 믿고 있고 세계를 향해 그렇게 주장하고 있다는 것이지요. 어떻게 그럴 수 있지요? 어떻게 점령자가 피해자가 될 수 있는 거지요? 그들이 점령자이면서 피해자라고 주장한다면 나 또한 피해자이면서 살인자가 되는 길을 피할 수 없어요."

이 대목은 싸이드가 알라의 힘을 빌리지 않고 토해내는 정치적 대사라는 점에서 의미심장하며 영화에서 자살폭탄테러에 대한 가장 진지한 발언이다.

영화의 초반 싸이드와 할레드가 물담배를 피우고 아랍 커피를 마시던 장소로 보이는 언덕에 오르며 나는 싸이드의 이 말을 거듭 반추하고 있었다. 끔찍하게 슬픈 감정이 몰려왔다. 그건 씨시포스 또는 프로

메테우스의 운명을 감내하고 있는 인간들에 대한 외면할 수 없는 연민이었다.

베이트 팔라스틴 또는 알 마스리의 맨션

게리짐 산과 에벨 산 사이의 계곡에 위치한 나블루스. 후아라 검문소를 지나 시내로 향하면 왼쪽에 게리짐 산이 보인다. 해발 881미터로 높지는 않지만 제법 가파르다. 나블루스에서 2500년 동안 혈통을 유지하고 살아가는 사마리아인에게는 예루살렘의 성전산보다 더 성스러운 곳이다. 지형이 험한 탓에 정상 부근에는 마을도 집도 없는데, 정작 정상에는 나블루스 진입로 어디에서나 한눈에 볼 수 있는 중세 유럽풍 저택이 불쑥 솟아 있다. 독야청청 뜬금없는 스타일과 엄청난 규모로 외부인의 궁금증을 불러일으키는 이 호화저택은 팔레스타인 사업가인 무닙 알 마스리가 주인이다. 이곳저곳에서 팔레스타인 최고의 갑부라고 들었던 바로 그 인물이었다. 나블루스 출신이지만 미국 텍사스주립대에서 지질학을 전공했고 1954년 미국인 아내와 아이들을 데리고 귀향했다. 그는 고국에서 부를 일구기 시작했고 마침내 아랍은행까지 소유하며 팔레스타인 제일의 갑부가 되었다. 아라파트와 절친한 관계를 유지했고 자치정부 수립 이후 이동통신사 팔텔의 설립 등에 관여하여 오슬로협정의 혜택을 가장 많이 누린 사업가로 평가받고 있다.

1998년 알 마스리는 게리짐 산의 정상에 자신의 저택을 짓기 시작했다. 모든 자재는 유럽, 주로 프랑스에서 수입했다. 공사는 2000년 2차 인티파다 와중에 끝났다. 말하자면 나블루스에서만 400여명의 팔레스타인인이 목숨을 잃고 집들이 잿더미가 되던 시기에 완공된 셈이다. 이 호화저택을 구경하는 기회는 쉽게 얻을 수 없지만, 마침 라말라의 한 방송 스튜디오에서 방금 그곳을 취재하고 돌아온 프로듀서가 편집한 3분짜리 프로그램을 볼 기회가 있었다. 중세 유럽 건축을 대표했던 팔라디오 스타일의 저택 원형 로비에는 헤라클레스 상이 버티고 있고 고대 유물과 값비싼 그림 들이 전시되어 있다. 대리석 계단에 이어진 정원은 로마에서 보았던 메디치 가(家) 정원을 연상케 했다. 알 마스리는 팔레스타인에도 이런 건축물이 있다는 것을 만천하에 보여주고 싶다고 말했다.

확실히 기괴한 일이었다. 나블루스 같은 척박하고 빈곤한 동네에서 부를 극도로 과시하는 호화저택을 게리짐 산 정상에 세운다는 발상이, 그것도 인티파다 와중에도 중단 없이 공사를 강행한 과감함이 그랬고, 하필이면 팔레스타인과 별 상관도 없는 이딸리아 중세의 건축

나블루스 거리

양식을 택한 심보도 이해 난망이었다. 알 마스리는 이 저택에 '베이트 팔라스틴'이라는 이름을 붙였다. 말 그대로 '팔레스타인의 집'이라는 뜻이다. 이유 또한 괴기하다. 원형 로비 중앙에 세워둔 헤라클레스의 상이 크레타에서 온 팔레스타인인을 상징한다는 것이다. 팔레스타인인의 조상이 크레타 섬에서 왔다는 학설이야 알려져 있지만 그렇다고 헤라클레스 상이라니. 아뭏든 바깥 사람들에게 이 저택은 '알 마스리의 나블루스 맨션'으로 불린다.

자치정부가 수립된 후 대통령직을 노린 것으로 알려지기도 했던 알 마스리는 최근 '알 문타다 팔라스틴'(팔레스타인 포럼)이라는 조직을 출범시켰다. 알 마스리 자신은 부인하고 있지만 '문타다'가 일종의 정당을 염두에 두고 만들어졌다는 것이 일반적인 시각이다. 팔레스타인 최고 갑부의 정치조직인 셈이다. 2007년 12월 『예루살렘 포스트』와의 인터뷰에서 알 마스리는 문타다가 아라파트의 유지(遺志)를 계승하고 있다고 거듭 주장했는데 그 핵심은 물론 2국가안이다. 문타다는 마흐무드 압바스의 자치정부를 지지하고 있으며 알 마스리 자신은 이스라엘과 팔레스타인의 공통분모로 자처하고 있다.

알 마스리의 정치활동은 자치정부 10년 만에 급성장한 (팔레스타인) 자본가계급의 면모를 반영한다. 자치정부의 총리를 지냈던 아흐메드 쿠레이 또한 백만장자로서 그 계급을 대표하는 인물이다. 그동안 자치정부는 이권을 매개로 자본가계급과 야합하고 특혜를 부여했지만 그들이 정치의 전면에 나서는 일은 없었다. 팔레스타인 해방운동 역사에서도 전례가 없는 일이었다. 그러나 아라파트 사후 파타의 지리멸렬과 하마스의 약진은 오슬로체제의 최대 수혜자였던 자본가계급에 위기의식을 불러일으켰고 그들은 마침내 정치의 전면에 나서게 되었다. 알 마스리의 재력을 바탕으로 문타다는 난민캠프에 학교와 병원을 세우는 등 사회복지 활동(이건 하마스를 벤치마킹한 것이다)에 나서면서 조직을 확대하고 있다. 아마도 문타다는 팔레스타인 최초의 서구식 정당이 될 것이며 오슬로체제를 수호하는 새로운 정치세력으로 자리잡을 것이다.

게리짐 산의 정상에서 나블루스를 굽어보고 있는 알 마스리의 맨션은 바로 그 새로운 정치세력을 상징하고 있다. 팔레스타인은 그렇게 첩첩산중 험난한 길로 접어들고 있다.

난민의 바다 팔레스타인

팔레스타인의 참모습을 보려면 난민캠프로 가야 한다. 라말라에서 내게 방 하나를 내준 '쿨리'의 지론이다. 쿨리(苦力)는 북미와 인도로 흘러들어갔던 중국인 노동자를 일컫던 말인데, 그가 손수 붙인 별명이다.

야파에서 열흘 정도를 보낸 후 라말라로 거처를 옮길 생각이었지만 '어쩌다보니신'의 꼬드김으로 라말라에 들어갔던 첫번째 방문 이후 나는 어쩐지 마음이 내키지 않아 여전히 야파에서 뭉기적거리며 서안을 오가고 있었다. 쿨리를 만난 것은 라말라에서였는데 그는 인도계로 나처럼 외국인이었지만 자칭 무슬림이었다. 또한 내가 막 도착한 초보자인 반면 그는 1년 넘게 서안에 머무른 노련한 고참이었다.

그즈음에 난 퍽 지쳐가고 있었는데 이 빌어먹을 동네(이스라엘과 팔레스타인 공히)가 주는 심리적인 황폐함 때문이었을 것이다. 하루에도 최소한 대여섯 번은 통과해야 하는 검문소, 어린 병사들의 희롱, 무시로 울려대는 총소리, 좀비처럼 보이는 서안 주민들, 광기가 흐르는 유대인들……. 야파나 라말라나 크게 다를 것은 없었다. 서안은 담뱃값이 쌌다. 그렇지만 무기력이 심신을 범하는 것을 상쇄할 만큼의 매력은 될 수 없었다. 라말라에는 인간의 기분을 물에 젖은 솜처럼 무겁게 만드는 마력이 존재했다.

어느날 쿨리와 나블루스 북쪽의 파라 난민캠프에 가게 되었다. 쿨리는 파라 캠프에서도 석달 동안 지낸 적이 있었다. 라말라로 돌아올 때 길을 잃어 다시 캠프로 돌아가게 되었는데, 쿨리는 문득 이런 말을 내뱉었다.

"당신과 하룻밤을 더 보내게 되었으니 알라신의 뜻이로구먼."

신심도 없이 꾸란을 문학작품으로만 숭배하는 쿨리는 그리 말하더니 내게 야파를 떠나라고 충고했다.

"왜?"

"야파에서 온 작자에게 누가 마음을 열겠어?"

나는 더 묻지 않았다. 서안에 머문다고 누가 쉽게 마음을 열까 싶기도 했지만 쿨리의 말은 지켜야 할 원칙이었다. 원칙은 지키라고 있는 것이다. 검은 구릉과 어두운 하늘을 한없이 지나 캠프로 돌아와 냄새 나는 매트리스 위에 누워서 나는 쿨리가 아니라 자신에게 마지못해 명령했다. 라말라로 가도록 해.

진실이란 항상 가장 짙은 어둠 속에 숨어 있다는 것을 인정한다면 쿨리의 말이 옳았다. 팔레스타인은 난민캠프에 있었다.

1948년 전쟁은 75만명의 팔레스타인 난민을 탄생시켰다. 1967년 전쟁은 다시 35만명을 난민으로 만들었다. 2005년 현재 유엔 팔레스타인 난민구호기구(UNRWA, 운르와)에 등록된 난민은 서안과 가자,

레바논 팔레스타인 난민캠프의 지붕

요르단과 시리아, 레바논에 거주하는 인원을 합해 425만 5120명이다. 이밖에 사우디아라비아 24만명, 이집트 7만 5000명을 더하면 전체 난민의 수는 520만 이상으로 추정된다. 팔레스타인 전체인구가 700만 남짓이니 압도적인 다수가 난민인 셈이다.

거주지역별로 난민의 밀집도는 다르다. 서안을 예로 든다면 현재의 인구 300만 중 난민은 70만 정도이다. 150만을 헤아리는 가자의 인구 중 난민은 100만에 달한다. 서안과 가자의 인구통계상 차이에 지나지 않을 수 있지만 역으로 다른 차이를 설명하는 근거가 될 수도 있다. 예컨대 왜 가자는 더 전투적인가, 왜 하마스는 서안보다 가자에서 더 튼튼한 기반을 확보하고 있는가, 왜 1차 인티파다는 가자의 자발리아 난민캠프에서 시작되었는가, 왜 파타는 난민문제의 해결에 소극적인가. 이에 대해서는 난민을 빼놓고는 답을 낼 수 없다.

난민문제를 독립된 사안으로 다루기보다 뭉뚱그리려는 경향은 팔레스타인 안팎에 동시에 존재한다. 지금까지의 수많은 협정과 회담, 합의에는 난민이란 단어가 빠짐없이 등장하지만 그건 계륵일 뿐이다. 오슬로협정은 이스라엘을 국가로 인정함으로써 사실상 난민문제를 허공에서 분해해버렸다. 2000년 캠프데이비드의 협상 테이블에 올려진 난민의 귀환권은 520만을 웃도는 팔레스타인 난민을 무시할 수 없었던 아라파트의 정치적 수사였지 누가 봐도 타결의 전제조건은 아니었다. 현재의 팔레스타인 자치정부에게는 말할 것도 없다. 난민문제는 기실 빛좋은 개살구에 지나지 않았다(아이러니컬하게도 지금 자치정부를 주도하는 파타는 요르단과 레바논, 튀니지를 떠돌던 난민세력이었다).

레바논과 요르단에서의 팔레스타인 난민에 대한 사회적, 경제적 차별은 공공연하고 폭넓게 논의돼왔다. 반면 팔레스타인 서안에서 난민과 비난민의 차별을 제기하는 것은 금기가 되어왔다. 난민은 비난민보다 가난하며 열악한 환경에서 생활하고 있다. 예컨대 난민의 실업률은 비난민보다 높다. 2002년 실업률 통계를 보면 난민은 35.2%, 비난민은 28.7%이다. 2005년의 표본조사에서 절대빈곤층은 난민 39%, 비난민 31%를 기록했다. 난민의 절반 이상이 생활하는 유엔의 난민캠프는 60년에 가까운 세월에도 불구하고 같은 면적을 유지하고 있어 부실한 건물들이 하늘로 치솟고 있다.

경제적 차이보다 더 심각한 것은 사회적 편견이다. 라말라 인근의 비르제잇대학을 나온 무하마드는 제법 좋은 직장에 취직을 했고 올해 스물여덟살이 되었지만 결혼은 엄두를 못 내고 있다.

"성격이 까칠해서 그래."

주변에서는 그렇게 말하곤 한다. 그건 사실이다. 무하마드는 성격이 급한 편이고 언성을 높일 때에는 쓸데없이 사나워지는 습성이 있다. 그러나 본인은 이렇게 항변한다.

"이봐, 난 자발리아 난민캠프 출신이야. 어쩌란 말이야. 내가 여기서 어떻게 여자를 찾아."

무하마드가 성마르고 연애에 젬병인 것을 고려한다고 해도 절반쯤은 맞는 말이다. 다들 난민 출신에게 딸을 주려하지 않는다. 특히 가자 출신이라면 말할 것도 없다. 그것은 모두들 인정하는 편이다. 딱히 뭐라 대답하지는 않지만 부정하지도 않는다.

라말라와 인접한 아마리 난민캠프에서는 이런 말을 들었다.

"우리 애들 건드리면 뼈도 못 추린다는 걸 라말라 애들도 알아요."

철부지 어린아이가 아니라 스물이 넘은 난민 2세대가 내뱉은 말이다. 난민캠프의 이 굳센 단결력은 난민과 비난민 사이에 존재하는 차별을 상징적으로 대변한다. 특히 서안에서 난민과 비난민은 종자가 다른 인간이다. 비난민에게 난민은 폭력적이고 도둑질을 일삼으며 말썽만 피우는 골치 아픈 부류이다. 이건 어디서나 보이는 선입견이다. 난민캠프는 차별에 맞서 고슴도치처럼 웅크려 자신을 보호한다. 바로 '건드리면 뼈도 못 추리는' 단결력의 정체이다.

그러나 무엇보다 그들의 처지를 고통스럽게 만들고 있는 것은 뿌리 뽑힌 자로서 미래가 없다는 사실이다. 곧 끝날 것이라 믿었던 난민살이가 이제 60년을 헤아리고 있다. 유엔이 제공한 사방 3미터의 흙벽돌집에 임시로 올려 지은 건물이 4층을 넘어서고 있고, 그 안에서는 지금 난민 1세대가 숨을 거두는 동시에 4세대가 탄생하고 있다. 난민의 처지를 해결하지 않고 팔레스타인의 문제를 풀 수 없다는 것은 자명하다. 중동의 평화 역시 마찬가지다.

가장 억압받는 자를 해방시키지 못하고는 그 무엇도 해방시킬 수 없으며 가장 고통받는 자들의 족쇄를 풀지 못하는 해방은 거짓에 불과하다. 팔레스타인의 해방은 난민의 해방에 달려 있다.

묘지가 가득찬 난민캠프

나블루스 북부의 알 파라가 다른 난민캠프에 비해 특이한 것은 농촌지역에 자리잡고 있는 점이다(서안 난민캠프의 대부분은 도시에 붙어 있거나 인접해 있다). 또 주변에 못이 있어 여름에는 아이들이 멱을 감기도 하는 특별한 환경을 갖추고 있다. 덕분에 상수시설을 들여와 캠프 자체적으로 물을 공급한다. 일설에 따르면 1949년 이곳으로 피난온 사람들에게 국제적십자사가 캠프 부지를 고르라고 했단다. 땅

툴카렘 난민캠프의 젊은이들

은 1950년 요르단 정부가 인근 투바스의 지주에게서 임대했지만 곧 운르와로 임차인이 바뀌었다. 유엔의 부지 임차는 1999년이 기한이라 주민들은 "99년이 지나면 어디로 가란 말이야"라고 투덜거리기도 한다. 그럴 때마다 노인들은 서글픈 미소를 지으며 "그 전에 고향으로 돌아가야지"라고 말한다.

파라 캠프의 난민 1세대는 좋은 위치를 골랐다. 인구가 늘어 요즘은 물이 부족하고 여름에는 제한급수를 하지만 파라의 우물은 60년 가까운 세월 동안 난민에게 차갑고 깨끗한 물을 주었다. 또 캠프를 구릉의 품속에 안은 요르단 계곡의 아름다운 풍광은 더없이 푸근하다. 그러나 노인들에게 캠프는 뼈를 묻을 고향이 아니다.

"돌아가야지. 돌아가야지……" 살날이 얼마 안 남은 노인들은 힘없이 속삭였고 아직 힘이 남아 있는 이들은 주먹을 불끈 쥐며 이스라엘을 저주했다. 하지만 그들 모두 살아서는 돌아가지 못하리라는 것을 어렴풋이 알고 있었다. 그들은 이런 말을 덧붙였다.

"내가 돌아가지 못하면 내 아들이 돌아갈 것일세."

그러곤 결국 축축해진 눈을 휴지로 닦으며 다짐하고 다짐했다.

"내 아들도 돌아가지 못하면 말이야, 내 아들의 아들이 내 뼈를 가지고 돌아갈 것이네. 고향으로 말이지."

캠프 서쪽에는 유엔이 임대한 부지에 속한 묘지가 있었다. 그곳엔 고향으로 돌아가지 못한 난민들의 뼈가 그날을 기다리며 묻혀 있었다.

"2년 전에 묘지가 다 차버렸어요."

봄을 맞아 잡초가 무성한 묘지 한가운데에서 캠프의 청년활동가 이스마일은 어쩔 수 없이 무덤들 사이를 흙으로 메우고 2층을 만들었노라고 말했다. 난민 2세대인 이스마일의 부모는 귀향을 기다리며 살고 있지만 이스마일의 눈은 묘지의 어느 구석을 더듬고 있었다. 자신의 부모가 묻힐 자리를 찾아.

이스마일의 부모는 1층에 살고 있다. 2층에는 형의 가족이, 3층에는 이스마일의 가족이, 4층에는 동생 가족이 살고 있다. 1949년, 지금의 건물이 서 있던 땅에는 천막이 세워져 있었고 1950년에는 사방 3미터의 흙벽돌집이 주어졌다. 그리고 아이들이 태어나고 자랐다. 자식들이 장성하여 결혼할 때가 되자 콘크리트 기둥을 세우고 자신이 살 집을 올렸다. 한 층이 올라가는 것을 보고 부모는 이렇게 말하곤 했다고 한다.

"쓸데없이 돈 들여 좋게 지을 생각일랑 하지도 말아. 잠시 머무는 것이니까."

몇십 년의 세월이 지난 지금 캠프의 하늘은 회색 시멘트 건물로 빼곡하다. 유엔은 기초가 부실하다며 3층 이하로 제한하지만 건물들은 대책 없이 4층까지 올라가 있다. 이스마일은 한 층 더 올리면 진짜 무너질지 모른다고 하면서도 무릎 위에 앉은 큰아들의 뒤통수를 쓰다듬으며 고개를 갸우뚱했다.

"그럼 내 아들은 어디서 살지?"

이스마일의 옆집은 1950년 유엔이 제공한 모습 그대로 남아 있다. 그 집의 여주인이며 이스마일의 친척이기도 한 파티마는 오래전에 미망인이 되었다. 아들 둘을 거느린 파티마의 큰아들 말릭은 1차 인티파다에서 가슴에 총을 맞았지만 구사일생으로 목숨을 건졌다. 아직도 총알이 목속 어딘가에 남아 있다는 그는 지금도 언덕을 오를 때면 쇳소리를 내며 가쁜 숨을 몰아쉰다. 불행은 차례대로 온다. 파티마의 작은 아들 파디는 작년에 목숨을 잃었다.

캠프가 한눈에 내려다보이는 남쪽 언덕에 그의 무덤이 있다. 그가 숨진 위치에서 멀지 않은 곳이다. 2006년 10월 27일 새벽 이스라엘군이 마을에 진입했을 때 그는 용케 수색을 피해 달아났지만 이스라엘군이 물러간 후 언덕을 내려오다 잠복해 있던 병력에 의해 동료와 함께 사살되었다. 그는 순교자가 되었고 캠프의 공동묘지 대신 그의 피가 스며든 언덕 위에 묻혀 있다. 불과 여섯달 전의 일이다.

비슷한 시기에 캠프의 외곽도로에서 이스라엘군의 군용지프에 돌을 던진 아이들 중 두명이 총에 맞았다. 14살짜리는 대퇴부에 총알이 박혔고 11살짜리는 다리에 파편이 박혔다.

2007년 1월에도 이스라엘군은 캠프를 습격했다. 그러나 포획 목표였던 만소르는 용케 창문으로 달아나고 군인들은 같은 방에 있던 세

알 파라 난민캠프 구릉 위에 만들어진 파디 쏘벗의 묘

이스라엘군의 난입으로 생긴 탄흔

명의 청년들을 대신 끌어갔다. 석달이 지났지만 그들이 어디에 있는
지는 부모들도 모른다.

사건 현장인 캠프 가운데쯤에 위치한 건물은 1층의 출입문에서부
터 탄흔으로 어지러웠다. 계단을 따라 방 안까지 구석구석에 그 흔적
이 뚜렷했다. 그렇지만 아무도 죽지 않았으니 다행이었다. 나는 총탄
이 스치고 지나간 벽장을 살펴보면서 그 기적에 여하튼 감사했다.

1·2차 인티파다를 거치면서 이스라엘은 이른바 테러조직 소탕작전
을 일상화하고 있다. 정보원을 동원해 첩보를 수집하고 병력을 보내
수배자를 검거하는 것이다. 목적지에 도착하면 다짜고짜 총부터 쏴댄
다. 그곳에서 눈에 보이는 인간을 사살하는 것이 이들의 임무다. 따라
서 목숨을 걸고 도박을 할 이유가 없는 사람들은 일이 끝날 때까지 집
안에서 기다린다. 라말라에서 자치정부의 보안군과 경찰을 일컫는 별

명이 있다. '0.5초 맨'이다. 이스라엘군이 나타나면 0.5초 만에 사라진다고 해서 붙여졌다. 굴욕적인 별명이지만 죽고 싶지 않으면 그렇게 피해야 한다. 난민캠프나 마을에서 흔히 볼 수 있는 탄흔으로 어지러운 벽은 이렇게 생긴 것이다.

「제닌, 제닌」에 등장하는 캠프의 여자아이는 이스라엘군을 '비겁한 자들'이라고 말한다. 옳은 말이다. 막강한 화력으로 무장한 병사들은 작전지역에 진입하기 전부터 사방에 총알부터 뿌려댄다. 무섭기 때문이다. 제닌 캠프에서 뜻하지 않게 시가전을 겪었던 이스라엘군은 군용 불도저를 동원해 캠프의 건물을 무너뜨리고 폭파하기 시작했다. 무지함과 잔인함은 비겁한 자들이 힘을 가졌을 때 보이는 특징이다.

힘을 가진 비겁한 자들은 열렬히 공포를 소구(訴求)한다. 공포가 자신을 지켜줄 것이라고 믿으며 공포를 배양한다. 그들은 더욱 비이성적이고 잔인해지기 위해 하루하루 전력을 다한다. 비겁한 자들에게 무단통치보다 문화통치가 때로 효율적이라는 사실을 주지시키기란 거의 불가능하다.

08

당신은
고향으로
돌아갈 수
있을까요

알 파 라 (2)

유엔은 예루살렘에 있다

경제봉쇄가 시작되면서 난민캠프에 대한 지원도 줄어들었다. 식량지원도 줄었다. 매달 지급되던 2인당 밀가루 20킬로그램, 쌀 5킬로그램, 식용유 5리터, 팥 5킬로그램이 지금은 서너달에 한번씩 지급되고 있다. 1982년에는 식량지원이 중단되기도 했고 1980년대 이후로는 지속적으로 줄어들었다고 이스마일은 불만을 늘어놓았다. 그러나 그의 불만은 지원의 중단이나 감축에 있는 것이 아니었다.

"보세요."

이스마일은 밀가루 포대에서 밀가루 한줌을 쥐어 들고는 물었다.

"이게 얼마짜리처럼 보여요?"

"……1달러?"

이스마일은 코웃음을 치며 말했다.

178

"천만에. 이 밀가루 한포대가 파라까지 오는 동안 뿌린 돈이 100만 달러는 될 거에요."

나는 그제야 그가 무엇에 열이 받아 있는지 알 수 있었다. 유엔에 대한 난민들의 불신과 불만은 일치했다. 그들은 유엔 관리들이 팔레스타인에는 얼씬도 않고 예루살렘에서 거들먹거리는 꼴이며 번쩍이는 승용차를 몰고 다니면서 고액의 연봉을 받아 챙기는 것에 화를 냈다.

운르와는 1949년에 설립되어 지금까지 팔레스타인 난민 구호사업을 벌이고 있다. 뒤에 유엔난민기구(UNHCR)가 설립되었지만 팔레스타인 난민은 운르와가 관할하고 있다. 운르와는 팔레스타인 난민캠프에 대해 이른바 유사정부의 역할을 하고 있다. 난민캠프의 교육이나 보건의료 등도 유엔의 몫이다. 운르와는 팔레스타인뿐 아니라 레바논과 요르단, 시리아 난민캠프도 관할한다.

난민캠프의 운르와 시설물. 간판에 총탄 자국이 보인다.

2006년에 편성된 운르와의 예산은 일반예산 4억 6290만달러, 긴급예산 1억 7000만달러, 프로젝트 예산 1억 4620만달러를 합해 총 7억 8000만달러에 달했다. 예산은 유럽연합 등 공여국들과 유엔난민기구의 지원으로 충당되는데 (남한도 2006년에 티끌만큼의 지원금 10만달러를 공여했다) 유엔의 단일예산으로는 막대한 축에 속한다. 팔레스타인을 제외한 세계의 전체 난민을 대상으로 하는 유엔난민기구의 2006년 예산은 14억 5000만달러였다.

운르와의 부패 스캔들은 1999년 레바논 운르와를 규탄하는 난민들의 시위로 불거졌다. 서류상으로 버젓이 구입했다고 기재된 150만달러어치의 의료품이 온데간데 없거나 건설공사의 수의계약 과정에서 뇌물이 오간 것이 밝혀졌다. 시위에서는 난민을 위한 예산을 비난민들에게 지출하지 말라는 요구도 제기되었다. 그렇게 빠져나간 예산을 누군가 착복했다는 의심을 불러일으켰기 때문이다. 그밖에 유엔 특유의 방만한 예산운영은 늘 고질적인 문제였다.

그러나 유엔에 대한 불신의 원천은 무능과 무기력에 있을 것이다. 1967년에서 1989년에 이르기까지 유엔안전보장이사회는 아랍과 이스라엘의 분쟁과 관련된 131건의 결의안을 채택했다. 이중 88건이 이스라엘을 비난하는 결의안이었다. 같은 기간에 유엔총회가 통과시킨 429건의 결의안 중 321건이 이스라엘에 반하는 내용이었다. 유엔의 결의안은 압도적으로 팔레스타인의 입장을 지지하는 쪽이었다. 그러나 그 어떤 결의안도 미국과 이스라엘의 행동을 바로잡거나 돌리지 못했다. 아무리 중요한 의의를 띠고 있었다고 해도 휴지조각이나 마찬가지인 것이었다.

유엔은 팔레스타인 난민에 막대한 지원금을 지출해왔다. 이건 사실이다. 팔레스타인 난민은 아프리카나 아시아에 비한다면 월등히 많은 지원금을 수혜하고 있다. 이스라엘은 이를 트집잡아 유엔을 비난해왔다. 유엔의 지원금이 테러리스트에게 흘러들어가고 있다는 것이다.

『타임』의 예루살렘 지부장인 팀 맥거크는 2007년 6월 「이스라엘은 왜 유엔을 미워할까?」라는 기사에서 유엔이 손을 떼면 이스라엘이 고스란히 그 엄청난 비용을 지불해야 할 것이므로 참을 것을 권유했다. 그는 우회적으로 진실을 말했다. 유엔은 현상을 유지하는 데 기여하고 있으며 이스라엘은 그로써 식민통치 비용의 절감이란 덕을 보고 있다. 노예가 죽으면 더이상 노예가 아니므로 유엔은 이스라엘에도 없어서는 안될 존재인 것이다.

유엔이 지출하는 비용의 일부가 하마스나 이슬라믹 지하드로 흘러들어간다고 해도 이스라엘로서는 별로 손해보는 일이 아니다. 그들은 이스라엘군에게 서안과 가자의 도시, 난민캠프, 마을을 언제라도 쑥밭으로 만들 수 있는 명분을 주었지 않은가. 운르와는 그들대로 막대한 예산을 주무르며 단맛을 즐기고 있다. 그럼 모두 행복한 것일까. 그렇지는 않다. 이대로 아무것도 변하지 않는다면 팔레스타인인은 언젠가는 절멸할 것이다. 노예일지언정 그들도 인간이고 이미 그들은 60년을 버텼다.

난민 1세대 노인과의 인터뷰

가자 인근의 팔루지 출신인 올해 일흔여덟의 모하메드 핫산은 휠체어에 의지한 채 연명하고 있었다. 도수 높은 안경 너머의 눈은 절반쯤 감겼고 가쁘게 숨을 몰아쉬었다.

라말라를 떠나 알 파라 캠프로 향할 때 쿨리는 꼭 만나볼 사람으로 그를 꼽았다. 알 파라에서 가장 기억력이 좋은 노인이어서 1948년 이후 난민에 대한 이야기라면 뭐든 들을 수 있을 것이라 했다. 그러나 핫산은 쿨리가 파라 캠프를 떠난 지 반년 만에 급격히 쇠약해져 있었다.

"글쎄요……"

노인의 손자인 압둘라는 나에게 무슨 이야기를 들려줄 수 있을지 회의적이었다. 나는 혹여라도 그의 증언을 듣게 되기를 바랐지만 막상 노인이 나를 만날 수 있다고 하자 주저했다. 노인이 가까스로 밝히고 있는 생명의 불꽃에 훅 바람을 부는 일은 아닌지, 인터뷰를 하는 도중 쓰러지는 것은 아닌지 두려웠다.

그날 밤 노인을 만났을 때는 조금 마음이 놓였다. 늘 수그러져 있던 노인의 이마도 정면을 향했고 눈빛에도 생기가 맴돌았다. 나는 준비해 갔던 영문 질문지를 이스마일에게 주었고 이스마일이 아랍어로 노인에게 물음을 던졌다.

노인은 이스마일의 질문을 힘들게 이해하고 낮고 단조로운 음성으로 답을 했다. 물론 노인의 어떤 말도 나는 알아듣지 못했다. 노인은

감정이나 어조를 바꾸지 않고 마치 기계처럼 말을 했다. 5분이 지났을 때 노인은 조금씩 숨을 몰아쉬기 시작했고 조금씩 고개가 기울어지고 있었다. 나는 줄곧 노인의 눈을 주시하고 있었는데 안경 너머의 그의 눈꺼풀 또한 조금씩 내려가고 있음을 알 수 있었다. 노인은 압둘라에게 무언가를 부탁했다. 압둘라는 그

난민 1세대인 모하메드 핫산

의 팔을 들어 무릎 위로 옮겼고 다리를 당겨주었다.

인터뷰는 그렇게 20분 동안 계속되었다. 준비한 질문이 모두 끝났을 때 노인은 벌린 입조차 다물지 못할 만큼 탈진해 있었다. 나는 마지막 질문을 할 엄두를 내지 못했다. 그때 이스마일이 질문지를 돌려주며 물었다.

"끝났어요?"

잠시 망설였지만 나는 노인에게 마지막 질문을 던졌다. 이스마일이 아랍어로 옮겨 물었다.

"당신은 고향에 돌아갈 수 있다고 생각하십니까?"

노인의 반쯤 감긴 눈이 스르르, 천년의 시간이라고 생각될 만큼 천천히 내리깔렸다. 그의 감긴 두 눈에서 메마른 습기가 검고 어두운 볼로 흘러나와 번지는 것을 보면서 내가 얼마나 잔인한 짓을 했는지 알 수 있었다.

핫산은 나의 마지막 질문에 대답하지 않았다. 그러나 그는 고향인 팔루지로 돌아가지 못할 것이다.

난민캠프에서 가족이란

모처럼 한가로운 시간이 찾아왔다. 좀 편안하게 쉬어볼까 하는 참에 딱히 나가 놀 곳이 없는 이스마일의 아이들이 집 안에서 뛰놀기 시작하니 정신이 산란하다. 이스마일은 이제 삼십대 초반의 사내인데 벌써 자식이 넷이다. 마흔이 넘기 전에 또 아이를 가질 것이 분명하다. 뒤치다꺼리야 전적으로 아내의 몫이니 까짓 낳아보자는 심보처럼 보이기도 한다. 하지만 경제적인 부담은 다른 누구도 아닌 그의 책임이다.

"왜 이렇게 애 욕심을 부려?"

"……우리가 뭐 가진 게 있나요?"

팔레스타인 사람들은 캠프 안팎에서 하루하루 힘들게 살아가고 있다. 경제적 빈곤도 그렇지만 이스라엘이 강요하는 무형의 압박은 정신을 황폐하게 만든다. 이웃마을을 다녀오는 데에도 검문소를 거치며 일방적인 폭력과 희롱을 감수해야 하는 까닭에 사람들은 가능하면 자신의 도시와 마을, 캠프를 다람쥐처럼 맴돈다. 그러나 자기 집이라 해서 안전한 곳은 아니다. 이스라엘군은 아무 때나 난입할 수 있었고 어디에나 총알을 뿌리고 사람들을 잡아갈 수 있다. 이런 조건에서 인간의 존엄성이란 사치스러운 말일 뿐 간신히 짐승의 처지를 면하는 것이 최선의 목표가 된다.

이런 끔찍한 환경에서 가족은 더욱 소중한 존재가 된다. 일반적으로 아랍인이 가족을 중히 여긴다고 하지만 팔레스타인에서는 훨씬 각별하다. 힘들고 어려울수록 가족이란 보석처럼 빛날 것이다. 가족은 상부상조의 기본 단위이다. 누구나 어려운 처지에 빠진 가족을 아무런 조건 없이 돕는다. 알 파라 난민캠프의 한 아낙은 일찍 남편을 여의고 아들 둘을 데리고 살고 있다. 경제력이 전무한 탓에 전적으로 가족들의 도움으로 생활하고 있었다. 아들 중의 하나가 대학에 가겠다는 의사를 밝히자 가족들은 십시일반으로 학비를 모아주었다. 이때의 가족은 호(戸) 단위를 의미하지 않는다. 3대에서 4대, 경우에 따라 5대까지를 포괄하는 대가족으로, 베두인의 부족에 가까운 '확대된' 개념이다.

다산(多産)은 이런 아랍식 가족을 더욱 강화하는 요인 중 하나이다. 3대만 모여도 200~300백명에 이르는 집단이므로 구성원들이 일찍부터 사회성을 체득할 수 있는 조건이 된다. 개인주의보다는 가족주의가 강한 성향 또한 이런 상황과 무관하지 않다.

'가족 사회주의'는 아랍의 전통적인 결속감에 외부의 극단적인 억압과 생존 조건의 척박함 등이 더해져 생겨난다. 환경이 더 열악한 난민캠프에서 이 점은 더욱 두드러진다. 여러 세대가 한 건물에 거주하거나 독립하더라도 결국은 캠프 안에 머무는 일이 많다. 가족 구성원들은 왕래가 잦고 어느 집에서라도 먹고 자는 일에 스스럼이 없다. 대소사를 의논하고 경제적 부담을 함께하는 일도 자연스럽게 이루어진다.

아랍에서 보편화된 가족의 가치가 개인주의에 의해 파편화된 서구 사회와 크게 다르다는 것은 의심할 여지가 없다. 그러나 우리 사회에서도 보편적으로 유지되었던 대가족제도를 떠올린다면 얼마간의 차이는 있을지언정 이타성이 존중되는 가족형태가 특별한 것은 아니다. 세계 어느 지역이건 가족이 지금 아랍에서처럼 중요한 삶의 조건이었던 시기가 존재했다. 가족의 가치가 근본적으로 변화한 것은 산업화와 자본주의화 때문일 텐데, 아랍 사회가 다른 지역에 비해 그 영향을 덜 받은 것이 전통을 유지해온 이유 중의 하나이다.

쌔뮤얼 헌팅턴은 예의 '문명충돌론'에서 아랍 가족에 대한 비난을 늘어놓는다. 오리엔탈리즘의 시각으로 기독교와 이슬람의 충돌을 예단하는 이 불온한 이론은 여러 문명 중에서 특히 기독교와 이슬람을 대립항으로 설정하고 충돌할 수밖에 없는 이유를 조목조목 거론한다. 그중의 하나가 이슬람문명권의 급속한 인구증가가 공격성을 증폭시킨다는 것이다. 2차대전 후 세계 인구는 선진자본주의와 후진자본주의, 남반구와 북반구, 서구와 아시아·아프리카·라틴아메리카에서 정

난민캠프의 아이들

체와 증가로 양분된 현상을 보인다. 빈곤으로 인구가 증가하는 것은
당연한 현상인데, 노동력이 그만큼 중요하기 때문이다. 없는 집일수
록 식구가 늘어나는 건 그 때문이다. 반면에 노동력이 중요하지 않은
사회에서는 반대 결과를 낳는다. 일반적으로는 그렇다. 그런데 선진
자본주의 국가들은 후진 자본주의 국가의 저렴하고 풍부한 노동력이
존재해야 풍요를 지탱할 수 있다. 선진국의 인구감소는 후진국의 (급
속한) 인구증가 덕분에 가능하며, 그 본질은 소수의 선진자본주의 인
구가 다수의 후진자본주의 인구의 고혈을 빨아 자국의 모순을 전가하
는 것이다. 그러므로 서구의 인구통계학적 두려움은 다분히 선동에
불과하다. 제국주의가 식민지를 통치하고 수탈할 수 있는 비결은 머
릿수가 아니라 압도적인 힘의 우위 때문이다. 인구 600만의 이스라엘
이 1억 5000명이 넘는 아랍 전체를 상대로 승리하고 끊임없이 위협하

고 있는 형국이나, 인구 3억의 미국이 세계를 지배하는 패권국가로 버티고 있는 현실도 같은 이유로 설명할 수 있다.

제국주의에 대한 식민지의 공격성이 증가하는 것은 인구가 증가하기 때문이 아니라 억압과 수탈에 맞서 해방의 욕망이 점증하기 때문이다. 여하튼 팔레스타인에서 가족은 그 해방에 기여하고 있다.

09

증오
대신
분노를

칼 킬야
툴 카 렘

게토와 분리장벽

두 개의 성기가 꽃으로 묘사되는 애니메이션 씨퀀스. 이윽고 들판을 가로지르며 회색 벽이 달리고 그 속에서 얼굴이 튀어나와 뭉크의 「절규」처럼 절망적으로 비명을 지른다. 벽은 달리고 들판의 꽃은 철조망으로 변한다. 벽 앞의 갓난아이는 나찌를 은유하는 인물로 성장해 들고 있던 곤봉으로 어느 사내의 머리를 내려친다. 사내의 해골은 부서지고 피와 함께 뇌수가 튀어오른다. 달리던 벽은 괴물이 되어 허공으로 치솟고 이윽고 기관총이 되어 금빛으로 번쩍이는 탄피를 퍼붓는다.

앨범 「핑크 플로이드의 벽」의 필름 버전에서 앨런 파커는 핑크 플로이드의 동명 앨범 중 '엠프티 스페이스' 트랙에 해당하는 장면의 영상을 이런 끔찍한 상상력이 돋보이는 애니메이션으로 처리했다.

동예루살렘의 올리브 산에서 이스라엘과 서안의 경계를 달리는 콘

크리트 장벽을 처음 보았을 때 나
는 문득 이 애니메이션을 떠올리
며 전율을 느꼈다. 그리고 수없이
많은 장벽들을 만날 때마다 그 둘
의 흡사함에 몸서리를 쳤다.

2003년에 등장한 이스라엘의
분리장벽 건설 계획은 국제적인
관심사가 되었다. 획기적인 발상
의 전환과 과감한 결정 그리고 비
타협적인 실천은 지구상 어느 한

「핑크 플로이드의 벽」 포스터

구석에 꽤나 깊은 인상을 안겨준 것이 분명하다. 2006년말에는 미국
대통령 부시가 미국과 멕시코 국경지대에 1120킬로미터 길이의 콘크
리트 장벽을 설치하는 법안에 서명했다. 현재 토지수용 등 현실적인
문제들에 부딪혀 있어 가까운 시일 내에 또다른 전대미문의 장벽이 완
성되는 꼴을 볼지는 미지수이지만 이라크의 미군 점령지에는 2007년
4월부터 이런 콘크리트 장벽이 선을 보이고 있다. 미국과 긴밀히 협조
하고 있는 사우디아라비아 또한 2006년에 이라크와의 국경에 900킬로
미터 길이의 전자장비가 설치된 장벽을 쌓겠다고 밝힌 바 있다.

총연장 703킬로미터로 계획된 이스라엘의 분리장벽은 30억달러의
예산이 편성되어 있고, 2007년초 현재 공사가 58퍼센트 이상 진행되
었다. 분리장벽은 콘크리트 장벽과 전기철책의 조합으로 건설되고 있
다. 예루살렘의 이스라엘 공보국에 들렀을 때 담당직원은 건설중인
장벽 중 높이 8미터의 콘크리트 장벽은 고작 10퍼센트에 불과하다며,

이스라엘의 이미지가 험상궂은 콘크리트 장벽으로 인식되고 있는 점을 안타까워했다.

확실히 콘크리트 장벽은 철책보다 더 삭막해 보인다. 더욱이 높이 8 미터에 이르는 거대한 벽이라면 그 흉물스러움이 가중될 수밖에 없다. 그러나 갇힌 사람들에게는 별다른 차이가 없다. 설령 이스라엘이 투명한 장벽을 발명해 도입한다고 해도 매한가지인 것이다. 벽은 벽이다. 콘크리트 장벽이 아니라 철책이 대부분이라고 항변하는 것은 본말이 전도된 억지일 뿐이다.

8미터 또는 10미터 높이의 콘크리트 장벽은 인구가 밀집된 지역(도시)을 중심으로 건설되고 있고 그렇지 않은 지역(농촌)은 철책이 세

최초의 분리장벽인 칼킬야의 장벽

위지고 있다. 현실을 말한다면 철책이 콘크리트 장벽보다 더 문제가 많다. 철책의 폭은 보조철책과 교통로, 도랑 등을 합쳐 폭이 100미터에 달한다. 콘크리트 장벽은 30미터 정도를 차지할 뿐이다.

벽은 달리면서 땅을 빼앗는다. 핑크 플로이드의 벽은 상징으로 존재하지만, 현실에 존재하는 이스라엘의 분리장벽은 땅을 삼키면서 팔레스타인의 삶을 파괴하고 있으며, 이동의 자유를 극단적으로 제약함으로써 서안이 감옥 내에 새로운 감방들을 탄생시키고 있다.

게다가 분리장벽은 경계를 준수하면서 세워지는 것이 아니다. 특히 예루살렘과 칼킬야 지역에서는 서안의 내부를 파고들었으며 구시 에시온, 아리엘, 말레 오드밈, 퀘두밈 같은 대형 점령촌을 감쌀 예정이어서 서안은 장벽으로 중병을 앓는 환자가 되어가고 있다. 또한 요르단 계곡 동쪽은 장벽건설과 함께 진행된 도로차단으로 마찬가지의 피해를 입고 있다. 결과적으로 분리장벽 건설은 이스라엘의 배타적인 영토를 서안 내에 고착·확장하는 데에 결정적으로 기여하고 있다.

분리장벽은 1970년대 이후 이스라엘이 정책적으로 확대해왔던 서안 점령지 내의 점령촌 주변에 집중 건설되고 있다. 1967년 전쟁 직후부터 세워진 서안 점령지 내의 점령촌은 현재 그 수가 200여개 이상이며 인구는 45만명을 헤아린다. 성격상 점령촌은 이스라엘의 서안 내 군사적 전초지이기도 했다. 그들은 점령촌 주민을 보호한다는 명목으로 병력을 주둔시키고 군사시설을 확충해왔던 것이다. 분리장벽은 이 거대하게 부푼 점령촌 지역을 군사요새로 만든다는 점에서 이스라엘이 추진해온 점령촌 정책의 완성태이기도 하다. 점령촌은 앞으로도 계속 확장할 수 있으며 계속 그에 따라 장벽 또한 연이어 건설될지 모른다.

칼킬야 인근 철책 장벽. 순찰로와 보조철책, 참호 그리고 콘크리트 감시대로 이루어진
전형적인 농촌지역 분리장벽이다.

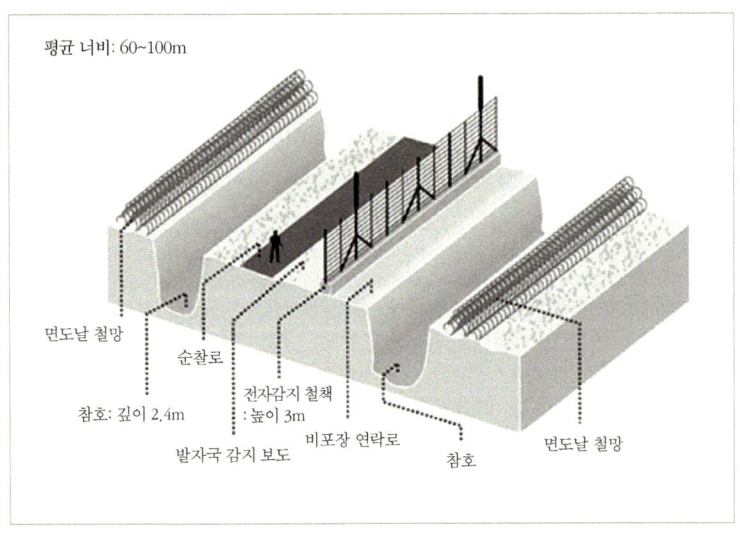

철책과 결합된 다층 방어장벽 단면도

분리장벽은 테러리즘으로부터 이스라엘을 보호한다는 명분 아래 탄생했다. 이 주장을 뒷받침하는 강력한 근거는 분리장벽을 세우기 시작한 2003년부터 자살폭탄 공격이 급격히 줄었다는 것이다. 이는 미국이 이라크에서 이스라엘식 장벽건설을 추진한 배경이 되었다. 1994년 이스라엘은 먼저 가자 전체를 포위하는 60킬로미터 길이의 장벽을 세우기 시작해 1996년 완공했다. 이스라엘은 장벽건설 이후 가자를 본거지로 한 자살폭탄 공격이 사라졌다고 주장했다.

분리장벽이 팔레스타인 무장조직의 공격에서 이스라엘을 보호한다는 것은 일면 타당하다. 그러나 이스라엘의 주장처럼 환상적인 것은 아니다. 예를 들어 동예루살렘의 장벽 너머에서는 팔레스타인 노동자들이 날품팔이를 위해 놀랍게도 8미터 높이의 장벽에서 뛰어내리고 있다. 2차 인티파다에서 급증했던 자살폭탄 공격이 수그러든 것도 분리장벽 때문이라고만은 볼 수 없다. 팔레스타인 무장세력 중 가장 비중이 컸던 파타는 아라파트가 사망한 이후 이전처럼 무장투쟁을 전개하지 않고 있다. 즉 분리장벽의 유무가 아니라 정치적 관점에서 이해해야 한다. 반면 이스라엘의 폭력적 대응은 한층 수위를 높이고 있다. 하마스와 이슬라믹 지하드, 알 카삼 순교여단 등의 비타협적 무장조직에 대한 검거는 도시, 난민캠프, 농촌 등을 가리지 않고 일상적으로 이루어지고 있다. 그러니 분리장벽 때문만은 아닌 것이다.

한편 분리장벽으로 팔레스타인인의 삶은 더욱 피폐해져가고 있다. 땅과 우물을 빼앗기고 집이 헐렸다. 농지를 장벽 너머에 둔 농민들은 어렵사리 허가를 받고도 자유롭게 드나들지 못하고 있다. 많은 가족들은 이산의 아픔을 겪고 있다.

16세기 로마교황청이 유대인을 베네치아의 늪지대로 몰아넣은 후 벽을 세우게 한 이래 그들은 줄곧 벽의 희생자였다. 20세기에는 나찌가 게토에 벽을 둘러 가두었다. 오늘 이스라엘이 서안에 세우고 있는 분리장벽은 과거 유대인 게토를 포위했던 벽과 다를 게 없다. 다만 한때 게토에 갇혔던 유대인의 후예들이 오늘 그 벽을 세우고 있으며 그 안쪽에 팔레스타인인이 감금되고 있는 것만이 다를 뿐이다.

뭐라고 말할 것인가.

하일 히틀러! 이스라엘에 무한한 경의를! 또는 앨런 파커의 20년을 앞선 예언적 상상력에 존경을! 그들은 게토와 함께 파커의 애니메이션을 현실세계로 옮겨왔다.

퍼트리시아는 아메드를 사랑해

이스라엘의 6번 고속도로는 서안의 경계를 오른쪽에 두고 남북으로 달린다. 1990년대 초반 주택부장관이던 아리엘 샤론은 서안 경계에 인접한 점령촌 건설을 계획한 이른바 '쎄븐스타 플랜'에서 서안을 품에 안듯 이스라엘을 종단하도록 이 도로를 구상했다. 2000년에 이르러서야 개통되었고 일부 구간은 아직도 공사중이다.

샤론의 심장이라 일컬어지는 서안의 칼킬야 주는 6번 고속도로와 가장 근접한 곳에 주도(州都)인 칼킬야 시를 두고 있다. 칼킬야는 누더기와도 같다. 서안을 A, B, C지역으로 나눈 1995년의 오슬로협정은 칼킬야 대부분을 C지역으로 만들고 A지역(2%)과 B지역(25.2%)을 마치 다도해의 섬처럼 뿌려두었다. 당연히 칼킬야 인구의 90% 이상은 A와 B지역에 거주하고 있다. 칼킬야의 C지역에는 13개의 이스라엘 점령촌이 있다.

칼킬야가 유독 기괴한 꼴이 된 까닭은 역설적으로 그 풍요로움 때문이다. 칼킬야는 서안에서 수자원이 가장 풍부한 곳으로, 기름진 농업지대이다. 이 때문에 일찍부터 이스라엘 점령촌이 자리를 잡았고 심지어 1967년 전쟁으로 서안을 점령한 직후 칼킬야의 팔레스타인인을 모두 추방하려는 계획을 추진하기도 했다.

오슬로의 ABC라는 괴물은 초기부터 칼킬야 주민에게 다양한 고통을 안겨주었다. 마을간 이동에도 제약과 불편함을 겪어야 했고 수원(水原)을 둘러싼 갈등도 적지 않았다. 2000년의 2차 인티파다에서 칼킬야는 최초의 교전이 벌어진 곳인데 그 덕에 이스라엘군의 잦은 침범을 받아왔다.

이스라엘의 분리장벽은 그런 칼킬야에 최초로 세워지기 시작했다. 지도에서 보면 칼킬야를 이리저리 휘저으면서 마을과 마을 사이를 관통하는 것을 쉽게 알 수 있다. 칼킬야 시와 바로 코앞의 하블라는 분리장벽에 막혀 주민들은 오랫동안 분노와 한탄을 토해내야 했다. 오랜 항의와 시위, 싸움 끝에 이스라엘은 지난해에야 겨우 세개의 터널을 개통했다. 그것도 주민들을 위해서라기보다는 점령촌 주민들의 소개와 군사 목적으로 이용하기 위해서였다.

'이 벽은 무너질 것이다'

분리장벽의 시초에 해당하는 칼킬야 시의 북쪽 콘크리트 분리장벽에 그렇게 쓰여 있었다. '존재한다는 것은 저항한다는 것이다'(To exist is to resit) '팔레스타인 인민의 투쟁 만세'(Viva la lucha del pueblo palestino) 같은 문구도 눈에 띄었다. 심각한 구호만 있는 것은 아니어서 장벽 아래쪽에는 '퍼트리시아는 아메드를 사랑해'(Patricia love Amed)란 글도 보인다.

함께 이곳을 찾은 칼킬야의 무하마드는 그동안 세계 각지에서 왔던 사람들이 하나씩 쓴 것이라고 말한다. 구호뿐 아니라 벽화도 있다. 벽화의 본고장 멕시코에서 온 청년이 두달 동안 기거하면서 그렸다는 벽화는 유감스럽게도 예술적으로는 높이 사기가 곤란하다. 실망하는 기색을 감추지 않았더니 무하마드가 열심히 변호에 나섰다. 기다란 봉에 붓을 매달아 그려야 하기 때문에 여간 어렵지 않았다고 한다. 그건 그랬다. 이스라엘의 분리장벽 앞에 비계를 설치할 수는 없었을 테니까.

인적이 끊긴 장벽 주변은 철거된 건물터와 마른 잡초들 사이로 무거운 침묵이 가라앉아 있었다. 결코 끝날 것 같지 않은 회색 장벽이 마치 세로로 서버린 철로의 레일처럼 달려가다 소실점에 이르러서야

아지랑이 속으로 사라져버린다. 철로의 레일과 마찬가지로 장벽은 영원히 멈추지 않을 길처럼 보인다. 장벽은 폭 3미터의 콘크리트 슬래브를 잇대어 달린다. 슬래브 한장 한장은 인간을 개미처럼 굽어보고 있는 거인과 같고 그 거인이 무한히 이어져 줄달음질치는 장벽은 장엄하기까지 하다.

내가 보았던 거대한 구조물들을 떠올렸다. 뉴욕의 엠파이어 스테이트, 시카고의 씨어즈, 빠리의 에펠탑, 쿠알라룸프르의 트윈빌딩, 이집트 기자의 피라미드 그리고 서울의 63빌딩에 이르기까지. 정말이지 난 한번도 그따위 건물들에 주눅이 든 적이 없었다. 그런데 고작 8미터에 불과한 이 수직 시멘트 구조물은 인간을 질리게 만드는 가공할 힘을 갖고 있었다. 난 8미터 장벽과 그 뒤의 하늘을 한번에 담을 수 있

'존재한다는 것은 저항한다는 것이다'

을 만큼 충분히 뒤로 물러선 후에 다시 한번 장벽이 내뿜는 힘에 맞섰다. 조금 수월해지긴 했지만 여전히 압도적이었다. 아마도 멕시코에서 온 젊은 벽화가는 이 기운을 이기지 못했던 것은 아닐까?

힘을 내뿜는 것은 이 벽만은 아니었다. 험준한 산의 암벽도 마찬가지여서 그 앞에 서면 인간은 왜소해지게 마련이다. 그렇지만 암벽은 피톤을 박고 자일을 걸 수 있도록 허용한다. 이 벽이 다른 점은 결코 대결을 허용하지 않고 오직 복종을 강요한다는 것이다.

묵묵히 걷다보니 길게 뻗어 달려온 장벽이 수직으로 꺾이는 모서리쯤에서 무하마드가 내 어깨를 잡고 걸음을 멈추게 한다. 그곳은 장벽보다 높게 치솟은 감시탑 앞이었는데 검은 창문 안쪽에서 누군가 망원경으로 아래를 내려다보고 있었다.

"별일은 없겠지만. 그래도 조심하는 것이 낫지요."

나는 뒤로 물러섰다. 카메라에 망원렌즈를 붙이고 감시탑 창문에 초점을 맞추었다. 철모를 쓴 병사가 망원경으로 나를 보고 있었다. 난 뭘 기대했던 것일까. 내 기대와 달리 그는 흠칫 놀라지도 않았고 망원경에서 눈을 떼지 않았다. 다만 자신의 임무대로 감시하고 있을 뿐이었다. 그는 장벽의 일방적이고 오만한 힘을 과시하고 있었다. 이런 경우에는 어쩌면 '이 벽은 무너질 것이다'라고 선언하는 대신 '퍼트리셔는 아메드를 사랑해'라는 글을 적는 편이 나을지도 모른다.

이날 무하마드와 나는 새벽부터 서둘렀다. 목표로 했던 검문소에 도착한 것은 칠흑 같은 어둠이 깔린 새벽 5시경이었는데 이미 늦은 시간이었다. 일을 찾아 이스라엘로 가는 노동자들이 이용하는 검문소에서는 새벽 2시부터 줄을 선다고 했다. 여느 때라면 5시경에도 여전히 많은 노동자들이 검문소를 통과하지 못했을 텐데 그날은 금요일이어서 남은 사람들이 적었다.

칼킬야는 이스라엘과 접해 있다는 특징 때문에 이스라엘이 손쉽게 저임노동력을 확보하는 대표적인 지역 중의 하나다. 한때 칼킬야의 노동력 80%를 이스라엘 쪽에서 흡수했다. 대개는 건설부문이었다. 좀 서글픈 이야기지만 분리장벽 건설에도 팔레스타인 노동자들이 품을 판 경우도 없지 않다.

분리장벽이 세워진 후 검문소 통과는 더 까다로워졌고 시간도 오래 걸린다. 새벽 2시부터 줄을 서는 이유도 그 때문이다. 병사들은 5분에 2~3명을 통과시킨다고 한다. 검문소 너머에는 다름 아닌 건설인력시장이 있다. 결국 날품팔이를 위해 새벽 2시부터 줄을 서 검문소 저편으로 향하는 것이다. 어렵사리 장벽을 넘어간 노동자들은 보통은 일주일쯤 일을 한 후에 돌아온다. 고용주 쪽에서 숙소를 마련해주지 않기 때문에 일하는 동안은 노숙을 한다. 아직 검문소 이편에서 동료를 기다리고 있던 40대 후반의 사내는 그나마 넘어가면 일자리를 구하기가 쉽다고 한다. 그가 하루를 일해 받는 돈은 200세켈(약 4만 3000원)이다. 이중 60세켈을 이스라엘 보스에게 떼이고 140세켈을 손에 쥔다. 임금에 대해 불만이 많지만 불평을 늘어놓으면 일을 얻을 기회가 없어지기 때문에 항의할 생각은 못한다고 했다. 학교에 다니는 자식만 넷인 그는 목구멍에 풀칠하기도 어렵다고 한숨을 내쉬지만 그래도 이 검문소를 통과해 일자리를 찾아갈 수 있는 사람 중의 하나이다. 그는 플라스틱 아이디카드를 내보였다. 마그네틱선에 검문소 통과정보가 기록되기 때문에 출입 검문소가 다를 때에는 문제가 생긴다고 했다.

"허가가 취소될 수도 있지요."

그때 그의 동료가 도착했고 둘은 서둘러 검문소로 향했다.

동편에 푸른 기운이 번지기 시작하면서 검문소 주변의 풍경이 조금씩 눈에 들어왔다. 주변은 한산했다. 좌판의 음식들은 노동자들이 돌아오는 오후 5시경이 되어야 다시 주인을 찾을 것이다.

무하마드와 나는 그리 멀지 않은 다음 검문소를 향했다. 7시에 열린다는 검문소 앞에는 20여명의 농민들이 아침햇살을 받으며 서성이고 있었다. 4월 이른아침의 날씨는 쌀쌀했다. 장벽 너머에 농지를 둔 농민들은 쇠스랑 따위의 농기구를 들고 있거나 당나귀를 몰고 오기도 했다.

한 중년 농민은 허가증이 잘못되어 그동안 세번을 헛걸음했다고 푸념을 늘어놓았다. 허가를 얻기 위해서는 칼킬야 주 점령촌인 케두임에 있는 점령군 부대의 지역조정소에 신청서를 제출해야 한다. 물론

검문소를 통과해 마을로 돌아오는
팔레스타인 노동자

구비서류가 뒤따르는데 가장 심각한 장애물은 '토지소유 증명서'이다. 그동안은 이슬람법에 따라 관습적으로 토지상속을 인정해왔고 장벽이 세워지기 전까지는 별 문제가 없었다. 그러나 장벽 너머로 농지가 넘어가버린 지금은 허가증이 없으면 농사를 지을 수가 없다. 때문에 이스라엘이 인정하는 '토지소유 증명서'가 필요하게 된 농민들은 이스라엘식 절차에 따라 신문에 광고를 내고 모든 형제자매의 서명을 얻고, 증인 둘을 구하는 등 까다로운 절차에 애를 먹고 있다.

게다가 이제는 토지소유자의 직계가족이 아닌 한 검문소를 통과할 수 없다. 전통적인 품앗이 방식의 농사가 불가능해진 것이다. 검문소 앞의 비닐하우스를 오가던 농민은 농지가 장벽 이편에 있어 그나마 다행이지만 건너편에 우물이 있어서 낭패를 보고 있다. 물을 대려면 검문소를 통과해 건너편으로 넘어간 후 수문을 열어주어야 하기 때문이다.

7시가 가까워지자 농민들의 수는 50여명으로 불었고 급기야 검문소 건너편의 교통로에서 군용 지프가 달려오는 것이 보였다. 네댓명의 병사들이 차에서 내렸고 7시가 넘었지만 농민들은 검문소의 철문 앞에 서성거리기만 할 뿐이다. 이건 임시검문소를 포함한 모든 검문소의 철칙이다. 이스라엘 병사가 손짓을 하기 전까지는 사람이건 차건 움직일 수 없다. 손짓을 하면 한명 또는 한대씩 움직여야 한다.

시간이 지나자 농민들은 하나둘씩 검문소 저편으로 사라지기 시작했다. 장벽 너머 자신들의 밭으로. 농기구를 실은 수레와 당나귀들이 마지막까지 남았다. 당나귀는 아이들이 몰고 있었다. 농민들이 모두 사라진 후에도 당나귀는 검문소 앞에서 멍청하고 순한 큰 눈을 껌뻑이며 장벽 너머를 바라보고 있었고, 수레에 탄 아이는 찢어지게 하품

칼킬야 인근 검문소 앞에서 문이 열리기를 기다리는 농촌 아낙들

을 하며 눈물을 질금거렸다.

죄수들의 날 특집방송

4월 17일은 팔레스타인 죄수들의 날이다. 이날 팔레스타인 전역에
서는 이스라엘의 감옥에 갇힌 죄수들을 기억하고 석방을 촉구하는 행
사를 연다. 2007년 중반을 기준으로 팔레스타인인 약 1만 1000명이
이스라엘의 감옥에 갇혀 있다. 서안과 가자를 합친 팔레스타인 인구
대비로는 0.3퍼센트를 조금 밑돈다. 남한의 재소자가 약 6만명으로 인
구대비 0.127퍼센트에 이르는 것과 비교하면 적지않은 수치임을 알
수 있다. 게다가 그 대부분은 정치범이다. 이들 중 4000명 정도가 10
대 청소년이고 500명이 여성이다.

2차 인티파다 이후 체포되는 팔레스타인인의 수가 급증하자 이스

라엘은 1차 인티파다 당시 국제적인 비난으로 폐쇄했던 네게브 사막의 켓지옷 감옥을 새롭게 단장했다. '안사르 3'이라는 별명으로 불리는 켓지옷은 이집트 접경 근처 사막에 있으며 7000명 정도를 수용한다. 켓지옷이 아니더라도 네게브 사막은 팔레스타인인이 가장 많이 수용된 감옥들이 있는 곳이다. 네게브 사막의 감옥에서 팔레스타인 정치범들은 감방이 아닌 텐트에서 생활한다. 여름엔 살인적으로 기온이 올라가고 겨울밤에는 얼음이 어는 사막 기후를 염두에 둔다면, 네게브의 감옥이 얼마나 비인간적인지를 짐작할 수 있다. 그래서 늘 지구 반대편의 꾸바 관따나모 수용소와 비교되곤 한다.

서안과 가자에서 매일 이스라엘 점령군의 습격이 자행되는 가운데, 죽지 않고 살아남아 체포된 팔레스타인인들은 라말라 인근 심문쎈터에서 혹독한 조사를 받은 후, 다시 이스라엘 쪽 군부대의 심문쎈터로 넘겨져 떠돌다 대개 네게브 사막의 감옥으로 실려간다.

칼킬야의 작은 방송국인 '라디오 나감(Nagam)'에서 이스라엘의 팔레스타인 죄수들을 위한 프로그램을 맡고 있는 바쌈 아부 샤리브는 전문 진행자가 아니라 자식 셋을 이스라엘의 감옥에 둔 아버지이다.

팔레스타인 자치정부의 군인이었던 큰아들 마헤르는 2차 인티파다 중에 총기를 소지하고 있다는 터무니없는 이유로 검문소에서 체포되어 세곳의 심문쎈터를 거쳐 팔레스타인 정치범을 수용하는 잘보에 수감되었다. 1년이 지나서야 재판을 받은 마헤르는 2년 10개월 형을 선고받았다.

둘째아들 라미는 새벽에 급습한 이스라엘군에 체포되었다. 마헤르와 비슷한 과정을 거쳐 하다림 감옥에 수용된 그는 5년 6개월 형을 선고받았다. 마헤르가 체포된 나흘 뒤에는 누이 집에 있던 셋째아들 샤

이스라엘의 감옥에 갇힌 아부 샤리브의 세 아들

디가 체포되었다. 샤디는 아스칼란 감옥에 갇혔다.

아부 샤리브는 이스라엘 정보부가 샤디를 데려갔다는 누이의 전화를 받고 이렇게 말했다고 한다.

"알함돌리라(알라여), 그들이 제 아들 중 셋을 데려갔습니다."

샤디는 6년 형을 선고받았다. 늘 그렇듯 아들 셋은 감옥에서 감옥으로 옮겨졌다. 운좋게 비르셰바의 아이셀 감옥에 세 아들이 함께 있을 때도 있었지만 그중 라미가 다시 안나캅 감옥으로 이송되었다고 한다.

감옥생활은 끔찍하기로 악명 높다. 네게브 사막에서는 40도를 넘나드는 고온을 견뎌야 하고 밤에는 얼음이 어는 겨울에도 여름옷을 입고 지내야 한다. 음식은 수준 미달이다. 매점에서 사먹을 수 있지만 당연히 돈이 있어야 한다. 사정이 넉넉지 않은 남은 가족들은 허리가 휘게 마련이다. 자치정부의 한 작자는 죄수들의 날에 "이스라엘 감옥의 우리 전사들은 왕성한 원기로 저들을 놀라게 하고 있습니다"라고 했다는데 그걸 위로라고 했는지 격려라고 했는지 모를 일이다.

"면회를 가면 가장 많이 듣는 불평이 병치레에 관한 것이지요. 이스라엘 감옥에서는 다리를 다쳐도, 눈이 아파도, 화장실에서 미끄러져 손가락이 찢어져도 아카몰(두통약)만 준답니다. 어떤 병이든 아카몰이라는 거지요."

아부 샤리브는 힘겹게라도 돌아가며 세 아들을 면회할 수 있지만 허가를 받지 못해 이스라엘에 갈 수 없는 가족들에게는 그마저도 불가능하다. 아부 샤리브가 방송 일을 시작한 것은 그 때문이다. 지역 라디오 나감은 매주 목요일과 토요일 두시간씩 이스라엘 감옥에 갇힌 팔레스타인인을 위한 프로그램을 송출한다. 네게브 사막을 포함해 이스라엘 전역을 대상으로 하는 이 프로그램의 주 청취자는 팔레스타인 수감자들이다. 면회도 편지도 기대할 수 없는 수형자들은 라디오에 귀를 기울이고 매주 두번씩 가족의 소식을 기다린다. 인터넷과 전화를 통해 가족에게 메씨지를 받은 후 아부 샤리브가 읽거나 생방송으로 내보낸다. 그는 프로그램을 진행한 뒤로 유명인이 되었다며 웃는다. 프로그램 시작 전부터 방송국 전화는 물론이고 그의 휴대전화까지 불이 난다.

"어떤 날에는 노인들이 집에 와서 통사정을 하지요. 감옥에 있는 아이들에게 말을 전해달라고 말이에요. 일주일에 두시간으론 부족한 걸 알지만 방송국도 사정이 여의치 않으니……"

툴카렘 난민캠프의 시마는 두 아이를 둔 엄마이다. 내가 툴카렘을 찾아가던 날 아부 샤리브도 동행했다. 캠프의 구불구불한 골목길 안쪽에 있는 집에서 시마는 어머니와 함께 살고 있다. 남편이 사살된 직후 끌려간 시마는 임신 4개월의 몸으로 둘째아이를 감옥에서 낳았다. 내가 찾아갔을 때 그 아이는 머리통이 시마의 허리에 닿을 만큼 자라 있었다. 사진 속 아이의 아버지는 한쪽 벽에서 총을 들고 아이를 지켜보고 있었다.

"이 아이가 컸을 때에는 감옥에 가는 일이 없어야 할 텐데요……"

아부 샤리브는 말끝을 흐렸다. 시마의 경우는 예외지만 팔레스타인에서 아부 샤리브가 겪고 있는 일은 너무도 흔해 사람들은 면역이 되어버렸다. 팔레스타인에서는 매일이 죄수들의 날이다.

마흐무드 압바스의 파타가 하마스로부터 서안의 권력을 완전히 되찾은 이후 이스라엘은 팔레스타인 수감자들 중 일부를 연이어 석방했다. 2007년 12월 3일에는 네게브 사막 감옥에 수감되어 있던 429명이 석방되었다. 모두 파타 소속이며 가자로 돌아간 20여명을 제외하고는 모두 서안으로 돌아왔다. 이스라엘은 팔레스타인 온건파들을 격려하고, 가자지구를 통제하고 있는 급진 무장세력과 투쟁중인 온건 팔레스타인 지도자들을 돕기 위해서라고 언제나처럼 솔직하게 밝혔다.

난 아부 샤리브의 얼굴을 떠올렸다. 429명 중에는 아부 샤리브의 아들도 포함되었을까. 만일 그랬다면 그는 기뻐하고 있을까. 그는 이스라엘의 감옥에 갇힌 모든 팔레스타인 죄수들이 하나이듯 팔레스타인도 하나라고 말하곤 했다.

증오에 대하여

툴카렘 난민캠프의 오마르 모하마드는 좀 야위어 보이지만 혈기 왕성하고 주위가 쩌렁쩌렁 울리는 목청을 지닌 일흔넷의 노인이다. 텔아비브 옆의 야파가 고향이다. 노인의 큰아들 쌀라는 딸의 이름을 아버지의 고향 이름에서 빌려와 '야파'라고 지었다.

"내가 이 아이의 이름을 야파라고 말하자 병원 간호원이 주제넘게 그딴 이름이 어디 있느냐고 다르게 지으라고 하더군요. 한동안 실랑이를 벌이다가 화가 나서 내가 버럭 고함을 질렀지요. '이 아가씨야. 내가 아이 이름을 원숭이라고 지어도 당신하곤 상관없는 일이야'라고 말이죠."

아마도 팔레스타인에서는 야파란 이름이 예쁜 축에 드는 것은 아닌 듯했다. 그래도 오마르 노인은 아들이 손녀 이름을 '우가릿'이라고 지으려 했다며 그보다는 백배 낫다고 호탕한 웃음을 터뜨렸다.

우가릿은 기원전 6000년에 탄생해 청동기 말엽에 사라진 시리아 북부의 고대문명을 가리킨다. 우가릿 사람들은 상형문자를 고안했고 나아가 서른자의 알파벳을 만들기도 했다. 문자가 있었으니만큼 여러 기록들과 문학작품들을 남겼는데, 고대 헤브루 기록에는 우가릿 싯귀들이 자주 발견된다고 한다. 지금의 팔레스타인도 우가릿 문명에 속해 있었다고 쌀라는 말했다.

'우가릿' 역시 여자아이 이름 치고는 괴상했는데 오마르 노인이 우가릿을 말하며 고개를 젓자 주위 사람들이 폭소를 터뜨리며 함께 고개를 흔들었다. 내가 들어도 좀 이상했다.

다음은 아빠인 쌀라와 초등학교 저학년인 큰딸 야파와의 대화이다.

"할머니가 죽기 전에 어떤 일이 있었지? 유대인들이 할머니에게 무슨 짓을 했지? 내가 해준 이야기 있잖니, 할머니 다리에 무슨 일이 있었지?"

"다리를 자르게 했어요."

"뭣 때문에? 어떻게?"

"헬리콥터에서……"

"넌 유대인을 좋아하지 않는다고 했지? 전에 유대인을 본 적이 있니?"

"예."

"어디서 봤지? 유대인들이 어디에서 왔지, 그리고 무슨 짓을 했지?"

"사람들이 와서 다 부수었어요."

"유대인들이 여기 오는 걸 보았어?"

"예. 학교에 왔어요."

"우리 집에 온 것도 보았어?"

"예. 우리 집에도 왔어요."

"몇 명이나 왔지?"

"백명, 아니 천명도 더 왔어요."

"그래 그자들이 우리 집에서 무슨 짓을 했지?"

"우릴 방에 가두고 다 부쉈어요. 옷도 찢고 장난감도 던지고, 우리가 쓰는 건 모두 망가뜨렸어요."

야파의 할머니, 오마르 노인의 아내는 1948년 전쟁통에 헬리콥터 사격으로 다리 하나를 잃었다. 피난 후에 오마르 노인은 그녀와 결혼

했는데 지금은 사별한 지 오래이다. 쌀라와 야파의 대화 중 둘째 주제는 난민캠프라면 어디서나 흔히 벌어지는 이스라엘 점령군의 습격을 두고 오간 이야기다.

이스라엘은 팔레스타인인이 아이들에게 증오를 가르치고 대물림한다고 말한다. 심지어는 학교에서도 선생들이 적개심을 선동한다고 비난한다. 나는 이런 비난이 사실과 크게 다르지 않다고 생각한다.

이스라엘은 어떨까. 적어도 그들은 학교에서 아랍인에 대한 노골적인 반감을 부추기지는 않는다. 나는 이스라엘인들이 이렇게 말하는 것을 자주 들었다.

"우린 평화를 원하지만 아랍인은 그렇지 않아요. 저들은 아이들에게 유대인을 죽여야 평화가 온다고 가르친단 말이지요."

물론 팔레스타인인이 아이들에게 유대인을 죽여야 한다고 가르치지는 않는다. 어떤 부모라도 자식들에게 살인을 고무하지는 않는다.

"야파, 나중에 커서 뭐가 되고 싶지?"

"의사가 되고 싶어요."

"그럼 유대인들이 오면 치료해줄 거야?"

"싫어요."

"다시 한번 생각해볼까. 유대인이 배가 아프거나 다리가 아프면 치료해줄 거야, 내쫓아버릴 테야?"

"……치료해준 담에 내쫓을래요."

"야파는 착한 아이로구나."

팔레스타인 부모들은 확실히 자식들에게 유대인을 미워하도록 가르친다. 사실이므로 난 그걸 부정할 생각은 없다. 그러나 이른바 선진 국 시민과 지식인, 교육학자 들이 이 사실을 두고 팔레스타인인이 집 과 학교에서 아이들을 테러리스트로 만들고 있다는 따위의 비난과 염 려를 늘어놓는 게 온당하다고 할 수는 없다.

오늘 문명화된 선진산업국의 학교는 체제가 요구하는 쓸 만한 부품 들을 양산하는 역할을 자임하고 있을 뿐이다. 이런 교육체제에서 폭 력은 금기 중의 금기이다. 그러나 만약 나찌의 지배 아래에서 독일의 학교들이 나치의 야만에 저항하는 폭력을 가르쳤다면 부당한가. 문명 국의 학교들이 하나같이 국가주의를 찬양하고 고무하는 사실에 대해 서는 어떻게 변명할 것인가. 모든 국가주의는 국가가 자행하는 어떤 종류의 폭력도 정당화하지 않던가.

이스라엘은 어떤가. 1980년대까지 이스라엘의 교과서는 아랍인을 중세의 야만인처럼 묘사했다. 이스라엘의 교육이 강조하는 국가에 대

장난감 소총을 들고 있는 팔레스타인 소년

한 충성은 파씨즘의 그것과 별반 다르지 않다. 나아가 이스라엘은 증오를 '말하는' 대신 이를 직접 실천함으로써 인종주의를 정치 적·사회적으로 배양한다. 18세의 아이들은 이스라엘군 병사로서, 아랍인의 저열함과 무지함, 폭력 성을 체득할 수 있는 기회를 국가 로부터 제공받는다. 자기 스스로 아랍인에 대한 일상적인 폭력의 주체가 되는 것이다. 말하자면 이

스라엘 아이들은 검문소에서 벌레처럼 기는 아랍인을 보면서 자신의 우월함을 실감하고, 폭력을 휘두르면서 그걸 정당화하기 위해 거꾸로 아랍인이 폭력적이라는 주문을 끊임없이 되뇌인다. 점령촌 주민들은 자신의 점령 행위를 정당화하기 위해 이와 비슷한 자기합리화를 반복한다. 이처럼 이스라엘은 거대한 국가적 교육을 통해 국민에게 매일, 매시간

하마스 집회에서 만난 아이

증오를 선전하고 선동한다.

그 반대편에서 폭력의 피해자인 팔레스타인의 부모들은 어제와 오늘 그리고 내일 일어날 일들의 부당함에 대해 아이들을 교육하고 주의를 환기시킨다. 도대체 짐승처럼 핍박받는 그들이 인간으로서 마지막 존엄성을 확인하기 위해 무엇을 할 수 있단 말인가.

"이스라엘을 증오합니까?" 2000년 에드워드 싸이드는 이스라엘 언론 『하레츠』와의 인터뷰에서 받은 질문에 이렇게 되물었다.

"당신은 나찌를 증오합니까?"

싸이드는 또 이렇게 덧붙였다.

"나는 증오하지 않습니다. 분노합니다. 분노는 힘이 되지요."

10

독립
60년,
대재앙
60년

사 위 야

아 준

점령촌 고지를 점령하라

2005년 8월 14일 이스라엘군은 불도저와 탱크를 앞세우고 아주 특별한 작전을 수행하기 위해 가자지구로 진입했다. 점령촌 주민을 철수시키는 작전이었다. 가자의 점령촌 주민 8500여명, 서안 북부의 점령촌 주민 300여명이 밀려났고 이로써 샤론이 2004년 2월에 선언했던 점령촌 철수는 1년 반 만에 현실이 되었다.

점령촌 주민의 다수인 정통파 유대인들이 대중시위를 벌였으며, 철수를 반대하는 정통파 유대인 병사가 갈릴리 북부에서 아랍인들이 탄 버스에 총격을 가해 4명을 사살하고 16명에게 부상을 입히는 사건이 발생했다. 하지만 쿼텟의 중동평화 로드맵에 화답한 샤론의 이 과감한 약속이행을 방해하지는 못했다.

2년이 지난 지금 이스라엘 통계청에 따르면 2006년 서안의 이스라엘 점령촌은 2005년 가자와 서안 북부에서 철수한 공백을 메웠을뿐더러 더욱 확장되었다. 2006년 서안(동예루살렘 제외)의 점령촌 인구는 5.8퍼센트 증가해 26만 8163명을 기록했으며 점령촌에는 3000채의 주택이 지어지고 있는 것으로 밝혀졌다. 또한 비공식적인 점령촌 전초지는 105개에 달하며 2000여명이 주거하는 것으로 알려졌다.

결과적으로 가자에서의 점령촌 철수는 단지 제스처에 지나지 않으며 서안의 점령촌 정책을 강화하는 일환이었다고 평가할 수 있다. 1978년 캠프데이비드 회담에서 이스라엘이 경제적으로 실익이 없는 시나이반도를 반환하고 가자와 서안의 지배를 실질화한 것을 상기시킬 뿐이다.

이스라엘의 점령촌 정책은 그렇게 중단 없이 오늘도 계속되고 있다. 이스라엘이 서안의 지배를 포기하지 않는 한 그 중추를 이루는 점령촌 또한 사라지지 않을 것이다. 점령촌이 온존하는 한 팔레스타인 국가 건설이란, 요원하기 짝이 없는 허망한 꿈에 불과할 뿐이다. 그래서 이른바 독립국가 건설을 위한 이스라엘과의 평화협상에서 점령촌 철수는 반드시 선행되어야 할 조건이지만, 2007년말 마흐무드 압바스를 상대로 평화협상이 진행되는 동안에도 이스라엘은 점령촌 확대를 공공연히 천명하고 있었다.

사위야(Sawiya)는 라말라와 나블루스를 가로막고 있는 이스라엘 점령촌 지역에 자리잡은 인구 3000명의 팔레스타인 농촌이다. 산지의 등성이 하나를 차지하고 있는 마을의 평범한 일상은 1978년 점령촌인 실로(Shilo)가 주변에 세워지면서 어그러지기 시작했는데, 이 불운은 1984년 바로 맞은편 구릉에 점령촌 엘리(Eli)가 탄생하면서 돌이킬 수 없게 되었다.

점령촌 엘리와 실로는 거의 붙어 있다고 해도 좋을 만큼 가깝다. 구약의 선지자 엘리야의 성전이 있던 곳이 실로이니 이름을 통해 지리적 친연성을 나타낸 셈이다. 그러나 규모를 따진다면 엘리가 실로보다 월등히 크다. 또한 엘리가 정통파 유대인들만의 주거지라고 한다면 실로는 세속적 유대인도 섞여 살고 있다는 차이가 있다. 두 점령촌의 전초지까지 합쳐 모두 4500명 정도가 살고 있다.

1998년 아리엘 샤론은 점령촌을 두고 '고지를 점령하라'라는 구호를 내걸었는데, 엘리와 실로는 이를 충실히 이행해 사위야 맞은편 산의 10부능선 주변을 점령하고 있다.

엘리와 실로는 도시를 방불케하는 말레 오드밈이나 아리엘, 모던 일릿 같은 서안의 대형 점령촌에서는 느낄 수 없는 전원의 쾌적함과 안락함을 갖추고 있었다. 이건 뜻밖이었는데, 특히 엘리는 팔레스타인과의 충돌로 사상자까지 냈고 자신들이 팔레스타인 마을을 습격해 4명을 살해하기도 한, 어쩐지 으스스한 이미지를 풍기는 마을이었기 때문이었다.

엘리는 마치 언덕 위의 별장촌처럼 느껴졌다. 천편일률적으로 빨간 지붕을 얹은 채 기하학적으로 자리잡은 주택들은 언덕 위의 경관을 기괴하게 만들었지만 막상 그곳에서 바라보는 주변 경관은 서안 고지대의 전형적인 아름다움을 고스란히 선사하고 있었다.

나는 엘리에 잠입하기(?) 전 맞은편의 사위야를 먼저 방문했는데, 엘리의 주택가를 돌아보면서 마주보는 두 마을이 이토록 다를 수 있는지 새삼 놀랐다. 단언하지만 내게 텔아비브에 살 기회와 엘리에 살 기회가 동시에 주어진다면 난 엘리를 택할 것이다. 이곳엔 필요한 모

든 것이 있었다. 테니스코트와 잔디가 깔린 운동장과 수영장이 있었다. 능선을 따라가며 조성된 주택가마다 깨끗하게 단장된 놀이터가 있었으며 아스팔트가 깔린 도로는 충분히 넓었고 집들은 하나같이 근사해 보였다. 더욱이 능선에서 바라보는 풍광은 더없이 멋지고 바람 또한 시원하게 불었다.

　이스라엘이 서안에 건설한 이른바 우회로 덕분에 그들은 별다른 위협을 느끼지 않고 텔아비브나 예루살렘을 오갈 수 있었다. 실제로 엘리의 남자들 대부분은 예루살렘이나 텔아비브에 있는 직장으로 출퇴근했다. 말할 것도 없이 점령촌 부근은 이스라엘군이 철통처럼 지키고 있었다. 엘리는 자체적인 민병대까지 조직했다. 엘리의 중심가에서는 전형적인 하레디 복장에다 우지 기관단총을 들고 다니는 젊은이들이 눈에 띄었고, 초소가 군데군데 세워져 있었으며, 구릉을 가로지르는 가로등에는 카메라가 산 아래쪽을 훑었다.

　가슴이 저릴 정도로 뚜렷한 차이는 아이들이었다. 사위야에서 추레한 옷을 입은 아이들이 좁은 골목을 뛰어다닐 때에 엘리의 아이들은 깨끗한 옷을 입고 잘 만들어진 놀이터와 공원에서 즐거이 노닐고 있었다.

　사위야의 아이들은 이스라엘군이 막아놓은 길을 돌아 학교로 가야 했다. 또 그들의 요구에 따라 길 쪽으로 열리는 정문이 폐쇄되어 아이들은 후문으로 오가야 했으며, 학교의 담은 높이 올려지고 위에 철책까지 둘러 마치 감옥처럼 보였다. 반면 엘리의 아이들은 점령촌 안에 이스라엘 교육부의 지원으로 지어진 학교다운 학교에 다니고 있었다.

　엘리와 실로는 키부츠나 모샤브 같은 집단농장이 아니다. 주민들은 일부를 제외하고는 단지 거주하고 있을 뿐이다. 그런 면에서 이 둘은

점령촌 엘리와 마주보고 있는 사위야의 학교.
이스라엘군은 학교 담장에 높은 철책을 두르게 하고 정문을 폐쇄했다.

진정한 점령촌이다. 이스라엘은 이런 주거용 점령촌에 지원을 아끼지 않는다. 예컨대 텔아비브에서 80제곱미터의 집을 구하려면 24만달러를 주어야 하는 반면 엘리에서는 600제곱미터짜리 쾌적하고 아름다운 집이 고작 6만달러이다. 이주민에게는 2만달러의 정부보조금, 그리고 1만 1000달러까지는 무이자 융자이며 그 이상은 초저금리 혜택이 제공된다. 점령촌 유지 비용 역시 상상을 초월한다. 점령촌을 보호하기 위한 주변시설 건설에 1500만달러가 지출된다. 점령촌의 안전과 관련된 활동에 지출되는 비용은 연평균 3억 3000만달러이다. 물론 가장 큰 지출은 군사비이다. 점령촌과 관련해 지출되는 직간접적인 군사비는 3억 4000만달러에서 5억 6000만달러로 추정된다. 점령촌과 불가분의 관계에 있는 분리장벽 건설에는 30억달러가 소요된다. 연간 10억달러에 달하는 이스라엘 국방예산의 규모는 점령촌과 무관하지 않다. 경제적인 관점에서 본다면 막대한 국가예산을 축내고 있으면서도 그에 상응하는 경제적 효과는 미미하기 짝이 없다.

엘리와 실로의 존재는 사위야에는 재앙이다. 엘리가 위치한 산 아래 도로는 단 하나를 제외하고는 마을로 들어가는 모든 길들이 막혀 있다. 어떤 길은 콘크리트 덩어리로 막혀 있는가 하면 다른 길은 군용 포크레인이 구덩이를 만들어놓았다. 또다른 길은 아예 없애버리기도 했다. 농지로 가기 위해 농민들은 농기구를 들고 걸어야 한다. 아이들은 돌아서 학교에 가야 한다. 사위야 산꼭대기에 지어진 45채의 집들은 모두 이스라엘 점령군의 철거명령서를 받았다. 시간을 끌기 위해 재판을 진행하고 있지만 좋은 결과를 기대하는 사람은 없다. 다만 시한을 연장하는 것일 뿐이다. 새 건물을 짓고 있던 사람들에게는 망연한 일이다. 건물을 착공하기 전에 명령서를 보내지 않은 이유는 집주인의 주머니를 털어놓는 것이 유리하기 때문이라고 했다.

이 모든 일들은 점령촌 주민들의 안전을 명분으로 이스라엘 점령 군이 벌이는 해프닝이다. 때로는 무장한 점령촌 주민들 스스로 팔레스타인 마을을 공격하기도 한다.

엘리와 사위야 사이 60번 국도변에 작은 집을 가진 미플라 압둘 카림은 1959년부터 그곳에서 살아왔다. 점령촌 엘리가 맞은편 산 위에 자리를 잡은 후 미플라는 여러가지 괴로움을 겪어야 했지만 2차 인티파다가 시작되었던 2000년은 가장 끔찍한 악몽이었다. 500명의 엘리 주민들이 몰려와 목재소를 부수고 불을 질렀으며 텃밭의 나무와 농작물을 망쳐놓았다. 기자들이 오고서야 그들은 15시간 만에 미플라의 집에서 물러났다. 최근 이스라엘군은 미플라가 8년 전에 들여놓은 방 하나를 철거하도록 명령서를 보냈다. 집 한가운데에 있는 방이었다.

"지붕을 없애라는 것인지 벽을 없애라는 것인지 물어봤지만 별 대답이 없어요. 그냥 철거하라고만 해요. 어쩌란 말이지요?"

점령지에서는 상식이 통하지 않는다.

사위야에 사는 사람들에게 가장 큰 문제는 점령촌이 그들의 유일한 수입원인 농사를 방해하고 있다는 것이다. 엘리가 들어선 산 중턱 아래는 사위야 사람들이 올리브를 재배하고 밀이나 채소를 심는 농지가 있는 곳이다. 엘리의 주민들은 올리브나무를 뽑아냈고 여러차례 추수를 앞둔 작물에 불을 질렀다. 엘리가 점령한 산 주변에 팔레스타인 사람이 얼씬도 못하게 하려는 것이다. 점령촌과 점령군은 자기들 안전을 위해서라면 가능한 모든 방법을 동원하고 있다.

"그렇지만 어디로 가지요?"

주변 도시로 흘러들어가 빈민으로 전락하길 바라지 않는다면 농민들이 땅을 버리고 갈 곳은 어디에도 없다. 어쩌란 말인가?

5번 국도와 55번 국도 사이의 팔레스타인 마을 데이르 이스티아는 살핏 주에 속해 있으며 인구는 3500여명이다. 카나 계곡을 앞에 둔 그 일대는 서안의 전형적인 농업지역이다. 계곡 주변에는 말레 쇼메론 등 크고작은 8개의 점령촌이 들어서 있다. 남쪽으로는 아리엘 등 주변 점령촌이 집어삼킬 듯 버티고 있다. 데이르 이스티아는 농지를 모두 카나 계곡에 두고 있어 하루도 편할 날이 없다. 급기야 맞은편 점령촌인 야키르가 전초지를 확장하면서 이스라엘군이 농지로 통하는 길을 막아버렸다. 집을 한채 지어두고 보안을 이유로 통행을 금지한 탓에 농민들이 자기네 땅으로 갈 수 있는 유일한 길을 잃었다. 이스라엘의 계획에 따르면 데이르 이스티아 주민들의 농지는 모두 앞으로 들어설 장벽 너머로 넘어가게 된다. 건설이 시작되면 강제수용될 땅들이 허다하게 발생할 것이다. 통행금지는 향후 시행될 강제수용의 예비조치인 것이다. 다른 지역에 비해 데이르 이스티아의 사정이 남다른 것은 이들의 땅이 점령촌이 밀집한 카나 계곡에 있기 때문이다. 점령촌 사람들은 카나 계곡에 팔레스타인 농민들이 얼씬도 하지 않기를 바라는데, 1980년대 이후 이스라엘군은 끊임없이 점령촌 주변 농지를 정비해왔다. 보안을 이유로 올리브나무를 뽑아내는 바람에 농지를 잃은 거나 다름없는 농민들이 지속적으로 생겨났다.

서안의 점령군에게 보안은 전가의 보도 이상이다. 헤아릴 수 없는 비상식적인 일을 저지르고도 '보안'이라는 한마디를 붙여 항의와 반발을 일축해왔다. 땅을 빼앗기고 올리브와 아몬드, 레몬나무가 뽑히고, 길이 막히고, 집이 헐리는 모든 일들이 보안이란 이름으로 행해진다.

그러나 누구를 위한 보안인가? 서안의 이스라엘인, 즉 점령촌 주민을 위한 배타적인 보안이다.

"점령촌이 존재하는 한 우린 살아갈 수 없습니다. 점령촌이 없어지 거나 우리가 없어지거나 둘 중의 하나이지요. 그런데 우리 땅에서 우 리가 어디로 가야 합니까?"

이스라엘은 이들이 어디로 없어지기를 바라는 것일까.

ABC가 정신에 미치는 영향

칼킬야에서 멀지 않은 아준(Azun)을 거쳐 툴카렘으로 가는 지방도 로 변에는 작은 놀이터가 있다. 구릉 중턱에 땅을 다져 미끄럼틀과 그 네를 놓은 게 고작이지만, 놀이터를 구경하기 쉽지 않은 서안의 점령 지에서 아준의 유일한 놀이터는 아이들에게 꽤나 인기를 얻고 있다. 한낮의 땡볕 아래에서도 신나게 뛰어노는 녀석들을 볼 수 있다. 지난 해 이곳에서는 꽤 의욕적인 프로젝트를 시작했다. 놀이터 한편에 아 이들을 위한 작은 수영장을 짓는 계획이다. 물이 귀한 땅에서 물놀이 란 언감생심이지만 점령촌 아이들만 수영장에서 먹감으라는 법은 없 음을 보여주고 싶었을 것이다.

놀이터 공사는 이딸리아 정부로부터 4만달러를 지원받아 별일 없 이 잘 진행되었다. 아이들의 놀이터를 보자 '늙은 아이'들도 욕심이 생 겼다. 아준의 YMCA에서 미국국제개발처(USAID)의 지원을 끌어들여 놀이터 한편에 작은 단층건물을 지었다. 물론 수영장을 위해서였다. 하지만 공사가 완료된 직후 이스라엘군은 병사들과 포크레인을 보내 수영장과 부속건물을 부수어버렸다. 이유는 C지역에 허가 없이 건물 을 지었다는 것이다. 그나마 다행이랄까, 놀이기구는 그대로 두었다.

놀이터는 아준의 코앞에 있었다.

"아준엔 놀이터를 지을 공간이 없어요. 여긴 또 우리 땅입니다. 게다가 우리가 지은 것은 아이들 놀이터란 말입니다."

무더운 한낮이었는데도 아준의 군수는 성난 곰처럼 흥분해 있었다. C지역에 포위되어 마치 섬처럼 고립된 아준으로서는 달리 대책이 없다. 게다가 인구는 지속적으로 증가해 마을은 포화상태였다.

"C지역요? 개나 물어가라지요. 이스라엘은 우리한테 지도 한장 준 적이 없어요. 그저 자기들이 필요할 때 통보만 할 뿐이지요. 저길 보세요. 저긴 C지역이랍니다. 바로 뒤는 B지역이에요. 제멋대로 금을 그어놓았어요. 우물은 이 옆에 있는데 여긴 B지역입니다. 올리브나무는 맞은편 C지역에 있어요. 왜 땅을 이렇게 나누어놓았는지 이스라엘 관청에서도 설명을 못합니다. 어떻게 하란 말입니까."

이스라엘군이 파괴한 아준의 놀이터

그는 놀이터 맞은편에 있는 쓰레기 하치장을 C지역이라 했다. 흥분한 나머지 그는 쓰레기 하치장으로 오는 대부분의 쓰레기들이 근처 점령촌에서 나온다는 사실을 말하는 것도 잊어버렸다. 난 사실 그곳에 가던 중이었다.

"A지역도 개나 물어가라고 해요. 전적으로 자치정부가 책임지는 지역이라고 해놓고는 왜 날마다 총을 들고 들어와서 사람들을 죽이고 잡아갑니까."

말이 나온 김에 그는 장벽에 대해서도 분통을 터뜨렸다.

"나블루스까지 20킬로미터인데 장벽이 세워지면 60킬로미터를 돌아서 가야 합니다. 장벽을 세운다고 아준에서만 3000에이커의 땅이 몰수되었어요. 장벽이 세워지면 900에이커의 농지가 장벽 저편으로 넘어가게 됩니다. 반면에 알페 메나시 같은 점령촌은 1000에이커나 되는 땅을 얻게 되지요. 알페 메나시가 확장될 것은 불을 보듯 뻔합니다."

그는 이스라엘 정책의 핵심은 땅을 삼키는 것이라고 했다.

"어디로 가란 말입니까. 요르단이나 시리아나 레바논으로 가서 난민으로 살아야 합니까?"

담배 한개비를 꺼내 문 그는 흥분을 가라앉히고는 축 늘어졌다. 그늘 한점 없는 무너진 건물 주변에서 한시간 동안 열을 받은 걸 고려한다면 그래도 멀쩡한 편이었다.

놀이터 관리실에서 기운을 좀 회복한 그는 커피를 훌쩍거리며 처연한 표정으로 중얼거렸다.

"우린 정신적으로 파탄지경이에요. 철책, 검문소, 장벽. 매일처럼 겪으면서 살아야 해요. 이러니 어떻게 멀쩡할 수 있겠어요?"

아준 주변에는 양을 키우는 꽤 넓은 부지에 세워진 축사가 있었다. 흔히 볼 수 있는 베두인의 축사는 고작 울타리나 쳐놓은 것이지만, 아준의 것은 벽돌을 쌓아올리고 지붕까지 만든 현대식 축사였다고 한다. 이스라엘군이 불도저를 몰고와 밀어버렸기 때문에 원래 모습은 쉽게 상상할 수 없었다. 축사와 부속건물이 비죽비죽 철근을 내민 시멘트 덩어리들로 바뀌어 무덤처럼 쌓여 있어 보기에도 심란했는데 오른편 구석의 창고 하나는 멀쩡했다. 양들에게 먹일 꼴을 비축하고 채유탱크를 설치한 3층 높이의 건물이었다.

"이건 왜 멀쩡하지요?"

"다 부순 후에 여기는 직접 철거하라고 하더니 가버리더군요."

"왜요?"

"누가 알겠어요. 그 사람들한테 물어보세요."

왜 이 건물만 남겨놓았을까. 나는 한참을 서성거렸지만 해답을 얻을 수가 없었다. 날이 더워서 그랬을까. 상식적으로 납득할 수 없는 일을 당하면 인간의 두뇌는 헝클어지게 마련이다. 그렇게 나사 하나가 빠지면 두뇌에서 분노를 제어하는 부분도 좀 멍청해질지 모른다. 축사의 주인이 화를 내기보다는 담배연기만 뻑뻑 내뿜으며 기운이 빠져 있는 것도 그 때문은 아닐까.

놀이터를 떠나 멀지 않은 들판의 농가를 찾았다. 역시 남은 것은 돌무더기뿐이었다. 그러나 폐허 앞의 아몬드나무 한그루는 굵은 가지에 여전히 푸른잎을 매달고 들판의 바람을 막아내고 있었다. 아마도 그 때문에 심어놓은 나무일 것이다. 아몬드 하나를 따 입에 넣고 씹었다. 덜 익은 아몬드는 아삭아삭 씹히며 설익은 복숭아 맛이 났다.

이스라엘군이 강제 철거한 아준 인근의 축사

마당 우물에는 덮개가 덮여 있다. 두레박도 그대로다. 집주인 농부는 다시 돌아올 생각을 하고 있는지도 모를 일이다. 함께 갔던 젊은이가 덮개를 열고 물을 길어 내민다. 차가운 물이 목구멍을 넘어가면서 등줄기의 땀을 식혀준다.

"좋은 우물이군요."

"우물 아니에요. 여긴 우물이 없어요. 빗물을 모아두고 쓰지요."

알 나크바 59

5월은 알 나크바(대재앙) 59주년 기념행사가 열리는 달이다. 5월 9일 알 파라 캠프의 여학교에서 오전 11시부터 아이들이 땀을 뻘뻘 흘리며 그동안 갈고 다듬은 춤이며 노래를 선보이고 있었다. 행사에서 음향을 담당하는 이스마일은 얼굴을 땀으로 번질거리며 입이 한자는 나와 있다.

"애들을 아예 죽이려고 작정을 했지. 한낮에 이게 뭐하는 짓이냐고요."

그건 그랬다. 방문객은 그래도 천막의 그늘 아래 들어가 있지만 아이들은 땡볕 세례를 받으며 춤추고 노래했다.

"여기 교장이 누군데?"

짜증도 풀어줄 겸 농담 삼아 한마디 했더니 더 짜증을 낸다.

"유엔에서 이 시간에 하자고 했답니다. 예루살렘에 있는 인간이 정오밖에는 시간이 안 난다고."

"……유엔 사무총장한테 알려야겠군."

"관두세요! 판키문이도 지옥이나 가라고 하세요."

"……"

그날 이스마일은 정말 화가 나 있었다.

5월 14일에는 라말라의 아마리 난민캠프에서 아이들이 밴드를 만들어 북을 치고 트럼펫을 불면서 캠프의 도로를 행진했다. 눈에 띄는 것은 여성쎈터 2층에 전시해둔 캠프 주민들의 오래된 집기들이었다. 1948년 피난을 떠날 때 가지고 나온 물건들은 종류도 여러가지였다. 구식 진공관 단파라디오가 있는가 하면, 닦았지만 푸른 녹이 여전한 놋그릇이 있었고 심지어는 재봉틀도 있었다. 등잔과 버너는 물론 알나크바를 상징하는 고향집 열쇠도 빠지지 않고 살림살이 사이에 자리잡고 있었다. 모두 60년 이상의 나이테가 아로새겨져 있었다. 집안 한구석에 보관해두었을 물건들에는 그 세월만큼의 슬픔과 한숨, 그리움이 배어 있어 행복해 보이지는 않았다. 저마다 주인들의 한탄을 이야기하느라 녹이 슬고 금이 가고 이빨이 빠지거나 깨진 것처럼 보였다.

5월 15일, 59년 전 이스라엘이 독립선언을 했던 바로 그날은 팔레스타인 난민들이 대재앙을 맞은 날이었다. 올해 이스라엘은 유대력에 따라 4월 24일에 기념행사를 치렀다. 팔레스타인에서는 매년 5월 15일에 기념행사를 치른다. 이날 라말라의 무카타(자치정부 청사) 옆에는 서안 각 지역의 난민캠프에서 올라온 사람들이 모여 식전행사를 치르고 있었다. 젊은이와 아이 들은 등판에 '1948'을 인쇄한 검은 셔츠를 입었다. 무카타 옆에서는 지역별로 조촐한 답카 댄스 경연대회도 벌렸다. 평소에는 공터나 다름없던 곳이 오전 내내 왁자지껄했다.

공터의 난민들은 정오에 맞추어 알 마나라 광장으로 행진했다. 팔레스타인 전통 두건인 하따를 머리에 쓴 보이스카웃 비슷한 복장의

알 나크바 기념행사에 모여 답카 댄스를 추고 있는 젊은이들. 1948은 알 나크바가 시작된 해를 가리킨다.

소년밴드가 북을 치고 나팔을 불면서 대열을 선도했다. 알 마나라 광장은 곧 사람들로 가득 찼지만 예년만한 열기는 아니라고 했다.

"아부 마젠(마흐무드 압바스)은 어디 있지? 아부 마젠은 어디에 있어?"

기념식 연단에는 자치정부의 고위직 인사들이 코빼기도 내비치지 않았다. 그나마 연단에 서 있던 자치정부 난민과 과장이란 여성은 휴대전화에 매달려 넋놓고 있었다. 쿨리는 이게 자치정부가 난민문제를 대하는 태도라며 빈정거렸다. 난민 대표는 대재앙 59주년을 맞아 성난 표정으로 사자후를 토했지만 왠지 맥이 빠져 있었다.

알 파라 캠프의 노인들도 말끔하게 옷을 차려입고 가장 좋은 하따를 머리에 쓰고 라말라에 왔다. 물론 핫산 노인은 보이지 않았다. 파라에서 온 노인들과 인사를 나눌 때 군중 속에서 녹슨 열쇠를 손에 든 청년 한명이 노인들에게 말을 걸었다. 오늘 할아버지가 자신에게 열쇠를 주었다며 청년은 입이 찢어지도록 행복하게 웃고 있었다. 이미 세상 어디에도 존재하지 않는 집의 열쇠였다. 그 열쇠가 청년에게 어떤 의미를 갖고 있는지 나는 쉽게 이해할 수 없었다.

기념행사는 한시간이 채 되지 않아 끝났고 알 마나라의 군중들은 뿔뿔이 흩어졌다. 파라의 노인들도 전세버스를 타고 몇 개가 될지 모르는 검문소를 지나 캠프로 돌아가야 했다. 아마도 노인들을 볼 수 있는 마지막 날일 것이다. 나는 무카타 옆 공터에 세워진 버스 앞에서 노인들에게 고개를 숙여 작별인사를 했다. 나는 그들의 뼈가 북한이 고향인 내 아버지의 뼈처럼 언젠가 고향으로 돌아갈 수 있기를 진심으로 빌었다. 내가 할 수 있는 유일한 일이었다.

'난민문제를 해결하기 전에 평화는 없다.' 알 나크바 기념행사에 참가한 난민들.

5월 17일에는 라말라 인근의 잘라존 난민캠프에서 알 나크바 59주년 행사가 열렸다. 잘라존 캠프에는 1만명을 웃도는 난민이 거주하고 있다. 산 중턱에 자리잡은 잘라존의 맞은편엔 벳엘 점령촌과 이스라엘군 기지가 있다. 군사기지와 점령촌이 캠프의 코앞에 자리를 잡은 셈이다. 잘라존 캠프는 두번의 인티파다에서 여느 캠프 못지않은 희생자를 냈는데 지리적인 불운도 없지는 않았을 것이다.

잘라존의 한 공터에서는 열댓의 노인들이 나란히 앉아 행진을 기다리고 있었다. 라말라의 알 파라 캠프 노인들처럼 모두들 깨끗한 옷차림이었다. 그러나 표정만은 하나같이 어두웠다. '세상에, 고향 떠난지 59년이라니.' 노인들은 묵묵히 앉아 있었지만 침울한 얼굴로 그렇게 말하고 있었다. 이윽고 시간이 되자 노인들이 앞장을 섰고 확성기를 매단 트럭이 앞장선 대열은 행사가 열리는 캠프 입구의 작은 운동장을 향했다.

잘라존 캠프에서 열린 기념행사에서 주최측은 노인들에게 기념패를 하나씩 나누어주었다. 행사장은 캠프에서 모인 사람들로 번잡하고 어수선했다. 아이들은 떠들었고 젊은이들은 뒤편에 모여 잡담을 했으며 부녀자들은 아이들을 혼내거나 저희들끼리 수다를 떨었다. 오직 노인들만이 숙연하게 앉아 행사의 처음부터 끝까지 꼼짝하지 않고 단상을 바라보고 있었다.

어쩌면 알 나크바는 난민캠프에서조차 그 기억이 엷어져가고 있는 게 아닐까. 대를 이으며 사라지는 것과 남는 것은 무엇일까. 사라지는 것을 대신해 새로운 무엇이 생겨나긴 하는 것일까.

11

유령의
도시

에레스 검문소의 정찰비행선

라말라의 누구도 앞장서서 나를 가자로 인도할 생각은 없어 보였다. 그건 행여 벌어질지 모를 불상사를 책임지고 싶지 않다는 의사표현이기도 했다.

하마스와 파타의 충돌은 가자에서 내전 수준으로 격화되고 있었다. 가자에서 납치된 영국 BBC 기자 알란 존스턴은 하루하루 언론인 납치 기록을 경신하고 있었다(그는 나의 여행이 끝난 뒤 납치 114일 만인 2007년 7월 4일에 석방됐다).

나는 인명재천을 믿지만, 가자가 서안보다 위험하다는 것은 인정할 수밖에 없었다. 그렇지만 이스라엘 공보국에서 받아둔 프레스카드의 유효기간이 끝나가고 있었다. 결국은 다녀오기로 마음을 먹었고 전날 저녁 알 나크바 60주년을 겨냥해 창간될 홍보물을 기획하는 모임에서 다음날 아침 출발한다고 알렸다. 그렇게 떠나게 된 가자였다.

　가자 북부의 에레스(Erez) 검문소에 도착했을 때는 이른 오후였다. 도착하기 전부터 에레스의 하늘에 떠 있는 흰색 무인 정찰비행선이 눈길을 끌었다. 세계 4위의 군사력, 3위의 무기수출국 지위에 걸맞게 이스라엘의 군수산업은 특히 첨단 분야에서 인정받고 있다. 비행선이야 고풍스럽지만 에레스의 하늘에 떠 있는 물건은 첨단 첩보장비를 탑재한 무인 정찰비행선이다. 적어도 가자에 관한 한 어떤 정보위성도 이 비행선의 감시능력을 앞지르지는 못한다.

　에레스의 정찰비행선은 가자 북부를 24시간 감시한다. 가자는 감옥이기도 하지만 동시에 최신 정보기술이 구현한 진정한 빅브라더의 세계이기도 하다. 2006년 6월 가자의 무장조직이 지하터널을 800미터나 파들어가 공격을 감행하고 질라드 상병을 포로로 잡은 사건이 발생했다. 하지만 정보분야 관계자들은 최소한 석달 이상 걸렸을 터널 공사를 이스라엘이 감지하지 못했다는 것을 믿지 않았다. 그냥 지켜보고 있었다고 보는 편이 타당했다. 또 이스라엘이 수많은 팔레스타인인을 정보원으로 확보하고 있다는 것도 공공연한 비밀이다.

에레스 검문소 상공의 이스라엘 정찰비행선

돈으로 유혹하거나 체포 후 협박과 회유를 동원하여 조직된 이스라엘의 정보망은 전자장비의 수집능력과 함께 인적인 인프라를 구축함으로써 목표물에 대한 정확하고 빈틈없는 공격을 지원하고 있다. 팔레스타인 소년이 탱크를 향해 돌을 던지는 상징적인 사진은 현실을 그대로 반영한 것이다. 가자의 무장조직들은 지상 200~300미터에서 자신을 감시하고 조롱하는 비행선 하나 떨어뜨리지 못한다.

에레스 검문소의 넓은 주차장은 유엔 표식을 한 차량 2대를 제외하고는 텅 비어 있었다. 한산할 것으로 짐작했지만 이 정도일 줄은 몰랐다. 2006년 6월 25일 폐쇄된 이후 이집트와의 국경인 라파와 가자 북부의 에레스 검문소는 일반인의 출입이 끊겼고, 이스라엘이 발행한 프레스카드 소지자만이 출입할 수 있었다. 존스턴 기자의 납치가 장기화되고 무력충돌이 격화되자 기자들의 출입도 드물어진 것이 에레스 검문소가 텅 비어버린 이유였다.

에레스의 폐쇄는 같은해 6월 12일에 가자 해안에서 일가족 8명이 이스라엘이 쏜 포탄에 맞아 몰살당하면서 촉발되었다. 이를 계기로 하마스의 로켓포 공격이 재개되었고, 6월 24일에는 터널을 이용해 이스라엘군 기지를 공격한 팔레스타인 무장조직이 질라드 상병을 납치하는 사건이 발생했다. 그러자 이스라엘은 대대적인 반격을 시작했다. 발전소와 간선도로, 자치정부의 관공서 등을 폭격해 가자를 마비시켰으며 6월 28일에는 팔레스타인 의회의 하마스 의원 20명과 각료 3분의 1을 체포했다. 이스라엘이 레바논 남부의 헤즈볼라 거점을 폭격하면서 전쟁이 시작된 것은 다음달인 7월 13일이었다.

그렇다고 그동안 가자가 자유로운 지역이었던 것은 아니다. 1967년

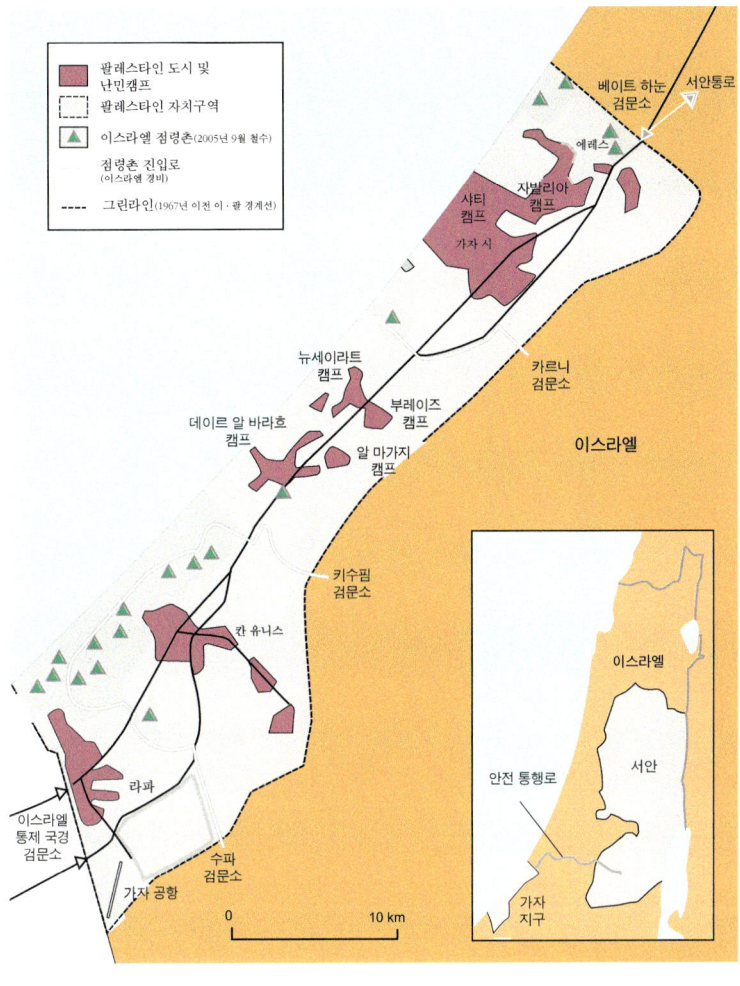

범례:
- 팔레스타인 도시 및 난민캠프
- 팔레스타인 자치구역
- 이스라엘 점령촌(2005년 9월 철수)
- 점령촌 진입로 (이스라엘 경비)
- 그린라인(1967년 이전 이·팔 경계선)

베이트 하눈 검문소
서안통로
에레스
자발리아 캠프
샤티 캠프
가자 시
뉴세이라트 캠프
카르니 검문소
부레이즈 캠프
데이르 알 바라흐 캠프
알 마가지 캠프
이스라엘
키수핌 검문소
칸 유니스
이스라엘 통제 국경 검문소
라파
수파 검문소
가자 공항

0   10 km

이스라엘
서안
안전 통행로
가자 지구

가자지구 지도

전쟁 이후 가자 또한 이스라엘의 점령지였다. 이스라엘은 줄곧 가자의 출입을 통제했고 물자 또한 마찬가지였다. 이집트와 접한 라파 국경도 철저히 통제했다. 1996년 이스라엘은 가자를 둘러싼 60킬로미터의 보안장벽을 완성했고 2005년 점령촌 철수 뒤에는 400미터에서 1킬로미터에 이르는 완충지대까지 설치했다. 고작 362제곱킬로미터의 면적에 130만의 주민이 밀집되어 있어 세계 최고의 인구밀도를 나타내는 가자로서는 피보다 더 소중한 땅을 빼앗긴 셈이다. 가자 전체 면적의 17퍼센트는 이런 식으로 이스라엘에 의해 배타적으로 통제되고 있다.

2006년 6월 이후 에레스와 라파의 문은 굳게 닫혀 있다. 유엔 관계자와 기자 그리고 의료진 등 허가받은 사람들만 출입할 수 있다. 자치정부의 대통령인 마흐무드 압바스도 무시로 가자를 출입할 수 있는 인물이지만 그는 헬리콥터를 이용한다. 그동안 라파의 문은 간헐적으로 열렸지만 이는 전적으로 이스라엘 마음대로였다.

사람이 오가는 에레스와 라파 못지않게 중요한 통로는 화물이 출입하는 카르니이다. 2006년 카르니는 100일 동안 문을 열지 못했다. 2007년에 들어서 호전되기는 했지만 일일 개방시간이 13시간에서 9시간으로 줄어드는 등 원활하지 못하다. 자급자족과는 거리가 먼 가자의 특성 때문에 카르니의 목을 죄면 그 영향은 곧바로 가자의 물자 부족으로 나타난다. 또한 에레스 산업단지 등 이스라엘 쪽에서 일해 온 4000여명의 노동자들도 발이 묶였다.

에레스 검문소에는 병사들이 보이지 않았다. 대신 사복을 입은 무장경비원들이 M16을 들고 철책으로 둘러싸인 검문소 안팎을 오갔다. 2006년 1월 검문소의 경비업무를 사설업체인 셸렉 라반에 넘긴 결과이다. 일반 경비업무를 사설업체에 넘기는 것은 단순히 보기 좋으라고 취한 조치는 아니다. 업체의 직원들은 제대 장병들에 대한 취업알선 프로그램에 따라 취직한 전역자들이다. 대개는 제대 후 곧바로 취업하기 때문에 군복무의 연장과 다를 바 없다.

"이 일이 아니면 텔아비브 레스토랑에서 접시를 닦든지 웨이터밖에

텅 빈 에레스 검문소

더 하겠어요?"

보안경비직을 택한 이스라엘 청년의 대답이다. 3년 동안의 군복무 경험은 신참 병사보다는 당연히 나은 업무능력을 보장한다. 다소 위험이 뒤따르긴 하지만 다른 직종보다 높은 급여가 그것을 상쇄한다. 물론 군대가 뒤에 버티고 있으므로 전투 같은 진짜 위험한 일은 그들이 한다.

에레스 검문소는 공항 출입국장을 연상하게 했다. 검사대는 유리로 막혀 있고 마치 전당포처럼 아래의 작은 구멍으로 신분증을 주고받는다. 검사대는 심사를 받는 사람의 머리 위에 만들어져 있어서, 아무리 상냥한 검사원이 앉아 있다고 해도 고압적인 느낌을 피할 수가 없다. 상냥하지 않은 인간을 만날 때에는 더 말할 것도 없다. 가자에서 나올 때의 일이지만 대답이 불손하다는 이유로 이 검문소에서 치렀던 곤욕은 지금도 쉽게 잊히지 않는다.

검사대를 통과한 후에는 특별한 일이 없었다. 길을 찾아나가는 데에 좀 헛갈리긴 했지만 이내 에레스 검문소의 명물인 콘크리트 터널 입구를 찾을 수 있었다. 터널의 길이는 1.2킬로미터에 달한다. 보안방벽 안쪽에 만들어진 완충지대, '노 맨스 랜드'를 지나는 1.2킬로미터의 터널은 마치 성냥갑을 잇대어 만든 감옥처럼 보인다. 2미터를 넘는 콘크리트 벽 위에 창문과 지붕이 있다.

인적이 끊긴 터널을 터벅터벅 한참을 걸었을 때 비로소 사람을 만날 수 있었다. 마더 테레사 같은 복장을 한 수녀였다. 도수 높은 안경을 끼고 봇짐을 등에 짊어진 그녀는 타박타박 걸어오다 나와 마주치자 고개를 끄덕이며 싱긋 미소를 지었다. 나는 그 미소를 보는 순간 가자에 왔음을 실감했는데 그녀의 미소에 딱히 설명하기 어려운 어색함이 숨어 있었기 때문이리라.

'가을구름'과 '여름비'가 지나간 뒤

터널 끝은 베이트 하눈(Beit Hanoun)으로 통했다. 긴 터널을 지나 눈앞에 모습을 드러낸 베이트 하눈의 풍경은 을씨년스럽기 짝이 없었다. 폭격으로 뼈대만 남은 건물은 황량한 완충지대와 콘크리트 장벽 그리고 하늘에 떠 있는 흰색 이스라엘 정찰비행선과 기묘한 대조를 이루었다.

"베이트 하눈을 잊지 말자."

칼란디아 검문소의 바리케이트 옆 장벽에는 이런 격문이 붉은색으로 적혀 있었다. 그때마다 나는 베이트 하눈이 떠올랐는데 괴로운 일이었다. 올해초 어떤 웹싸이트에서 우연히 보았던 베이트 하눈의 희생자 사진은 보는 순간 눈앞이 아득해질 만큼 충격적이었다. 머리가 부서져 뇌수가 흘러나온 아이, 내장이 쏟아져나온 청년…… 며칠인가를 악몽에 시달린 후에 나는 그 사진들을 올려놓은 인간을 저주하지 않을 수 없었다.

2006년 11월 1일 아침 6시, 이스라엘군은 '가을구름 작전'을 개시했다. 같은해 여름에는 '여름비 작전'이 있었다. 계절과 비 그리고 구름 따위의, 전쟁과는 결코 어울릴 것 같지 않은 감상적인 단어를 멋대로 차용한 이 군사행동은, 미사일과 탱크, 아파치 헬리콥터와 폭격기를 동원해 가자에 먹구름을 드리우고 폭탄의 비를 뿌린 이름에 걸맞은 만행이었다.

가을구름 작전은 11월 1일 세차례의 공습에 이어 60대의 탱크와 아파치 헬리콥터를 앞세운 지상군이 가자 북부의 베이트 하눈을 공격하면서 시작되었다. 이스라엘 지상군은 베이트 하눈 남쪽의 베이트 라히야까지 침략했다. 일주일 뒤인 11월 7일 작전은 종료되었고 이스라엘군은 철수했다. 이 작전으로 민간인 16명을 포함한 56명의 팔레스타인인과 1명의 이스라엘 병사가 목숨을 잃었다.

그러나 이스라엘군이 베이트 라히야와 베이트 하눈에서 철수한 다

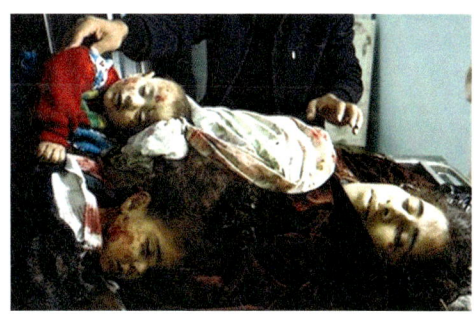

베이트 하눈에서의
이스라엘군 학살을 고발하는 홍보물

폭격 후의 베이트 하눈

음날인 11월 8일 새벽 7발의 포탄이 베이트 하눈 외곽에 떨어졌다. 이 포격으로 19명의 민간인이 목숨을 잃었고 40명 이상이 부상했다. 모두 민간인이었고 아이들과 여자들이 포함되어 있었다. '베이트 하눈 학살'로 명명된 이 사건은 포격 후의 참담한 모습이 알려지면서 국제적인 비난을 받았지만, 진상조사단조차 가자로 들어가지 못한 채 그저 목청만 높였을 따름이다.

택시를 타고 가자로 향하면서 스쳐지나간 베이트 하눈 풍경은 쓸쓸했다. 길가에는 쓰러져가는 집들이 가끔 눈에 띄었고 멀리 폭격의 흔적도 보였다. 이상한 일이었다. 남루하고 황량해 보이기는 했지만 불과 반년 전에 벌어졌던 그 참사를 떠올리게 하지는 못했다. 나블루스와 투바스 그리고 라말라에서도 폭격으로 무너진 건물들을 보았을 때에도 나는 별다른 느낌을 받지 못했다. 그것들은 철거 현장에서 흔히 볼 수 있었던 시멘트 덩어리와 철근에 불과했다. 어디로 간 것일까. 포탄에 찢기고 불태워졌을 인간의 비명과 신음, 고통과 절규는 모두 어디로 사라진 것일까. 그 모든 기억들을 덮어버리고 똑같은 비극을 오늘과 내일 되풀이하는 가혹한 망령의 정체는 무엇일까.

2006년 6월 이후 가자에 대한 끔찍한 군사공격과 살육의 명분은 포로가 된 질라드 상병과 가자에서 발사되는 카삼 로켓이었다.

가자의 알 카삼 순교여단과 인민저항위원회(PRC), 이슬람군 측은 질라드 상병과의 교환조건으로 이스라엘 감옥에 수감중인 팔레스타인 정치범 중 모든 미성년자와 여성의 석방을 내걸었다. 답변은 공습과 지상군 침공이었다. 2006년 6월 25일부터 그해 말까지 가자에서는 405명이 목숨을 잃었다. 88명은 어린아이였다. 작전을 수행한 이스라엘군의 전사자는 1명이었다. 2007년 6월 25일 질라드 상병의 목소리를 녹음한 테이프가 공개되어 그가 살아 있음을 증명했다.

카삼 로켓은 군수공장에서 생산되는 것이 아니라 대장간이나 다름없는 곳에서 수공업적으로 생산되는 로켓이다. 이런 원시적인 물건에 마사일이라는 이름을 붙이기를 좋아하는 언론들은 라이트 형제의 글라이더도 제트기라 불러야 할 것이다. 2001년 10월에 처음 등장한 카삼 로켓은 어디서나 쉽게 구할 수 있는 쇠파이프 속에 질산칼륨 화학비료로 만든 화약을 넣어 제작되었다. 카삼 로켓은 그동안 많이 발전해 사정거리도 길어지가 TNT 적재량이 늘어났으며 정확성도 높아졌다고 한다.

하지만 그래봐야 대장간 로켓일 뿐이다. 그동안 가자에서 수천 발의 카삼 로켓이 불을 뿜었지만 효과는 보잘것없었다. 2006년 팔레스타인인이 죽인 이스라엘인은 17명이었다. 같은해 1000발 이상 발사된 것으로 알려진 카삼 로켓은 이중 2명의 목숨을 앗아갔다. 같은해 이스라엘은 660명의 팔레스타인인의 목숨을 빼앗았다. 141명은 미성년자였고 322명은 민간인이었다. 또한 292채의 주택이 파괴되었고 1769명이 보금자리를 잃었다. 2007년에는 325명의 팔레스타인인이 11명의 이스라엘인과 목숨을 맞바꾸었다. 2007년에도 카삼 로켓은 꾸준히 허공을 갈랐지만 단 한명의 목숨도 빼앗지 못했다.

이스라엘과 팔레스타인은 전쟁을 하고 있는 것이 아니다. 이런 걸 전쟁이라고 말할 수는 없다. 이름만 화려하기 짝이 없는 무장조직들이 벌이고 있는 것도 게릴라전이 아니다. 가자는 완벽하게 봉쇄되어 있으며 이스라엘은 그 숨통을 죄고 있다. 가자에서 빠져나올 수 있는 것은 대장간 로켓뿐이다. 그리하여 팔레스타인이 펼칠 수 있는 유일한 무장투쟁이 자살폭탄 공격이 되어버린 지는 이미 오래전이다.

"빌미만 줄 뿐인데……"

무엇 때문에 무력행동을 도모하느냐고 어느 전사에게 물은 적이 있었다. 분노 때문일까 지레 짐작해보았지만 예기치 못한 대답을 들었다.

"우린 인간입니다. 이렇게라도 싸우지 않는다면 우리가 인간이란 것을 어떻게 증명할 수 있습니까. 팔레스타인인이 벌레가 아니란 것을 팔레스타인인이 어떻게 확인할 수 있습니까."

그건 분노가 아니라 막다른 벼랑 끝에서 밀리고 있는 자의 절규였다.

유령도시를 지키는 하마스

2007년 2월 하마스와 파타가 휴전에 합의한 후 큰 충돌은 없었지만 3월과 4월에도 가자에서는 내부 분란으로 90여명의 사상자가 발생했다. 내가 가자를 찾은 것은 4월 마지막 날이었고 5월 중순의 무력충돌을 앞둔 시점이었다. 가자는 유령도시 같았다. 상점들은 문을 연 곳보다 닫은 곳이 많았고 보행자도 눈에 띄지 않아 거리 또한 한산했다. 호텔에 짐을 푼 후 휴대전화 칩을 사기 위해 직원에게 길을 묻자 호텔 밖으로 나가지 않는 것이 좋겠다는 말이 돌아왔다. 옆방에 투숙했던 자치정부의 고위관리는 방 앞에 두명, 방 안에 한명, 호텔 앞에 세명의 무장경호원을 두고 있었다. 지중해에 접한 가자 시가지에는 테러의 음습한 기운이 안개처럼 떠다니고 있었다.

팔레스타인인은 지난 60년 역사에서 일찍이 없었던 초유의 사태, 자기네 거리에서 동족끼리 서로 죽이는 비극을 목격하고 있다. 이스라엘은 그런 팔레스타인 사람들을 조롱하며 그들의 머리 위로 폭탄을 떨어뜨리고 있다.

팔레스타인의 양대 정치세력인 하마스와 파타의 무력충돌은 2006년 1월 총선에서 하마스가 압승함으로써 촉발되었다. 하마스의 집권은 서구식 민주주의 절차에 따른 것이었다. 중동에서 유일한 민주주의 국가란 자부심은 오랫동안 이스라엘의 독점물이었다. 그러나 이스라엘은 물론 쿼텟으로 대표되는 서구에게 팔레스타인의 의회민주주의는 휴지조각만도 못했다. 미국과 이스라엘은 하마스에 이슬람 원리주의 테러리스트란 딱지를 붙였고 팔레스타인 민중 전체를 볼모로 하마스에 대한 보이콧을 선언했다.

그러나 하마스는 이슬람을 앞세우기는 했지만 탈레반 같은 광적인 근본주의 세력은 아니다. 중동 어느 곳보다 서구화가 빨랐던 팔레스타인 같은 지역에서 이슬람 근본주의가 발을 붙이기란 부시가 이슬람으로 개종하는 것만큼이나 어렵다. 팔레스타인에서 온몸을 검은 천으로 둘러싼 여인의 모습을 보기란 하늘의 별을 따는 것보다 조금 쉬웠다. 또 하마스가 총선에서 압승을 거둔 원인은 그들이 이슬람을 앞세웠기 때문도 아니었다. 하마스에게 표를 던진 이들은 지극히 세속적인 서안과 가자의 팔레스타인인이었다.

역설적으로 부패한 파타의 자치정부가 하마스의 압승에 기여했다. 하마스가 파타와는 비교할 수 없이 청렴했던 것도 승리 요인 중 하나였다. 파타의 마흐무드 압바스가 대동한 경호원들까지 검은 벤츠를 타고 달리며 언덕 위의 근사한 저택에서 호의호식할 때, 하마스의 지도자 이스마일 하니예는 가자의 난민캠프에 있는 낡은 집에서 난민들

가자 시내의 마차. 이스라엘의 봉쇄로 노새가 끄는 마차가 가자의 중요한 운송수단으로 등장했다.

과 같은 빵을 먹으며 지냈다. 10년 전에 이집트에서 가자로 돌아온 한 난민은 이렇게 말했다.

"하니야는 누구에게든 문을 열어두고 있지요. 나도 캠프에 있는 그의 집을 찾아간 적이 있었어요. 하니야는 내게 차를 대접했고 우린 함께 차를 마셨지요. 아부 마젠요? 그 집에 도착하기 100미터 전에 경호원들 총에 맞아 죽을 겁니다."

하마스가 외부에서 지원되는 자금을 팔레스타인 민중의 생활개선에 쓰는 동안 파타의 기득권세력은 라말라와 나블루스에 호화주택을 구입하고 해외여행을 다니며 비밀금고에 달러와 유로를 채우기에 여념이 없었다. 가자와 서안 전역에서 이스라엘군이 땅을 빼앗고 아이들을 잡아가고 집을 부술 때 예루살렘에서 이스라엘 총리와 만나 어깨를 부여잡은 자가 마흐무드 압바스였다.

하마스는 이슬람의 이름으로 집권한 것이 아니라 자치정부의 부패와 오슬로의 기만적 협상을 거부하고 혐오하는 팔레스타인 민중의 이름으로 집권한 것이다.

나는 서안의 많은 지식인이 하마스의 종교적 색채를 못마땅해하고 심지어 빈정대는 것을 보았다. 그러나 난민, 농민, 노동자, 실업자 등의 대중은 정치적으로 확실히 하마스의 편이었다. 파타의 자치정부는 지난 10년 동안 대중에게 희망과 신뢰 대신 실망과 염증, 불신을 안겨주었다. 아라파트의 파타가 주도한 2차 인티파다에서 팔레스타인인들은 기꺼이 투쟁에 동참했다. 그러나 그 댓가는 처참했다. 파타와 자치정부는 아무것도 해결하지 못했다. 공교롭게도 투쟁의 상징이던 아라파트가 사망하면서 거물의 그늘이 걷히자 자치정부의 본질은 더욱 적나라하게 드러났다. 파타의 자치정부는 팔레스타인 대중의 권익을 지킬 능력도 의지도 없으며 대중의 고혈을 팔아 배를 채우는 부패한 모리배에 불과했다. 파타가 더이상 팔레스타인 해방운동의 대의를 이끌어갈 수 없음이 명백해지자 하마스가 대안으로 부상했다.

하마스는 정말 테러리스트 집단인가? 미국과 이스라엘의 테러리스트 사전을 뒤적인다면 하마스보다는 파타가 그 항목에 훨씬 잘 어울린다는 것을 발견할 수 있다. 2005년까지 하마스의 알 카삼 순교여단보다는 파타의 알 아크사 순교여단의 활약이 두드러졌다. 가자의 연합 무장조직 인민저항위원회 역시 파타의 주도로 탄생했다. 이스라엘이 침략의 핑계로 애용하는 카삼 로켓을 날리는 것은 파타도 마찬가지이다.

정치세력으로서 하마스가 2006년 총선에 참여하기로 결정한 것은 그들이 이미 오슬로협정을 인정했음을 의미한다. 2004년 1월, 10년의 휴전을 제안했던 하마스는 2006년말에 다시 총리인 이스마일 하니예의 입을 빌려 10년의 후드나(휴전)를 제안했다. 집권 후 하마스는 끊임없이 유화적인 태도를 천명하며 사실상 파타의 주장과 별 차이 없는 입장을 보여왔다. 잠정적이라는 제한을 달기는 했지만 이스라엘과 팔레스타인이 서로 인정하는 독립국으로 공존하는 '2국가안'을 받아들였다. 곧 이스라엘을 인정한 것과 마찬가지이다.

미국과 이스라엘은 하마스가 이스라엘을 인정하지 않는 한 자신들도 하마스의 집권을 받아들일 수 없다고 무수히 되뇌어왔다. 그렇다면 파타는 어떠한가? 명시적으로 이스라엘을 인정하는 것이 정치적 자살행위가 되리라는 점은 그들도 잘 알고 있다. 파타는 오슬로협정의 주체가 되면서 이미 이스라엘을 용인한 셈이었다. 마흐무드 압바스가 이스라엘과 손잡는 행동을 일삼는 동안에도 파타는 그것이 단지 전술적인 제스처일 뿐이라며 이율배반적인 주장을 반복해왔다. 반면 하마스는 이스라엘을 인정하기 위해서는 그에 상응하는 댓가가 있어야 한다고 말해왔다. 하마스는 비타협적인 테러조직이 아니라 현실 정치세력이다. 그들은 언제라도 협상 테이블에 나올 준비가 되어 있지만 미국과 이스라엘은 일체의 대화를 거부하고 있다. 미국과 이스라엘이 원하는 것은 하마스의 고사(枯死)와 파타 자치정부의 존속이다. 그 이유는 하마스가 팔레스타인 대중의 정치적 이해를 반영하고 있기 때문이다.

그런데 반투스탄의 자치가 대중의 지지를 기반으로 하거나, 실제 민주주의를 구현한다면 그것은 존재할 수 없다. 바로 미국과 이스라엘이 하마스를 인정할 수 없는 이유이다. 하마스의 자치정부를 무산시키기 위해 미국과 이스라엘이 동원한 방법은 기본적으로 하마스의 대중적 기반을 약화시키는 것이다. 테러리스트 조직으로 매도하는 것만으로는 효과를 기대할 수 없다. 따라서 미국과 이스라엘은 파타와 마찬가지로 하마스 역시 아무것도 해결할 수 없는 무능한 정부임을 입증해야 했다. 서안과 가자를 경제적 파산 지경에 몰아넣은 쿼텟의 경제봉쇄는 그러한 목적을 위해 취한 조처였다. 2006년 이후 격화된 이스라엘의 가자에 대한 공격 역시 하마스로서는 아무것도 해결할 수 없음을 보여주려는 의도였다.

무엇보다 효과적인 방법은 대리인 격인 파타를 하마스와 충돌시키는 것이었다. 경제봉쇄 속에서도 미국이 파타에 자금과 무기를 지원한 까닭이다. 하마스를 가자로, 파타를 서안으로 분리하는 동시에 하마스를 고립시키려는 시도는 성공한 듯하다. 미국과 이스라엘이 원했던 대로 하마스와 파타는 총을 들고 싸우고 있고 그 와중에 하마스는 가자에 갇혔다.

가자에서 서안으로 돌아온 후 나는 자발리아 캠프에서 만났던 한 청년의 다리가 잘렸다는 소식을 전해 들었다. 거기에서 나를 도와주었던 다른 대학생은 목에 총을 맞았다고 한다. 라말라에서 들리는 새벽 총소리도 예전 같지 않았다. 가자에서 본격적인 무력충돌이 시작되기 직전에 나는 팔레스타인을 떠났다. 서울에 돌아와서 들은 소식은 절망적이었다. 하마스 정권을 붕괴시킨 미국과 이스라엘은 마흐무드 압바스를 동원해 이른바 평화협상을 진행중이다. 2007년 11월의 아나폴리스 회담에서 압바스는 과거 아라파트처럼 부시 앞에서 이스라엘 총리 올메르트의 손을 부여잡고 무의미한 발표문을 인형처럼 중얼거리고 있었다. 그즈음 이스라엘의 탱크와 전투기는 가자에 폭탄을 퍼부었다.

하마스를 통한 팔레스타인의 실험은 실패로 돌아갔다. 그들의 적이 승리했다. 물론 싸움이 끝난 것은 아니다. 그러나 외부자의 시선으로 냉정히 말한다면 팔레스타인은 더 오랜 세월 동안 더 많은 피를 흘릴 수밖에 없다. 그것이 역사가 요구하는 시련이라고 해도 참담하고 고통스러운 것은 마찬가지이다. 국외자가 보기에도.

검은 바다 앞에서

가자에서 첫날은 해변의 호텔에 묵었다. 라말라의 가자 출신들, 예컨대 무하마드나 라에드는 농담 삼아 가자의 바다에서 잡아온 생선을 선물로 받고 싶다고 했다. 나는 그들의 소원대로 얼음을 채운 유리병에 생선을 담아 서안까지 가져갈 생각은 없었지만 그 느낌만은 전해주고 싶었다.

서안의 팔레스타인인은 바다를 볼 수 없었다. 사해가 있었지만 이스라엘이 독차지한 진짜 죽은 바다일 뿐이다. 그들이 설령 사해를 볼 수 있었다고 해도 지중해와 견줄 수는 없을 것이다. 특히 가자에서 태어난 이들에게 바다는 특별한 공간이다. 가자는 사막만큼이나 황량한 지역이고 전체가 하나의 거대한 난민캠프였다. 1인당 면적은 고작 278제곱미터이다. 땅이 좁다는 남한의 1인당 국토 면적이 203만 6430제곱미터에 이르는 것을 고려한다면 가자의 인구밀도를 짐작할 수 있다. 눈앞의 바다가 그들에게 어떤 의미를 지니고 있는지를 헤아리기란 어렵지 않다. 지중해의 파도와 바람 그리고 까마득히 펼쳐진 수평선은 이 고단한 삶을 잠시 잊을 수 있는 안식처이며 어머니의 품 같은 존재였을 것이다.

낮게 깔린 구름 아래 가자의 바다는 검은색으로 빛나고 있었다. 수평선에 희미하게 전함 두척이 보였다. 해안에서 1킬로미터가량 떨어진 곳이다. 마치 보트처럼 보이는 작은 어선들은 전함이 떠 있는 곳에서 해안 쪽으로 멀리 떨어져 모여 있었다. 이스라엘 전함은 어선을 포함해 어떤 선박도 해안에서 1킬로미터 지점에 쳐놓은 선을 넘지 못하도록 감시하고 있었다. 가자는 그렇게 바다에도 장벽이 놓여 있었다.

2005년초 이스라엘은 가자와의 경계에 950미터 길이의 해벽(海壁)을 건설하겠다고 발표했다. 해벽은 해안에서 150미터까지는 콘크리트 구조물로, 다음의 800미터는 1.8미터 깊이의 부벽으로 건설되었다. 말하자면 가자의 바다란 너비 273킬로미터, 폭 1킬로미터의 가두리 양식장과 다를 것이 없었다. 그러나 어선들은 해안에서 불과 200~300미터 떨어진 곳에 모여 있었다. 2006년 6월 이스라엘이 가자의 바다에 조업금지령을 내리면서 1킬로미터는 엄두도 못 내는 실정이다. 오슬로협정에 따른다면 가자의 수역은 20해리, 37킬로미터로 제한된다.

다음날 자발리아 캠프의 시장에서 나는 가자의 어부들이 잡은 은빛 물고기를 볼 수 있었다. 시장에서도 보기 드문 풍경이라 자연스레 눈길을 사로잡았다. 좌판에 수북이 쌓여 있던 생선은 손가락보다 조금 길었다. 273킬로미터나 이어지는 가자의 해안은 사실 그 생선의 몸길이에 불과했다.

해변은 시내의 거리와 마찬가지로 비어 있었다. 무지갯빛 파라솔, 원색 수영복을 입은 사람들, 썬글라스를 끼고 모래사장 위에 누워 썬 탠을 하는 여자들, 파도에 쫓기며 재재거리는 아이들, 하늘을 가르는 패러글라이더, 파도 위를 미끄러질 듯 누비는 썬핑보드 같은 것은 없었다. 텔아비브와 하이파의 해변에서 볼 수 있던 그 모든 것들 대신 고요와 정적만이 자리잡고 있었다. 포말을 날리며 부서지는 해변의 파도조차 침묵하고 있었다.

가자의 바다

가자의 바다는 죽음의 바다였다. 그 바다를 시인은 이렇게 적었다.

　　바다와 하늘

　　그리고 야생마의 울음소리 같은 파도

　　더러운 날개의 새들이

　　셀 수 없이 하늘을 난다

　　바다와 하늘

　　가자엔 단지 바다와 하늘

　　그리고 죽음을 향해 걷는 생명들

　　슬픔으로 가득한 눈동자에

　　눈물은 촛불처럼 타오른다.

　　아직 희미한 미소가 남아 있는 그곳

　　바다와 하늘

　　……

　　상처는 깊이 벌어지고

　　해변엔 시체들이 누워 있다.

　　……

　　　　　　　　　　　　—압델 카림 싸바위 「바다와 하늘」 중에서

　　내가 가자에 도착한 다음날, 샤힌이란 사내가 가자로 돌아왔다. 그
날 아침 샤힌은 이스라엘 감옥에서 18년의 형기를 마치고 돌아온 것
이다. 그 이전 4년간의 수감생활을 더하면 22년을 감옥에서 지냈던 그
는 마흔아홉으로, 쉰을 코앞에 두고 있었다. 그의 집 앞에는 손님을
맞을 천막이 세워져 있었고 사람들은 줄을 서서 18년을 감옥에서 보

내고 돌아온 전사의 손을 잡고 볼에 입을 맞추었다.

감옥에서 어떻게 지냈느냐는 내 질문에 그는 첫번째와 두번째 중무얼 말하라는 것이냐며 되물었다. 첫 감옥행이 1982년이고 다음이 1988년이었으니 1차 인티파다 전후로 나뉘는 셈이었다. 그는 침착한 모습이었지만 많은 사람들의 인사를 받느라 지친 듯했다.

18년 만에 가자로 돌아온 그에게 급작스럽게 변한 환경은 불편해 보였다. 석방 소감을 묻는 내게 그는 복잡한 표정을 지었다.

"말로 표현하기 어렵군요. 기쁘기도 하고 슬프기도 하고 그립기도 하고 그래요. 감옥에 두고 온 동지들을 생각하면 슬퍼집니다. 내 인생에서 가장 아름다웠던 시간을 함께 보낸 사람들이지요. 하지만 형제와 가족, 친척, 옛 친구들을 만날 수 있게 되었으니 기쁜 일입니다. 아내와 아이들을 되찾은 것도 행복하지요. 하지만 돌아가신 아버님과 할머님을 영원히 뵐 수 없다고 생각하면 다시 슬퍼집니다."

"이젠 뭘 할 생각이지요?"

"……우선 집의 아이들을 돌봐야지요. 가족과 친척, 친구들과도 예전처럼 지낼 수 있도록 노력해야 하고요. 앞으로 어떻게 싸워야 할지 길을 찾겠습니다. 그건 결코 포기할 수 없는 일이지요."

그는 돌아온 전사답게 자신의 미래를 투쟁에 의탁하겠다고 말했다. 다시 팔레스타인의 독립을 위해서 싸우겠다고.

그와 짧은 대화를 마치고 밖으로 나왔을 때 파타의 군인들이 도착했다. 군복을 입은 그들은 다른 사람들과 마찬가지로 줄을 섰고 차례로 그의 손을 잡고 볼에 입을 맞추었다. 줄의 뒤편에서 누군가 하늘을 향해 서너발 총을 쏘았고 우연하게도 탄피가 내 발밑으로 굴러왔다.

내가 라말라로 돌아간 뒤 가자에서 하마스와 파타의 충돌이 격화되었다는 소식을 들었을 때, 나는 문득 발밑에서 구르던 탄피와 함께 그의 얼굴을 떠올렸다. 그는 파타의 조직원이었다. 가자로 돌아와 보름 만에 그가 보아야 했던 것은 동족끼리 벌이는 격렬한 전투였다.

18년을 감옥에서 지내고 참 불행한 시기에 때맞추어 세상으로 나왔구나 싶었다. 가자의 검은 바다도 떠올랐다. 그러나 그 검은 바다가 가자에만 있는 것은 아니었다. 샤힌은 팔레스타인이 지구상에 마지막 남은 점령지라고 말했으나 그건 진실이 아니었다. 세상에는 수많은 점령지가 남아 있다. 검은 바다는 언제나 어디에나 있었다. 피억압자가 피억압자의 가슴에 총알을 박는 일 또한 언제 어디서나 있었다. 분리하고 지배한다는 전략은 압제자들의 오랜 전통이었다. 하지만 그가 믿는다면, 그가 포기하지 않는다면 팔레스타인의 역사는 앞으로 나아갈 것이다.

자발리아와 인티파다

1제곱킬로미터당 3597명이라는 가자의 인구밀도는 4제곱킬로미터 면적에 10만명이 넘는 난민이 살고 있는 자발리아 난민캠프에 이르면 2만 5000명으로 솟구친다. 난민캠프로는 세계 최대 규모이며 인구밀도 또한 가장 높다. 전혀 자랑할 것 없는 수치이지만, 언덕 위에 올라 캠프를 내려다보면 어디에서도 볼 수 없는 장관이 펼쳐진다. 몸부림치듯 하늘로 솟구친 시멘트 건물들이 외벽에 아무런 치장도 하지 않아 비릿한 잿빛을 흘리며 2제곱킬로미터 면적에 부채꼴로 엉켜 있는 모습은 보통의 빈민가에서는 찾아볼 수 없는 긴장감을 뿜어낸다.

캠프에서 언덕 위로 오르는 길에는 폭격으로 폐허가 된 집터와 탄흔이 가득한 벽들이 즐비했다. 부근에서 가장 높은 지대라는 언덕 위

호르페쉬(엉컹퀴) 너머로 보이는 가자의 자발리아 난민캠프

에는 자치정부 보안군의 벙커가 있었다. 장교 한명이 다가와 사진을 찍으면 안되는 곳을 알려준다. 에레스 검문소와 베이트 하눈이 있는 방향이다.

바로 그 자발리아 캠프.

"무하마드, 잘 있어? 건강하니? 인샬라. 몸조심해라. 착하고 용감한 녀석이 되어야지. 우린 잘 있다. 우린 잘 있어. 우린 잘 있다구. 알함돌리아."

아부 가말 집안의 큰아들인 파레드가 '우린 잘 있다'는 말을 연거푸 되뇌었다. 파레드는 자발리아 캠프의 텔레비전 수리공이다. 조그만 작업대에 텔레비전 한대를 올려놓고 기판에 고개를 박고 일하는 파레드는 8년 가깝게 못 만나고 있는 동생 무하마드에게 안부를 전했다. 라말라의 무하마드는 8년 전 또다른 형인 요셉과 함께 가자를 떠나 라말라로 온 직후 형과 함께 이스라엘군에 잡혔다. 무하마드는 고문으로 코가 부러진 후 다행히 풀려났지만 요셉은 지금까지 감옥에 갇혀 있다. 무하마드는 가자로 돌아가라는 명령을 받았지만 원래 계획대로 라말라 인근의 비르제잇대학에 들어가는 편을 택했다. 그에게는 검문이 곧 가자로의 추방을 의미하기 때문에 지난 8년 동안 라말라와 비르제잇을 벗어나지 못했다. 졸업 후 제법 번듯한 직장도 얻었기 때문에 그는 라말라에 눌러 살았다. 가자의 가족들도 무하마드가 돌아오기를 바라지는 않는다. 그렇게 무하마드는 8년 동안 가족과 헤어져 객지인 라말라에 묶여 있다.

가자의 상황이 악화될수록 그의 마음도 편치 않다. 가자로 떠나기 전날 밤 나는 그의 사진을 찍어 자발리아 캠프의 가족에게 전했다. 답장으로 큰형인 파레드의 비디오 메씨지를 만들었다. 파레드는 말을 길게 하는 대신 무하마드의 마음을 가볍게 해주려고 노력했다. 우린 잘 있어. 우린 잘 있어. 우린 잘 있어. 세번이나 거듭되는 그의 말은 아마도 무하마드의 마음을 더욱 무겁게 할 것이다.

자발리아 캠프의 거리에는 서안의 난민캠프와는 다른 무엇이 존재했다. 더 빈한하고 거칠고 황폐한 기운이 가득했다. 사람들은 무뚝뚝했고 유난히 말수가 적었다. 차를 타고 가다가도 잠시 멈추고 나와 손을 잡고 인사를 나누는 아랍의 풍습이 여기서는 생략되어 있었다. 그들은 손을 잡을 때에도 스처지나면서 잡았다. 표정에는 예외 없이 그늘이 깔려 있었고 불안과 긴장감이 배어 있었다. 거리의 건물에는 파타의 노란색 깃발이나 하마스의 녹색 깃발이 매달려 있었다. 마침 바람이 불지 않아 깃발들은 어디에서나 축 늘어져 있었다.

1987년 가자의 자발리아 캠프는 1차 인티파다의 진원지였다. 이스라엘 트레일러가 자발리아 캠프에서 팔레스타인 노동자의 차를 들이받아 4명이 사망하고 7명이 부상했다. 이 사건을 항의하며 시작된 12월 8일의 시위에서 돌을 던지던 하팀 알 씨씨라는 소년이 이스라엘군에 의해 사살됐다. 이스라엘군은 실탄 사격으로 진압에 나섰지만 시위는 점령지인 가자와 서안 전역으로 급속히 퍼져나가 봉기로 발전했다. 점령 20년 만에 폭발한 대규모 저항이었다.

인티파다는 20년에 이른 가혹한 군사적 점령에 대한 반발이었다. 이스라엘이 가자를 시장이자 노동력 수탈기지로 이용했다는 점에서 이는 전형적인 식민통치였다. 1986년 점령지에서 팔린 이스라엘 상품은 7억 8000만달러어치에 이르렀으며 12만명의 점령지 노동자들은 이스라엘 노동자가 받는 임금의 40퍼센트를 받으며 착취당하고 있었다. 1986년 이스라엘이 군사통치의 댓가로 거두어들인 세금은 1억달러에 달했다. 점령지의 농업과 상업, 산업의 발달은 억제되었고 경제는 이스라엘에 완전히 종속되었다. 점령지 팔레스타인인의 권리는 나무 한그루를 심는 데에도 이스라엘군의 허가를 받아야 할 만큼 억압되었다. 점령통치는 폭압적이었다. 이스라엘의 감옥은 팔레스타인 사람으로 들끓었으며 그들 중 상당수는 점령치하에서 태어난 10대였다.

점령지 팔레스타인인들의 희망이던 주변 아랍국가들의 연대와 해외에 거점을 둔 해방운동의 전망은 1987년에 이르러 암울하기 짝이 없어 보였다. 1973년 중동전쟁 이후 아랍국가들의 거듭된 결의는 단지 립써비스일 뿐이었다. 1979년 이집트의 싸다트는 캠프데이비드 회담에서 이스라엘을 인정했다. 다른 아랍국가들이 비난했지만 그저 말

뿐이었다. 1982년 레바논을 침공한 이스라엘은 남부를 점령했고 PLO를 레바논에서 축출했다. PLO는 튀니지로 본부를 옮겼지만 1985년 이스라엘 공군의 폭격을 받아야 했다. 아랍도 PLO도 점령지 팔레스타인을 해방시켜주지 못하리란 사실이 시간이 지날수록 분명해지고 있었으며 점령지는 절망과 좌절의 수렁으로 빠져들고 있었다. 자발리아 캠프에서 촉발된 인티파다는 그 절망과 좌절의 껍질 속에서 들끓던 분노를 원동력으로 한 것이었다.

1987년 12월 시작된 인티파다는 점령지 내부에 큰 변화를 가져왔다. 주목할 만한 점은 점령지의 (외부가 아닌) 내부에서 활발하게 전개된 정치활동이다. 1988년 1월 인티파다의 지도부에 해당하는 연합조직이 등장했다. 인티파다 통합민족사령부(UNCI)에는 팔레스타인해방민주전선(DFLP), 팔레스타인해방인민전선(PFLP) 그리고 팔레스

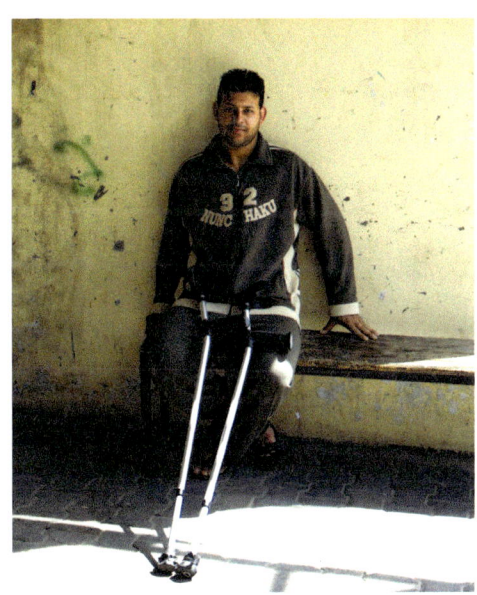

이스라엘군의 총격으로
다리에 부상을 입은 가자의 난민

타인 공산당(CPP), 파타(Fatah) 등 4개 분파가 참여했다. 이들은 물론 PLO에도 속해 있었지만 UNCI는 해외가 아닌 점령지를 기반으로 하는 조직이었다. 이스라엘군의 탄압으로 지도부는 여러차례 와해되었지만 그때마다 새롭게 구성되었다. 무엇보다 큰 성과는 지도부가 아닌 기층 투쟁위원회(인민위원회)였다. 투쟁과 함께 생산, 교육, 의료 등을 책임진 이 민중조직은 점령지의 팔레스타인인에게 민주주의 훈련의 기회를 제공했고, 팔레스타인 해방운동에서 인티파다 세대라 불리는 점령 세대를 전면에 등장시켰다. 그후 1987년의 인티파다는 우여곡절 끝에 마드리드회담을 거쳐 오슬로협정으로 이어졌다. 점령지는 절름발이 자치를 얻을 수 있었지만 이스라엘 통치의 본질은 변하지 않았다.

오늘 1차 인티파다의 기억은 성과보다는 한계와 좌절에 의해 빛이 바래고 있다. 그러나 훗날 팔레스타인이 해방되는 날이 온다면 1987년의 인티파다는 그 진정한 출발점으로 기록될 것이다.

텔아비브 남쪽의 이브나 출신으로 1948년 전쟁 때에 스무살이던 무하마드의 아버지 수바흐 노인은 12명의 자식을 두었다. 아랍군에 자원해 두번의 전투에 참가해 죽을 고비도 여러차례 넘겼다는 노인은 결국 고향을 지적에 두고 가자의 난민이 되었다. 그리고 지금 여든을 넘겼다.

"팔레스타인은 틀림없이 점령에서 풀려날 거야. 알겠어? 새로운 세대가 언젠가는 팔레스타인을 해방시킬 거야. 새로운 세대 말이네. 나도 노력했지만 이젠 늙은이가 되었어. 쉬어야 할 때지. 내겐 더 기대할 것이 없네."

수바흐 노인의 말대로 역사는 새로운 세대의 손에 넘겨졌다.

12

난민이여
여기서
신민이
되라

왕국으로 가는 길

팔레스타인에 예정보다 열흘을 더 머물렀기 때문에 요르단으로 떠나기 전에 항공편 예약부터 줄줄이 변경해야 했다. 라말라를 떠나기 전날은 분주했다. 끝내지 못한 일들도 마무리지어야 했고 그동안은 도와주었던 친구들과도 일일이 작별인사를 나누었다. 그동안 그저 손만 잡았으나 이때는 아랍식으로 서로 껴안고 볼을 맞댔다. 모두들 수염이 까칠한 것을 그제야 알았다. 마음이 편할 리가 없었다. 가자에서 들려오는 험한 소식이 아니더라도 모두들 힘들고 어려웠다.

"좋은 날이 올 거야."

"오겠지."

모두들 고개를 끄덕였다. 꿈과 그 꿈에 대한 믿음이 없다면 살아갈 수 없는 법이다. 그날 밤 나는 두서없이 악몽을 꾸었다. 아침엔 아무

것도 기억할 수 없었지만 불쾌한 느낌은 여전했다. 푸르기만 한 하늘에는 구름 한점 없었다. 집 앞의 아몬드나무와 올리브나무, 장미에도 작별인사를 했다. 새끼손톱보다 작은 꽃이 올망졸망 피어 있던 올리브나무 가지 끝에는 쥐똥만한 녹색 열매가 하나둘씩 맺히고 있었다.

"좋은 날이 올 거야."

나는 올리브 열매에게도 말했다. 바람에 흔들리던 올리브 열매가 중얼거렸다.

"오겠지."

이른 아침에 출발했고 예루살렘에서도 서둘렀기 때문에 요르단과의 국경인 알렌비 다리에 도착해보니 여전히 오전이었다. 아직 성수기가 아니어서 그리 붐비는 편은 아니라고 택시에 함께 탔던 중년의 팔레스타인인은 말했다. 출국 터미널은 그의 말대로 한산한 편이었다. 알렌비 다리는 팔레스타인인이 요르단으로 출국할 수 있는 유일한 관문이다.

알렌비 다리. 요르단에서는 후쎄인 다리라고 부르고, 팔레스타인 사람들은 알 카라메 다리라고 불렀다. 알렌비나 후쎄인은 그렇다치더라도 카라메는 귀에 설었는데, 1967년 3차 중동전쟁이 끝난 이듬해 팔레스타인 무장조직의 근거지였던 카라메에서 벌어진 전투를 기념하는 이름이라 했다. 이스라엘군은 테러리스트 소탕이라는 명분으로 국경 너머 카라메를 습격했으나 팔레스타인 무장조직과 요르단군에게 밀려 패퇴했다. 3차 중동전쟁에서 패배한 아랍국가들에는 낭보였지만 정작 요르단 왕이었던 후쎄인은 달가워하지 않았다는 후문이다. 실제로 그는 요르단군에 카라메를 습격한 이스라엘군과 전투를 벌이도록 명령을 내린 적이 없었다.

출국심사대에서는 외국인과 팔레스타인인을 따로 취급했다. 외국인은 별다른 절차 없이 통과시키지만 팔레스타인인들은 여권과 아이디를 다른 한편의 창구에 집어넣고는 하릴없이 기다리는 분위기였다. 언제나처럼 민망하지만 어찌할 수 없는 일이었는데 이번에는 사정이 달랐다. 심사대 유리창 너머 여직원은 여권을 훑어보더니 요르단 비자가 없다며 들어가봐야 소용 없을 거라고 말한다. 그제야 '텔아비브 요르단 대사관에서 비자 받을 것'이라고 적어둔 일정표가 떠올랐다. 버스에 오른 뒤에 어쩐지 머릿속 어딘가에서 나사 하나가 빠져 굴러다니는 소리가 들렸는데 바로 비자였다.

예루살렘에서 함께 왔던 팔레스타인 사내는 사정을 눈치채고 웃음을 참지 못했다. 텔아비브로 돌아갈 수도 없는 일이었다. 별수 없이 거금 100달러를 갈취당하는 데 동의하고 도착비자로 입국할 수 있는 베이트 셰안으로 가는 택시를 부탁해야 했다. 택시를 기다리는 동안 사내와 잡담을 나누었다. 그는 황색카드를 소지한 팔레스타인인이었다. 이스라엘과 요르단을 출입할 때 쓰는 통행증이기도 한 황색카드는 말하자면 요르단 시민권을 가진 팔레스타인인에게 발급되는 카드이다. 녹색카드도 있다. 서안에 거주하는 팔레스타인인에게 준다고 한다. 청색카드는 가자에 거주하는 팔레스타인인에게 준다. 출·입국 시에 통행증이 필수여서 팔레스타인인의 경우 단지 여권만으로는 국경출입이 불가능한 셈이다. 팔레스타인인으로 살기란 어디에서도 쉬운 일이 아니다.

베이트 셰안으로 가는 길은 국경인 요르단 강을 오른쪽으로 두고

가까워지거나 멀어지면서 이어진다. 철책과 교통로가 보이고 드문드문 초소가 나타나는 풍경은 이집트와의 국경처럼 허술하지는 않다 해도 특별히 긴장감이 느껴지지는 않았다. 서안이지만 국경은 이스라엘이 점령하고 있다.

외국인만 출·입국이 가능한 베이트 셰안은 알렌비 다리보다 더 한산했고 짐을 별도로 관리하지도 않았다. 역시 국경은 요르단 강이었다. 다리 아래로 흐르는 물은 폭이 좁고 검은빛을 띠어 더러운 개천처럼 보였다.

요르단 편 국경검문소에 붙여진 이름이 하시메이트라는 것은 다리를 건넌 후에 알았다. 하시메이트 또는 하심, 곧 요르단하심왕국의 왕가 이름이기도 하다. 생각해보니 팔레스타인-이스라엘과 국경을 맞댄 나라들 중에 유일한 왕국인데, 군주가 얼굴마담에 불과한 여느 입헌군주국과는 달리 왕이 통치하는 제대로 된 왕국 중의 하나이다.

요르단하심왕국은 한때 트랜스요르단이라 불리었고 영국의 위임통치령인 팔레스타인의 일부였다. 1차대전 후 손에 넣은 식민지 팔레스타인을 두 조각으로 나누어 그 한쪽을 하심 왕가에게 넘겨준 장본인은 영국이었다. 물론 식민학 분야에서 수백년의 명성을 쌓은 영국의 자부심을 고려한다면 무심히 결정된 일은 아니었을 것이다.

우선 요르단 강을 중심으로 놓는다면 트랜스요르단이라 불린 동안(東岸)은 서안(西岸)에 비해 거의 쓸모가 없는 땅이었다. 이점은 지금도 마찬가지이다. 예컨대 산유국인 사우디아라비아나 쿠웨이트와는 비교할 것도 없다. 영국이 1차대전에서 아랍 반란으로 영국의 이익에 봉사했던 후쎄인의 아들 압둘라를 데려다 1921년 트랜스요르단의 왕으로 삼은 데는 보답의 뜻도 있었겠지만 별 신통한 댓가는 아니었다. 그렇다고 트랜스요르단이 영국의 식민지에서 독립한 것은 아니었다. 왕을 둔 식민지는 허다하게 많다. 말하자면 보호령이다. 합방 이전의 조선이 그랬다. 프랑스의 경우에는 5개 지역으로 이루어진 인도차이나 연방에서 직접 통치한 것은 코친차이나 하나였을 뿐 캄보디아와 라오스, 안남과 통킹은 왕을 두고 보호령으로 거느렸다.

아랍 반란의 주역이기도 했던 후쎄인의 또다른 아들 파이잘은 1920년 자신이 원했던 시리아에서 쫓겨나야 했다. 1차대전 후 싸이크-피코 협정에 따라 영국과 프랑스의 식민지 분할로 시리아가 프랑스의 손에 넘어갔기 때문이었다. 영국은 손에 넣은 이라크를 직접 통치하기보다는 왕정을 두기로 하고 파이잘을 이라크의 왕으로 세웠는데 이라크의 하심 가문은 1958년 7월 14일 혁명으로 붕괴했다. 그러나 요르단의 하심 가문은 아직도 왕국을 건사하고 있다.

하시메이트 검문소에서 암만으로 가는 길은 버스가 없어 꼼짝없이 택시를 타야 한다. 국경을 빠져나가는 길에 만들어진 검문소에는 그 늘막을 치고 기관총을 내건 장갑차를 한대 세워두었다. 암만에 도착할 때까지 거친 네개의 검문소에는 모두 그런 식으로 장갑차를 두고 있었다. 검문소 분위기는 평화로운 것과는 거리가 있었지만 1998년 이스라엘과 협정을 체결한 후 원만한 관계를 유지하고 있어 침공을 걱정하는 것으로는 보이지 않았다.

팔레스타인에 대한 요르단의 입장은 이중적이다. 후쎄인 사망 후 왕위를 계승한 압둘라 2세와 결혼한 왕비 라니아는 팔레스타인인이다. 그녀는 모나코 왕비 그레이스나 테니스 황녀 샤라포바 수준의 미모와 패션으로 유명하다. 정략적인 혼사로 매도할 것은 아니지만 인구의 75퍼센트가 팔레스타인인이라는 사정과 무관할 수는 없다. 혹자는 다음 왕위를 이을 자가 절반은 팔레스타인 혼혈이니 요르단은 장래에 팔레스타인 왕국이 될 것이고, 그런 만큼 팔레스타인인들이 자중해야 한다고 주장한다. 그것은 하심 왕가의 소망이기도 하다. 왕가가 바라는 것은 이른바 왕국과 왕실의 보존이지 신민이야 어떻게 되든 알 바 아니다. 더구나 속내로는 팔레스타인이 해방되거나 말거나도 상관없는 일이다. 그건 1948년 이후 팔레스타인과 요르단의 역사를 더듬어보면 충분히 짐작할 수 있다.

요르단의 왕비 라니아

1948년 1차 중동전쟁은 요르단으로서는 오히려 영토를 넓힌 전쟁이었다. 신생 이스라엘과의 휴전협정으로 영토의 95퍼센트가 불모의 사막이던 요르단이 비옥한 서안과 동예루살렘을 차지하게 된 것이다. 1949년 국호를 요르단하심왕국으로 바꾼 뒤 1950년 서안과 동예루살렘 합병을 선언했다. 오직 영국만이 이를 인정했을 뿐. 이집트를 비롯한 아랍연맹은 서안을 차지한 압둘라의 흉중을 의심했다. 그는 영국을 비롯한 서방에 유화적이었다. 1951년 예루살렘의 알 아크사 사원에서 그가 피살된 것은 친서방적 태도와 팔레스타인 독립에 대한 모호한 입장 때문이었다. 아들이 왕위를 이었지만 1년 만에 압둘라의 손자인 후쎄인 1세에게 넘어갔다. 왕이 된 후쎄인 1세 역시 "요르단이 팔레스타인이고 팔레스타인이 요르단이다"라고 입버릇처럼 말하곤 했다.

1964년 아랍연맹의 지원으로 PLO가 조직되었다. 요르단도 동참했지만 PLO의 주도로 선언된 '팔레스타인 국가헌장'에 이런 조항을 끼

압둘라의 손자 후쎄인 1세. 1952년 영국 쌘드허스트 사관학교 생도 시절 왕위를 물려받았다.

워넣는 것을 잊지 않았다.

"해방기구는 요르단하심왕국에 포함된 서안의 어떤 영역에서도 주권을 행사하지 않는다."

아랍의 대의를 부정할 수는 없었지만 요르단은 합병한 서안의 영토에 대해서는 철저히 배타적이었다. 서안의 팔레스타인인에게 자치권을 부여할 생각은 추호도 없었다. 요르단은 메카와 메디나가 있던 홍해변의 헤자즈에 근거한 하심 가문이 사우디 가문에 밀려 그마저도 빼앗길 즈음 영국의 배려로 얻은 땅이었다. 정통성이 취약한 만큼 하심 왕가로서는 토착 팔레스타인인을 경계하지 않을 수 없었다.

2차대전 후 중동 재편에 따라 등장한 아랍의 독립국가들은 '아랍은 하나'라는 대의와 명분에 동의했음에도 쉽게 단결하지 못했다. 서구는 끊임없이 그들의 분열을 획책했고 아랍 각국은 자국의 이익 또는 지배세력의 이권을 대의에 앞세웠다. 팔레스타인 해방운동 지원에서도 마찬가지였다. 서안을 손에 넣은 요르단의 하심 왕가는 왕국의 존립을 내세워 팔레스타인 해방운동을 사실상 억압했다. 1967년 전쟁으로 하심 왕가는 서안을 잃어버렸지만 동시에 요르단에 대한 팔레스타인의 압력이 가중되었다. 우선 30만에 달하는 대규모 팔레스타인 난민들이 요르단 강 동안으로 쏟아져 들어왔다. 난민캠프를 중심으로 팔레스타인 무장조직들은 세력을 확장했고 국경지대에서 이스라엘과 다툼을 벌였다. 요르단은 PLO의 거점이었고 대이스라엘 투쟁의 근거지였다.

세속 좌파의 영향력이 강한 PLO에 왕정이 내킬 리 없었다. 요르단의 PLO는 하심 왕가의 통치권을 위협했고 내연하던 갈등은 1970년 9월 16일 후세인 1세가 계엄령을 선포하면서 내전으로 발전했다. 탱크

1967년 전쟁 당시 이스라엘 병사가 예루살렘 통곡의 벽에 이스라엘 국기를 달고 있다.

를 앞세운 요르단 보안군이 암만의 PLO 본부를 공격했고 곧 시가전으로 번졌다. 각 지역의 팔레스타인 난민캠프 또한 공격을 피할 수 없었다. 9월 18일 시리아의 팔레스타인해방군(PLA)이 국경을 넘었지만 이스라엘의 위협과 전투기 출격으로 지원은 실패로 돌아갔다. 후쎄인 1세가 미국에 도움을 요청하자 닉슨 대통령은 6함대 소속의 순양함을 보내고 독일 주둔 미군을 대기시키는 등 적극 뒷받침했다. 11일 동안의 무력충돌로 3000~5000명을 헤아리는 사망자가 발생했고 PLO는 요르단에서 축출되어 레바논의 베이루트로 거점을 옮겨야 했다. 수천 명의 난민이 그들을 따라 레바논으로 피신했다. 이렇게 하심 왕가가 시도한 팔레스타인으로부터 요르단 구하기는 성공을 거두었다.

내전이 끝난 직후인 1971년 요르단국민연합(JNU)을 구성한 후쎄인 1세는 1972년 (이스라엘이 점령중인) 서안과 동안(요르단)을 묶어 아랍연합왕국(UKA)을 창설하자는 제안을 내놓았다. 이는 PLO는 물론 아랍연맹도 받아들이지 않아 무산되었지만 하심 왕가의 바람이 어디에 있는지를 잘 보여주는 사례이다.

1974년 10월 모로코의 라바트에서 열린 아랍정상회담에서는 요르단에 맞선 PLO가 판정승을 거두었다. 아랍은 이스라엘이 점령한 서안을 요르단이 아닌 팔레스타인의 영토로 인정했으며 PLO에 팔레스타인의 유일한 대표성을 부여했다. 후쎄인 1세는 반발했지만 아랍국가들의 압력과 산유국의 원조를 앞세운 회유에 굴복했다. PLO는 같은해 12월 유엔총회에서 참관국 자격을 부여받자 팔레스타인 해방운동의 국제적 대표성까지 확보하게 된다. 이로써 팔레스타인은 부동의 민족적 국가적 정체성을 얻었다. 요르단의 하심 왕가는 궁지에 몰린 셈이었다. PLO는 요르단의 팔레스타인인에게 강력한 영향력을 행사하고 있었고 누가 보아도 왕가를 지원할 세력은 아니었다.

라바트 정상회담 뒤 후쎄인 1세는 서안 대표가 포함된 의회를 해산하고 선거를 무기한 연기했으며 서안 출신을 배제한 새로운 정부를 구성했다. 또한 요르단의 팔레스타인인에게 요르단 국적과 팔레스타인 신분 중 하나를 선택하도록 했다. PLO의 영향력을 줄이기 위한 몸부림이었다. 요르단의 친서방 노선은 더욱 강화되었다. 그런 하심 왕가를 지탱하고 있는 것은 보안군과 정보부이며 그 뒤에 미국과 이스라엘을 비롯해 서방 세력이 버티고 있다.

하심 왕가가 살아가는 법

"카메라 조심하세요."

암만(Amman)에 도착하자마자 마중나온 니달에게 이 말을 들었을 때에 나는 '날치기'를 조심하라는 말로 이해했다. 걱정하지 않아도 된다는 표시로 카메라 가방을 십자로 해서 어깨에 걸치자 그는 농담처럼 이렇게 덧붙였다.

"그게 아니고 정보부를……"

요르단 정보부와 보안군이 얼마나 할 일이 없으면 외국인의 '사진 찍기'까지 걱정해줄까 싶었지만, 암만에서 만난 팔레스타인 사람들이 하나같이 정보기관에 대해 과민반응을 보이자 생각을 고쳐먹을 수밖에 없었다. 정보활동은 인력이 넘치면 과잉으로 흐르고 조작도 마다하지 않는 법이다.

요르단의 하심 왕가가 권력을 유지하는 힘은 신민의 자발적 충성이 아니라 군과 정보부에서 나온다. 요르단은 10만 이상의 병력을 유지하고 있으며 GDP의 10.6퍼센트에 달하는 경악할 만한 수치의 군사비를 지출하고 있다. 정보기관의 예산은 밝혀지지 않고 있지만 역시 막대한 액수일 것이다. 비대한 군과 정보기관 그리고 관료조직은 요르단 경제에 암적 존재이다. 1999년 세계은행은 이 조직들의 규모를 줄이라고 권고하는 보고서를 내기도 했다.

요르단 정보기관과 군이 하는 일은 남한에서 박정희 시대에 했던 짓과 흡사하다. 모든 언론은 통제되고 있으며 파견된 정보부원에게 발견된 잘못된(?) 기사는 즉석에서 교정해야 한다. 국왕, 군, 정보부 그리고 미국 등에 대한 비방은 형법상 처벌이 가능하다. 2005년 '국경없는기자회'가 발표한 언론자유지수에 따르면 요르단은 다른 두 나라와 함께 중동지역에서 최하위를 기록했다. 다른 두 나라란 중동 유일의 민주주의 국가임을 자랑하는 이스라엘과 역시 왕의 나라인 쿠웨이트이다. 정보기관은 '범죄예방법'에 따라 두달 동안 누구든 감금할 수 있다. 더불어 2006년에 탄생한 '테러예방법'은 혐의만으로 다양한 징벌을 가할 수 있다. 또한 군사법정을 방불케 하는 '국가보안법정'을

두고 있어 인권유린의 소지가 다분하다. 사정이 이러하니 고문은 정보기관의 일상적인 업무 중의 하나이고 실종은 예사로 일어나고 있다.

이렇게 하심 왕가를 지탱하는 군과 정보기관의 양축은 미국을 더해 삼각(三脚) 체제로 완성된다. 미국은 요르단에 한해 6∼7억달러에 달하는, 유럽연합의 10배에 해당하는 경제원조를 제공하고 있으며 이중 3억달러는 군사지원이다. 정보부 같은 기관에 대해서는 비공식적인 재정지원을 하는 것으로 알려져 있다. 요르단은 그 보답으로 사우디아라비아, 쿠웨이트 함께 중동의 친미 왕정독재체제를 견지하고 있다. 두 나라와는 달리 기름 한방울 나지 않는 지원 빈국 요르단에 대한 미국의 지원은 중동지배전략의 일환으로, 특히 이스라엘-팔레스타인 분쟁과 밀접하게 관련되어 있다.

팔레스타인인이 다수인 요르단에 민주적 정권이 탄생한다는 것은 유사 팔레스타인 국가가 탄생하는 것과 마찬가지이다. 미국과 이스라엘에는 악몽이나 다름없다. 하심 왕가는 그런 사태를 방지하는 안전판 역할을 하고, 미국은 왕정독재가 유지되도록 대부 역할을 하고 있는 셈이다.

"요르단의 팔레스타인인들은 민주화를 하면 되겠네."

나는 니달에게 그렇게 말했다. 왕정독재를 무너뜨리면 모두에게 좋은 일이 아닌가.

"그건 그렇지요."

니달이 시큰둥하게 대답했다. 하긴, 그건 또 쉬운 일인가.

팔레스타인인과 요르단인

국경에서 암만으로 가는 길은 평지를 달리다 어느 시점부터 쉴틈없이 언덕을 기어오른다. 예루살렘이나 라말라가 그렇듯이 암만 또한 해발 773미터의 고지대에 자리잡고 있다. 하시메이트 국경을 떠난 후 숨을 틀어막을 듯 맹위를 떨치던 더위도 고지를 향하면서부터는 조금씩 수그러들기 시작한다. 사막성기후에서 인간이 살기 좋은 곳은 물론 평지보다 고지다. 영국에게 트랜스요르단의 왕위를 선물받은 압둘라가 수도를 암만에 정한 것도 그 때문이었을 것이다. 해발 773미터의 암만은 여름에도 30도를 넘나들 뿐이고 봄가을은 쾌적하기 짝이 없다. 이윽고 눈앞에 펼쳐진 암만은 라말라나 예루살렘처럼 구릉지였지만 건물이 빼곡히 들어찬 정도에서 동예루살렘은 저리가라다.

암만은 전체 인구 592만 중의 35.8퍼센트인 212만이 모여 사는 요르단의 수도이다. 예루살렘과 마찬가지로 7개의 언덕 위에 지어진 작

은 도시였던 암만은, 1948년과 1967년 중동전쟁으로 발생한 팔레스타인 난민이 요르단을 향하면서 구르는 눈덩이처럼 인구가 불었고 도시역시 팽창을 거듭했다.

중산층 이상의 거주지인 암만의 서쪽 일부를 제외한다면 언덕 위에는 성냥갑처럼 네모난 집들이 다닥다닥 붙어 있어 마치 예전 서울의 달동네 분위기를 자아내기도 한다. 살림살이 또한 넉넉해 보이지는 않는다. 1인당 GDP 4900달러는 비산유국 중에서도 낮은 편이다.

요르단의 경제는 팔레스타인인이 없으면 무너진다는 소리를 들을 만큼 그들에 대한 의존도는 절대적이다. 인구의 75퍼센트를 차지하고 있으며 정치와 행정, 군사 등의 분야에서는 철저히 소외되고 있지만 금융, 의료 등 전문직 비중이 높다. 팔레스타인의 맨파워는 요르단뿐 아니라 사우디아라비아와 쿠웨이트, 이란, 이라크 같은 산유국에서도 맹위를 떨치고 있다. 대개 전문직 종사자들로 요르단 국적을 보유한 경우가 적지않으며 외화수입에서 큰 비중을 차지한다. 팔레스타인인들은 1차 걸프전 당시 사우디아라비아와 쿠웨이트에서 축출되어 요르단으로 돌아와야 했는데 그 수가 35만명에 달했다. 지금은 이라크전쟁으로 마찬가지 현상이 벌어지고 있다. 이라크에서 쫓겨난 팔레스타인 난민들이 대거 요르단으로 넘어오고 있다. 1948년에 시작된 팔레스타인 난민의 행렬은 60년이 지난 지금까지도 이어지고 있다.

요르단의 팔레스타인 난민은 운르와에 등록된 수로 33만명 정도이다. 그러나 팔레스타인인들은 400만을 넘는다. 이 심각한 불일치는 요르단이 원래 팔레스타인이었기 때문에 발생한다. 여기에 1948년과 1967년의 전쟁으로 요르단 강 서안과 동예루살렘에서 수많은 팔레스타인인들이 난민으로 흘러들었다. 그중 적잖은 수가 요르단 국적을 부여받았다. 특히 1967년 전쟁으로 유입된 팔레스타인 난민의 경우에는 1974년 후쎄인 1세의 의무적 국적선택 조치로 (주민)등록번호가 부여된 그룹과 부여되지 않은 그룹이 동시에 존재한다. 난민으로 분류되어 난민캠프에 거주하는 팔레스타인인들은 후자에 속한다.

결국 참된(?) 요르단인을 정의하기가 쉽지 않은 것이다. 그건 팔레스타인인에게도 마찬가지이다. 1970년대 이후 하심 왕가는 요르단의 팔레스타인인을 요르단인으로 포섭하기 위한 노력을 아끼지 않았다. 현실적으로 상당수 팔레스타인인이 요르단인으로 생활하고 있다. 후쎄인 1세는 이들에게 요르단으로 귀화한 후에도 서안에서의 모든 권리(돌아갈 권리를 포함하여)가 인정될 것이라고 밝혔지만, 귀화한 후 합법적으로 재산을 축적하고 물적인 토대를 구축한 이들이 요르단 체제에 더 협조적인 것도 사실이다.

그러나 요르단의 다수를 차지하는 팔레스타인인의 권리는 제한적이다. 정치적·경제적으로 차별받고 있으며, 자신들의 대표가 아니라 하심 왕가의 통치를 받는다. 정부는 팔레스타인인이 요르단인이 되기를 바라지만 동시에 왕가의 신민이 되기를 원한다. 요르단의 팔레스타인인들이 요르단인이 될 수 없는 근본적인 이유는 이 때문일 것이다.

하나 또는 두 국가

암만 북서쪽 바카 계곡에 자리잡은 바카 캠프는 서안과 가자의 난민캠프보다 더욱 남루했다. 서안과 가자에서는 불어나는 인구를 감당하기 위해 층을 올리고 시멘트로 외벽을 발랐지만 바카 캠프에서 그런 집들은 거의 보이지 않았다. 좁은 골목을 사이에 두고 늘어선 집들은 단층이거나 2층이었고 하나같이 오랫동안 손보지 않아 담 귀퉁이가 헐리고 벽에는 구멍이 뚫려 있었다. 이건 두가지를 의미한다. 바카의 난민이 더 빈곤하고 고향으로 돌아가기를 더 열망한다. 서안의 난민캠프에서 난민 2세들은 절대 귀환권을 포기하지 않을 것이지만 고향으로 돌아가 살지는 알 수 없다고 말하곤 했다. 물론 이스라엘을 염두에 둔 정치적 발언이기는 했지만 어쨌든 그곳은 자신들이 태어난 곳이다.

바카 캠프에서는 이런 이야기를 들을 수 없었다. 그들은 2세든 3세든 모두 돌아가기를 원했다. 서안이나 가자의 난민은 그래도 팔레스타인 땅 한구석을 점유하고 있다는 자의식을 갖고 있었지만 요르단 난민캠프의 사람들은 완전한 이방인이었다. 1967년 전쟁 직후 벌어진 요르단과 팔레스타인 무장 게릴라의 내전, 뒤이은 축출 그리고 차별과 빈곤은 요르단에서 자신들이 어떤 존재인지를 각인시켜주기에 충

바카 계곡의 구릉에 조성된 주택가와 그 너머의 난민캠프가 확연한 차이를 드러내고 있다.

분했을 것이다.

국제법에 따르면 난민이란 고향에 돌아갈 권리와 돌아가지 않을 권리를 동시에 갖고 있는 자이다. 달리 말하자면 난민이란 돌아갈 것인지 돌아가지 않을 것인지를 선택해야 하는 자이다. 선택이 내려지면 난민이란 신분은 소멸한다. 팔레스타인 난민에게는 이 선택이 60년 또는 40년 동안 유보되었다. 그 세월 동안 난민은 난민을 낳고 또 난민을 낳았다. 팔레스타인 해방운동이 움트고 성장한 터전은 바로 이 난민, 특히 해외의 난민 속에서였다. PLO는 그 터전에서 등장해 난민의 피를 댓가로 싸워왔다. 1993년과 1995년 오슬로협정의 문안에 '난민'이란 단어가 사라졌을 때 이들은 서안과 가자의 난민과는 또다른 실망과 혼란을 느꼈다.

바카 캠프에서 여든에 접어든 노인을 만났다. 1967년 전쟁으로 난민이 되었고 요르단에서 파타에 가입했던 그는 1971년 축출된 PLO를 따라 레바논의 베이루트로 간 후 1988년 요르단으로 돌아왔다. 오슬로협정이 체결된 후 파타에서 탈퇴했다는 그는 반평생을 팔레스타인 해방운동을 바친 수많은 팔레스타인 난민 중의 하나였다. 그는 이렇게 말했다.

"오슬로협정은 가장 중요한 것을 외면했어. 난민문제를 휴지통에 버렸지. 그후에 난 예전에 파타에서 받은 상패 다섯개를 모두 휴지통에 버렸다네."

모두가 노인처럼 배신감을 느꼈던 것은 아닐 것이다. 팔레스타인 독립국가의 등장이 난민문제를 해결하는 데 도움이 될 것이라고 생각했던 사람들도 적지 않았다. 그러나 지난 10년 동안 해외의 팔레스타인 난민은 자신들의 문제가 누락되거나 말잔치로만 취급되는 것을 보아왔다.

그건 오슬로가 지향했던 '2국가안'의 당연한 귀결이다. 이스라엘을 인정하고 서안과 가자에 세워지는 팔레스타인 독립국가란 설령 현실화된다고 해도 1948년과 1967년의 전쟁이 낳은 난민을 땅에 묻어야 성립될 수 있다.

2004년 노엄 촘스키는 2국가안을 지지하면서 팔레스타인 독립국가의 등장이 현실적으로 난민의 고통을 덜어줄 것이라고 말했다. 그러나 2차 인티파다의 격랑이 지나간 그해는 이미 오슬로협정의 파산이 명확해지고 있던 시점이었다. 다시 몇년이 지난 지금 오슬로의 팔레스타인 독립국가는 물거품으로 돌아갔고 오직 반투스탄식 자치만 가능하다는 것이 증명되었다. '현실적'으로 오슬로협정 10년 동안 팔레스타인인의 고통은 점증되었고 2006년 이후 급격히 심화되고 있다.

노엄 촘스키

오슬로의 2국가안은 이스라엘의 단일 인종주의 국가를 등장시켰을 뿐이었다.

바카 캠프에서 암만으로 돌아온 날 저녁 나는 시리아 출신의 맑스주의자인 치과의사를 만날 수 있었다. 그는 오슬로 협정을 팔레스타인의 국가건설 프로젝트가 빠진 국가주의와 민족주의의 함정으로 해석했다. 압도적인 힘의 불균형이 존재하는 가운데 독립국가 건설은 실패할 수밖에 없다고 보는 그는 1국가안이 합리적인 방향이라는 의견을 제시했다.

2003년에 사망한 에드워드 싸이드는 오슬로의 이른바 평화 프로쎄스가 평화를 가져올 수 없을 것이며 이스라엘-팔레스타인 '2민족 1국가'만이 진정한 평화를 가능하게 할 것이라고 주장했다. 하지만 촘스키는 그에 대해 명백히 부정적이다.

너무나 비현실적인 안이다. 국제사회는 물론 이스라엘 내부에서도 의미 있는 지지를 얻지 못한다. 이 안은 유대인을 소수로 하는 팔레스타인 국가가 곧 가능하리라고 보지만 민주주의와 세속주의에 대한 보장은 없다 (소수에 대한 권리가 인정된다고 해도, 물론 그렇게 되지는 않을 것이다). 내 생각으로는 현재 민주적 세속국가를 주장하는 사람들은 이스라엘과 미국의 극단적이고 폭력적인 세력에 무기를 제공하는 셈이다.

1국가안이 전제하는 것은 '민주적 세속국가'로, 이는 유대인과 아랍인에 대한 평등한 권리가 보장되는 체제이다. 지중해와 요르단 강 사이의 인구 분포는 유대인 520만, 팔레스타인인 560만이다. 인구증가율을 고려한다면 1국가안에 기초한 국가에서 팔레스타인인이 압도적 다수가 되리라는 것은 의심할 여지가 없다. 유대국가인 이스라엘이 이것을 받아들일 수 있을까. 싸이드는 유대인 칼럼니스트인 아리 샤빗과의 대담에서 이렇게 말했다.

에드워드 싸이드

그렇습니다. 당신들은 어쨌든 소수가 되어가고 있습니다. 10년 안에 유대인과 팔레스타인인은 수가 같아질 것이고 그 과정은 계속될 것입니다. 그러나 유대인은 어디에서나 소수입니다. 미국에서도 소수입니다. 유대인은 이스라엘에서도 확실히 소수로 지낼 수 있습니다.

싸이드의 견해에 따르면 팔레스타인인의 인구증가는 막을 수 없는 현실이며, 이스라엘이 서안과 가자를 점령하고 있는 현실에서 지중해와 요르단 강 사이에서 유대인의 소수화는 피할 수 없다. 소수가 다수를 통치할 수 있는 유일한 방법은 압도적인 무력을 행사하는 것으로, 이 경우 평화란 불가능하다. 그러나 전쟁과 폭력을 통한 지배를 원하는 측은 근본적으로 소수의 지배세력일 수밖에 없다. 이스라엘에는 평화를 갈구하는 세력이 없는 것일까. 결국 싸이드가 1국가안을 내미는 대상은 폭력에 반대하고 평화를 원하는 이스라엘인들이다. 전선은 민족과 국가에서 민주와 빈민주, 평화와 전쟁으로 바뀌게 될 것이다.

2국가안에 따라 팔레스타인 독립국가가 가능하다고 해도 이스라엘과의 적대적인 관계를 피할 수는 없다. 귀환권을 보장할 수 없으므로 난민문제도 해결할 수 없다. 평화 정착은 요원해지고 폭력은 순환할 것이다.

2국가안은 현실적으로도 불가능한 꿈이 되어버렸다. 이스라엘은 진정한 팔레스타인 독립국가를 원하지 않으며 단지 반투스탄을 원할 뿐이다. 오슬로협정 10년 동안 적나라하게 드러난 바다. 한편 팔레스타인이 무력으로 이스라엘을 타도하는 것도 불가능에 가깝다. 1국가안은 현재의 이스라엘 지배세력과 무력 대신 민주주의라는 이름으로 대결할 수 있는 방안이다. 1국가에서 예상되는 인구의 우위는 팔레스타인인이 민주적 권리를 쟁취할 수 있는 강력한 기반이 될 것이다.

1국가안은 남아프리카공화국의 예를 든다. 아파르트헤이트가 사라진 후 흑인과 백인이 공존하는 강력한 실례인 것이다. 물론 남아공과 이스라엘-팔레스타인의 사정이 같을 수는 없다. 이스라엘의 평화단체인 구시샬롬의 우리 에브너리는 그 차이를 이렇게 설명한다.

남아공의 인종주의 백인정권은 전 세계적으로 배척당했다. 이스라엘은 강력한 지원세력을 갖고 있다. 미국의 유대인은 정치·경제적으로뿐 아니라 미디어를 동원해 이스라엘을 지원할 수 있는 세력이다. 반면에 아랍인은 시간이 갈수록 서방에서 보기맨*이 되어버렸다.(1국가안이 성사된다고 해도) 국제사회가 유대인이 지배하는 2민족 국가에 영향을 미치기란 더욱 어려운 일이다.

(* 못된 아이를 잡아간다는 서양 민담 속의 괴물―인용자.)

또한 자본주의체제가 될 것이 분명한 이스라엘-팔레스타인 국가에서 단지 인구만으로 힘의 균형을 실현한다는 것은 몽상에 불과하다. 남아프리카공화국의 현재는 그것을 증명한다. 아파르트헤이트의 붕괴 후에도 백인은 여전히 남아공의 자본과 시장을 장악하고 있으며 흑인은 비참한 생활에서 벗어나지 못하고 있다.

1국가안을 지지하는 인물 중에 팔레스타인 자치정부의 총리였던 아흐메드 쿠레이가 있어 의외다. 2004년 신임총리가 된 그는 "이스라엘이 장벽건설 정책을 포기하지 않는다면 팔레스타인은 '2민족 1민주국가안'으로 되돌아갈 수밖에 없다"는 입장을 공공연히 밝혔다. 쿠레이처럼 오슬로의 기득권세력을 대표하는 자가 1국가안을 지지하는 데서 그것이 그들의 이익을 지킬 수 있는 방편이 됨을 읽을 수 있다.

하지만 그럼으로써 팔레스타인은 60년 전에 실현됐어야 하는 일을 뒤늦게나마 다시 시작할 수 있는 기회를 얻을 수 있지 않을까. 문제는 '국가'가 아니라 '민주'인 것이다.

13

다시
폭탄이
비처럼
쏟아지고

헬로우 헤즈볼라

암만을 떠나기 전날 베이루트(Beirut)에서 다시 폭탄이 터졌다. 같은 날 레바논 북부의 팔레스타인 난민캠프인 나흐르 알 바레드에서는 레바논 정부군과의 교전으로 48명이 사망했다. 암만에서 사흘 동안 신세를 졌던 팔레스타인 청년 니달은 공항에서 내게 몸조심하라고 당부했는데, 나는 '터진 날 도착하는 것보다는 다음날 도착하는 게 낫지'라고 농담을 할 만큼 무감했다. 폭탄과 관련된 레바논 뉴스를 워낙 자주 접했기 때문에 현실감이 없어진 것인지도 몰랐다.

바닷가에 자리잡은 베이루트 국제공항은 마카오와 퍽 흡사했다. 날은 흐렸고 한바탕 비가 내린 뒤였는지 활주로는 젖어 있었다. 그밖에는 특별하달 게 없는 평범한 공항이었다. 열달 전 이스라엘의 폭격 목표 중 하나가 바로 이 공항이었지만 그 흔적을 찾을 수는 없었다.

2006년 이스라엘 공습의 상흔이 남아 있는 베이루트 시가지

시내로 뻗은 공항로 역시 평범했지만 공항 북동쪽에 있는 호텔을 향하느라 차가 도시 오른편으로 접어들었을 때부터 사정은 갑작스레 바뀌었다. 폭격의 흔적이 역력한 건물들이 눈에 띄었고 총탄으로 벌집이 된 곳도 나타났는데 어떤 상흔들은 한눈에 무척 오래돼 보였다. 뒤따라오던 고가도로도 어느 지점에선가 뚝 끊겼다. 20미터쯤 뒤에 다시 연결된 것을 보면 역시 폭격이 남긴 흔적이었다.

전쟁이 끝난 지 열달이 지났지만 남부 베이루트는 그렇게 만신창이 상태에서 벗어나지 못하고 있었다. 그 길 어디에선가 헤즈볼라의 최고 지도자인 셰이크 핫산 나스랄라의 대형 플래카드가 걸린 앞길에서 신호등을 만나 차는 잠시 멈추었다. 창밖을 향해 사진 몇장을 찍고 있는데 갑작스레 어디선가 오토바이가 나타나 차 앞을 가로막았다. 빨간색 50씨씨 스쿠터였는데 덩치로는 어디에 내놔도 제법 한몫을 할

건장한 청년 두명이 타고 있었다. 문득 '레바논 비밀경찰이구나' 라고 생각한 것은 암만의 요르단 정보부가 떠올랐기 때문이다. 하지만 빨간색 50씨씨 스쿠터, 그것도 한대에 탄 두명의 비밀경찰이라니.

스쿠터의 청년들은 인상이 곱다고는 할 수 없었다. 둘 중 앞에 탄 청년이 택시 운전사를 향해 날카로운 목소리로 뭐라 명령을 내리자 택시는 곧장 스쿠터를 따라 어디론가 움직이기 시작했다. 도착하자마자 당하는 일로는 심상치 않아서 내심 당황할 수밖에 없었다. 스쿠터는 어떤 건물 앞에 멈추었고 앞에 있던 서너명의 사내들이 택시를 접수하여 길가에 세웠다. 사내들은 민간인으로 보였고 건물도 별스러운 구석은 없었다.

스쿠터의 청년에게 뭐라 보고를 받은 사내들은 짐을 모두 꺼내게 한 후 뒤지기 시작했다. 분위기로는 사진을 찍은 것이 문제가 되는 모양이었다. 공항에서 호텔 가는 길에 찍은 사진이 말썽을 일으키기는

남부 베이루트 시가지에 내걸린 헤즈볼라 지도자 셰이크 핫산 나스랄라의 사진

처음이었다. 어디선가 영어를 하는, 인상이 멀쩡한 청년이 나타났다. 역시 카메라가 문제였다. 찍은 사진을 모두 보여주고 가방에 있던 비디오 카메라까지 돌리는 걸 기다린 후 나는 최대한 공손하게 물었다.

"뭣하는 분들이시죠?"

"헤즈볼라올시다."

"……그러시군요."

이윽고 나는 청년에게 이끌려 건물의 5층에 있던 헤즈볼라 사무실을 방문(?)할 수 있었다. 그곳에서 나는 별로 친절하지 않은 아마도 중간급 간부일 사내에게 '사진촬영 금지' 명령을 공식적으로 전달받고 풀려날 수 있었다.

호텔은 공항에서 멀지 않았고 헤즈볼라 본부 인근이었다. 나는 여장을 푼 후 주변을 걸어다녔는데 확실히 남부 베이루트는 헤즈볼라의 통제 아래 있는 것처럼 보였다. 반나절 동안 나는 네번이나 헤즈볼라를 만났다. 그들 중 둘은 처음처럼 빨간 스쿠터를 타고 나타났고 나머지 둘은 길을 걷던 행인이었다. 나는 사진 찍기를 포기했다. 헤즈볼라는 자신들의 지역에서는 말하자면 반상회 수준으로까지 조직화되어 있는 것처럼 보였다.

헤즈볼라의 거점에 집중되던 2006년 7월 이스라엘의 폭격은 1주년을 앞두고 얼추 정리돼가고 있었다. 폐허가 된 건물들은 공터처럼 보였고, 집중폭격의 여파로 거대한 구덩이가 파인 곳도 잔해를 모두 치워버려 당시의 처참한 몰골은 사진으로만 남아 있었다.

베이루트에는 1970년대 내전의 흔적까지 남아 있었다. 도시 곳곳에는 30년 세월을 넘긴 탄흔과 함께 무너지고 있는 건물들이 즐비했다.

그중의 압권은 지중해를 내려다보고 있는 도심의 홀리데이인 호텔이었다. 수백발의 포탄이 남긴 탄공이 즐비한 26층 호텔의 외관은 과거 기독교 팔랑헤 민병대와 무슬림 무장대가 벌였던 격렬한 교전을 묵묵히 증언하고 있었다.

레바논의 고단한 역사는 그렇게 베이루트의 건물들에 아로새겨져 있다. 총탄에 벌집이 되고 로켓포에 무너지고 폭탄에 무너지고 폭격에 잿더미가 되어온, 한때 지중해의 빠리니 홍콩이니 하여 우쭐했던 베이루트의 건물들이 겪어야 했던 시절이었다. 건물들이 그러했다면 인간은 말할 것도 없이 지옥 같은 세월을 감당해야 했을 것이다.

폭탄의 씨

암만의 공항에서 한 말이 씨가 되었는지 도착한 날 밤 베이루트 북부 휴양도시인 알레이에서 폭탄이 터졌다는 뉴스가 CNN 속보로 전해졌다. 두시간 전쯤에 벌어진 일이었다. 호텔의 안내데스크에 연락해 부른 택시는 위험수당 포함이라며 과한 요금을 불렀지만 이해할 수 있는 일이었다. 어두운 밤, 구불구불한 산길을 택시는 전속력으로 달렸다.

유리조각과 각종 파편이 널려 있던 어두운 거리는 사람들로 가득찼고 모두들 흥분해 고함을 지르고 있었다. 레바논군 병사들이 둘러싼 사건 현장은 거리 모퉁이에 있는 건물로, 한쪽 벽이 완전히 무너져 흉물스럽게 속을 드러내고 있었다. 다행스럽게도 사망자는 없었다. 함께 간 택시 운전사는 이 정도라면 사용된 TNT는 대략 20~30킬로그램으로 작은 폭탄이라고 일러준다. 베이루트 시민이라면 이 정도쯤은 가늠해야 하는 것인지.

알레이에서의 폭탄테러는 전날의 베르둔과 그 전날의 아슈라피예에 이어 세번째였다. 아슈라피예는 기독교 거주지이고 베르둔은 이슬람 수니파, 알레이는 드루즈 지역으로 폭탄테러는 세 지역을 차례로 겨냥한 셈이었다.

다음날 만난 UPI 현지 통신원인 팔레스타인인 수혜일은 이번 사건이 반시리아 정파연합으로 '3·14 그룹'을 구성하는 3개 정파에 대한 테러라고 단정했다. 3·14 그룹은 2005년에 암살된 라피크 하리리의 아들이 이끄는 '미래운동', 드루즈의 진보사회당, 기독교계의 '레바논의 힘' 등의 정파연합체이며, 현 총리인 푸아드 시니오라의 권력기반을 이루고 있다. 2005년 3월 14일 하리리의 암살에 항의하고 시리아의 철군을 요구하는 대대적인 시위를 이끈 데서 이름이 붙여졌으며 레바논의 이슬람 수니파, 기독교, 드루즈를 대표하는 연합세력으로서 시아파의 헤즈볼라와 대립하고 있다.

베이루트 인근 드루즈 거주지인 알레이에서의 폭탄테러 직후

현재의 레바논 내부 정치지형은 대충 이렇게 그릴 수 있지만 다는 아니다. 미국과 이스라엘은 하리리를 계승한 시니오라 정권을 지지하고 있다. 헤즈볼라는 시리아와 이란의 지원을 받고 있다. 즉 수니파와 기독교, 드루즈, 미국, 이스라엘, 서방을 한 축으로 헤즈볼라와 시리아, 이란을 또다른 축으로 하여 양측이 대립하고 있다는 말이다.

이들은 입만 앞세우는 것이 아니라 격렬한 내전과 폭탄테러, 전쟁을 동반해 맞서고 있다. 1975~90년의 내전에서 10만명 이상이 목숨을 잃었으며 또다른 10만명이 장애인이 되어 후유증을 앓고 있다. 이후에도 테러와 납치, 암살 등이 횡행했으며 급기야 2006년 이스라엘과의 전쟁으로 이 땅은 다시 폭격의 제물이 되어야 했다. 레바논의 도시에서는 오늘도 폭탄이 터지고 있으며 북부의 팔레스타인 난민캠프에서는 교전이 벌어지고 있다.

도대체 이곳은 어떤 세계일까. 방금 폭탄이 터진 알레이의 거리에서 사람들은 고함을 지르고 드루즈의 지도자인 왈리드 줌블랏의 이름을 연호하고 있었다. 폭탄이 터진 맞은편 빌딩에서는 생후 4개월 된 딸이 폭발의 후폭풍으로 날아가버렸고 그 아버지가 풍비박산이 된 집 안에서 넋을 놓고 있었다.

나는 레바논 내전의 15년을 기록한 사진집을 본 기억을 떠올렸다. 사진은 지옥이라고밖에는 딱히 뭐라 설명할 수 없는 장면들을 증언하고 있었다. 살육에서 살육, 학살에서 학살로 이어지는 내전의 순간을 담은 이미지들은 단지 종파간 분쟁으로 설명하기에는 너무도 집요하고 복잡했으며 잔인했다. 무슨 까닭에 인간의 증오가 그처럼 극단으로 치달았던 것일까.

40년 전 레바논 내전 당시를 여전히 증명하고 있는 남부 베이루트의 형체만 남은 건물

400년 동안 지속되었던 오스만시대에 레바논이란 존재하지 않았다. 레바논을 만든 것은 싸이크-피코 협정에 따라 1차대전 후 오스만 제국의 영토를 나누어 가진 영국과 프랑스였다. 오스만 제국의 통치 아래 '대 시리아'라 불리던 지역은 두 나라의 위임통치령으로 분할되었고, 프랑스는 자신의 식민지를 시리아와 레바논으로 분할했다. 레바논은 그렇게 식민지 분할정책으로 탄생한 국가였다. 상대적으로 마론파 기독교도가 다수였던 레바논에서 프랑스는 식민통치에 기독교도를 앞세움으로써 종파간 갈등의 씨앗을 뿌리고 배양했다. '분할하고 지배하라'는 식민통치의 교과서적 원칙을 충실하게 지킨 셈인데, 후일 기독교의 팔랑헤 민병대가 레바논 내전을 촉발시키고야 말았다.

마론파는 20년 동안 계속되었던 프랑스 위임통치의 정치적·경제적 수혜자였다. 1943년 독립을 쟁취했을 때 레바논에는 부유한 마론파

가난한 무슬림이 대립하고 있었다. 수니파와 시아파 무슬림은 시리아와의 연방을 바라고 있었으나 물론 마론파는 이를 받아들이지 않았다. 1943년의 독립은 마론과 무슬림의 묵약(국민협정) 아래 이루어졌다. 협정에 따라 무슬림은 시리아와의 연방을 포기하고 마론은 서방의 개입을 요청하지 않으며 레바논이 아랍국가임을 인정했다. 대통령은 기독교 마론파, 총리는 무슬림 수니파, 국회의장은 무슬림 시아파에 배분한다. 국회의석은 마론과 무슬림에 각각 6:5로 배정한다는 원칙이 합의되었다.

독립 레바논의 정치권력을 마론이 장악하게 된 이 묵약은 기독교 인구가 무슬림을 앞선다는 1932년의 인구쎈서스에 기초했다. 그러나 무슬림 인구는 꾸준히 늘고 있었다. 마론파의 정치적·경제적 독점 속에 부유한 마론과 가난한 무슬림의 격차 역시 지속적으로 심화되었다. 식민지 경제를 계승한 마론파의 경제정책은 전통적인 중개무역과 금융을 중시했으며 농업과 산업의 발전은 경시되었다. 무슬림의 인구조사 요구는 번번이 거부되었다. 빈부격차는 계층, 지역, 종파간의 격차와 일치했다. 사회 전반의 불만은 시간이 지날수록 쌓여갔다.

1958년 2월 이집트와 시리아가 아랍연방공화국을 선포하자 레바논에서는 연방 가입을 요구하는 시위가 격화되었으며 내전 양상을 띠었다. 무슬림과 드루즈가 주도한 이 시위는 마론의 정치적·경제적 독점에 항의하는 성격을 띠었다. 1958년 7월 14일 이라크에서 혁명이 성공하자 친서방 대통령 카밀레 샤문이 미국에 군사개입을 요청했고 미국은 다음날인 7월 15일 1만 4000명의 미해병대 병력을 베이루트에 파병하는 것으로 화답했다.

아랍민족주의를 배경으로 들고 일어난 무슬림이 친서방 마론파 정권과 충돌한 1958년 내전은, 1975년에 다시 시작될 길고긴 전쟁의 예고편이었고 그 씨앗은 이미 1920년에 뿌려진 것이었다. 그리고 그 피의 늪 속에 팔레스타인이 있었다.

아, 팔레스타인

알레이에서 폭탄이 터진 그 순간 레바논 북부의 팔레스타인 난민캠프인 나흐르 알 바레드에서 긴장은 더욱 고조되고 있었다. 5월 20일 캠프를 공격한 레바논군은 3만 2000명의 난민이 살고 있는 캠프를 고립시킨 상태에서 내전 이래 가장 치열하다는 전투를 벌이고 있었다.

5월 24일 트리폴리로 가는 길은 이스라엘의 폭격으로 파괴된 교량의 복구가 끝나지 않아 어수선했다. 트리폴리를 지나면서는 북쪽을 향해 달리는 레바논군 군용 트럭과 장갑차들을 연이어 볼 수 있었다. 정오 무렵 나흐르 알 바레드 캠프의 남쪽 도로변은 이상할 정도로 적막했다. 방송기자들이 모여 있는 인근 5층 건물의 옥상에는 20여 대의 카메라가 캠프를 향해 늘어서 있었다. 언덕의 숲에 가려 정작 캠프는 볼 수도 없었다.

"아무것도 안 보이는데 뭘 찍나?"

"밤에 로켓포 날아가는 건 찍을 수 있지."

"그렇군."

캠프는 지중해와 접해 있었다. 아마도 바다를 끼고 있는 유일한 팔레스타인 난민캠프일 것이었다. 난민 중에는 어부도 있겠구나 하는 생각이 들었다. 바다는 잠잠했고 언덕 너머 캠프는 평온해 보였다. 로켓포와 포탄 그리고 총탄이 난무하는 전쟁터라는 느낌은 들지 않았다. 도로에서 캠프로 진입하는 모든 길은 레바논군의 탱크와 장갑차

레바논 북부 지중해변의 나흐르 알 바레드 난민캠프

에 의해 봉쇄되어 있었다. 그 사이로 엿보이는 캠프 안쪽은 텅 비어 있는 듯했다. 전날 난민 1만여명이 빠져나간 다음이었다.

1969년 이집트의 중재 아래 PLO와 레바논군 사이에 체결된 것으로 알려진 카이로협정 후 팔레스타인 난민캠프는 레바논군에 불가침의 영역이었다. 1986년 대통령이던 아민 제마엘이 무효화했다고는 하지만 이후로도 레바논군이 팔레스타인 난민캠프에 진입하는 일은 없었다. 나흐르 알 바레드 캠프의 공격은 그만큼 이례적인 일이었다.

레바논군의 난민캠프 공격은 파타 알 이슬람이라는 실체가 모호한 테러조직의 섬멸이 목적이다. 소식통에 따라 알 카에다의 방계조직이라는 설과 시리아의 지원을 받는다는 설, 사우디아라비아의 반헤즈볼라 공작의 산물이라는 설이 난무하지만, 레바논의 팔레스타인 조직과 무관하다는 점은 일반적으로 인정되고 있다. 하지만 단지 근거지라는 이유로 3만 2000명의 난민이 살고 있는 캠프가 포탄 공격으로 쑥밭이된 것이다. 더욱이 2만명이 넘는 난민이 캠프를 떠나지 못하고 있는상황이었다. 민간인 거주지역에서는 군사작전을 펼 수 없다는 제네바협정을 들먹이지 않더라도 나흐르 알 바레드의 상황은 레바논에서 팔레스타인 난민이 최악의 처지에 놓여 있다는 평가를 입증했다.

하루 전 1만여명의 나흐르 알 바레드 캠프의 난민이 몰려든 베다위캠프는 입구에서부터 아수라장이었다. 일부는 차에 매트리스와 살림살이 일부를 싣고 나왔지만 걸어서 빠져나온 사람들이 대부분이었다. 베다위 캠프의 학교를 휴교하고 설치한 임시수용소는 그들 모두를 받아들이기에는 턱없이 좁았다. 1만 5000여명이 거주하는 베다위 캠프에 1만여명이 더 쏟아져 들어왔으니 대책이 있을 리 없었다. 하루아침에 집을 잃고 쫓겨나다시피 온 사람들은 공황상태에 빠져 있거나 분노를 감추지 못했다.

빠져나갈 시간도 주지 않고 총부터 쏘기 시작했어요. 지금까지 백명 이상이 죽었을 거예요. 캠프엔 파타 알 이슬람만 있는 게 아니에요. 지난사흘 동안 피할 기회도 주지 않았죠. 어떻게 이런 일이 가능하지요? 이건 우리가 레바논인이 아니라 팔레스타인 난민이기 때문이에요. 이건 공평하지 않아요. 우린 같은 인간이란 말이에요.

한 소년이 전한 그들의 목소리는 항의라기보다는 절규에 가까웠다. 그날 밤 CNN은 레바논정부가 미국에 2억 8000만달러의 군사지원을요청했으며, 군수물자를 실은 미군 수송기가 베이루트 공항에 도착했다는 뉴스를 전했다. 파타 알 이슬람 같은 소규모 테러조직을 잡기 위해 탱크를 앞세운 정규군이 동원되고 이를 지원하기 위해 미국이 군수품을 보낸다는 뉴스는 마치 농담처럼 들렸다. 게다가 이 소탕작전은 3만 2000명에 달하는 팔레스타인 난민을 볼모로 잡고 시작된 것이었다.

다음날 오후 헤즈볼라의 핫산 나스랄라는 레바논군의 난민캠프 진입을 반대한다는 성명을 발표했다. 베이루트 남쪽의 부르즈 엘 바라즈네 캠프에서는 새벽까지 나스랄라의 성명을 지지하는 총소리가 들려왔다. 헤즈볼라가 파타 알 이슬람을 지원할 이유는 없었으므로 그는 팔레스타인 난민의 권리를 옹호한 셈이었다.

정부가 주도한 파타 알 이슬람에 대한 공격은 이스라엘과의 전쟁 후 헤즈볼라의 영향력이 강화되고 내각 사퇴와 총선을 요구하는 반정부 시위가 고조되는 가운데 터진 것이다. 미봉책이라 해도 이를 계기로 미국의 군사지원을 받아냄으로써 레바논 정권은 자신의 입지를 다시금 확인했다.

나흐르 알 바레드에서의 교전으로 인근 베다위 캠프로 피난온 팔레스타인 난민

6월 21일 레바논군의 작전이 종료되었다. 211명이 목숨을 잃었으며 그 가운데 50여명은 민간인이었다. 파타 알 이슬람과 무관하지만 레바논군의 캠프 진입에 분개하여 대항한 사람들도 적지않았다.

빈곤의 법칙

베이루트 시내의 노천까페에서였다. 거리는 번화했고 오가는 사람들은 옷차림에서부터 넉넉해 보였다. 저 맞은편에 갓 열살을 넘겼을 구두닦이가 걸어오는 것을 보았다. 아이가 손에 들고 있던 나무로 만든 구두닦이통은 내 기억 속에 남아 있는 70년대의 물건과 너무나 똑같았다. 아이는 구두닦이통과 깡통을 들고 자신과 전혀 어울리지 않는 거리를 걷고 있었다. 아이가 길모퉁이에 있던 경찰을 발견했을 때 얼마나 소스라치던지 무심코 아이에게 시선을 주고 있던 나도 놀랄 지경이었다. 곤욕을 피하기 위해 구두닦이 아이는 M16을 맨 경찰 앞에서 눈물을 흘리며 빌었다. 그날 내내 아이의 모습이 머리에서 떠나지 않았다.

베이루트에는 빈민들이 넘치고 넘쳤다. 북부와 남부 어디로 향하든 마을이 나타나면 대개는 빈민촌과 다를 바 없어 보였다. 팔레스타인 난민캠프는 커다란 빈민가였고 주변 마을들도 마찬가지였다. 그러나 지중해를 굽어보는 베이루트 산등성이의 부유한 거리에서는 잠깐 지켜보는 사이에도 최고급 승용차들이 연이어 미끄러져 나왔다.

종파간 분쟁과 전쟁이 레바논 빈곤의 원인이라고 해도 그건 절반의 이유일 뿐이다. 2006년 유엔 식량농업기구(FAO)의 통계에 따르면 레바논의 소득분배를 나타내는 지니계수는 56퍼센트, 토지분배를 나타내는 지니계수는 69퍼센트를 가리키고 있다. 내전이 끝난 후인 1995

~2003년에 레바논의 농산물 수출은 두배나 증가했다. 그러나 레바논 전체 농지의 50퍼센트는 레바논 인구의 0.1퍼센트가 소유하고 있다. 농민의 75퍼센트가 빈곤층에 속할 수밖에 없는 첫번째 이유이다. 이 75퍼센트를 이루는 농민이 경작하는 농지는 평균 1헥타르가 채 되지 않는다. 이 극심한 토지소유의 불평등은 1920년 프랑스 식민지 통치 하의 등기제도가 낳은 것으로, 근대적 소유 개념이 부재했던 오스만 시대의 토지가 대거 기독교 마론파인 프랑스 식민지 엘리뜨의 손으로 넘어간 데서 기인했다. 대다수 농민들은 소출의 40퍼센트 이상을 지주에게 넘겨야 하는 소작농으로 전락했다.

1943년 독립 이후 레바논에서 자본주의의 발달은 내전이 발발한 1975년 이전에 이미 극심한 부의 편중을 낳았고 땅 없는 농민과 빈민을 양산했다. 1958년 내전이 발발했던 당시에는 상위 4퍼센트가 레바논 총소득의 32퍼센트를 차지하고 있었으며 인구의 50퍼센트가 빈곤층이었다. 여기에 마론과 무슬림의 불평등이 겹치면서 종파간 대립의 불씨를 키우고 있었다. 1948년 전쟁으로 난민이 되어 레바논으로 흘러들어온 팔레스타인 사람들은 도시빈민으로 전락했다. 1970년대초 빈번했던 시위는 정치적 불만과 함께 경제적 불평등에 대한 항의였던 것이다.

1975년 내전의 도화선이 되었던 기독교 팔랑헤 민병대의 팔레스타인 난민 학살은 종파간 분쟁의 외형을 띠었지만 한편으로는 부유한 지배계층이 빈민을 무자비하게 탄압한 것이기도 했다. 이후 15년에 걸쳐 진행된 내전은 이스라엘과 시리아, 미국과 프랑스가 개입하면서 레바논 땅을 지옥으로 만들었지만 1990년 내전이 종료된 후에도 사정은 근본적으로 변하지 않았다.

　내전이 끝난 후 기독교 마론파의 독점적 지위가 붕괴되고 정치적 지형에도 변화가 있었지만 빈곤과 불평등은 여전했다. 내전 이후의 레바논을 상징하는 라피크 하리리는 금융투기와 부동산 열풍을 조장했고 국가경제에 400억달러의 외채를 짊어지게 한 장본인이었지만 그 자신과 금융자본가들은 막대한 부를 축적했다.

　경제전문지 『포브스』에 따르면 하리리의 맏아들인 바하는 41억달러, 둘째아들인 '미래운동'의 당수 싸드는 41억달러, 셋째인 아이만과 넷째인 파드는 각각 27억달러, 막내딸인 힌디는 14억달러의 재산을 소유하고 있다. 총 136억달러에 이르는 하리리 가문의 재산은 세계 24위 부자에 해당한다. '미래운동'의 당수인 싸드와 함께 '3·14 그룹'의 맹주인 드루즈 지도자 왈리드 줌블랏 역시 레바논의 부자로 손꼽힌다. 이들이 빈민과 농민, 노동자의 이해를 대변한다고는 누구도 생각할 수 없을 것이다.

암살된 레바논 총리 라피크 하리리

헤즈볼라의 정치적 영향력이 강화되고 있는 까닭은 무엇보다 그들이 가난한 농민과 빈민의 이해를 대변해왔기 때문이다. 헤즈볼라의 이슬람식 사회복지 네트워크는 형편없는 정부의 복지정책을 대신하고 있다. 그들은 파괴된 집을 복구하고 굶주림을 없애고 교육과 의료사업을 펼치는 등 농민과 빈민의 빈곤을 구제하는 역할을 수행해왔다. 이스라엘과의 전쟁에서 보인 헤즈볼라의 전투성은 수천명의 레바논인이 목숨을 잃고 수만명이 난민이 되는 결과를 빚었지만 가난한 자들의 편에 서 있기에 그들은 농민과 빈민의 지지를 받고 있는 것이다.

팔레스타인에서와 마찬가지로 레바논 헤즈볼라에 대한 대중적 지지는 미국의 중동지배전략이 빌미로 내세우는 이슬람 근본주의 세력에 대한 찬동과는 성격이 다르다. 물론 하마스와 헤즈볼라는 이슬람주의의 영향 아래 놓여 있다. 그러나 긴 투쟁의 역사 속에서 세속 좌파들이 몰락하거나 변절하고 무기력에 빠져 있을 때 그 둘이 태동했다는 사실을 간과할 수는 없다. 대중은 어쨌든 자신들을 대변할 수 있는 정치세력을 요구한다. 그 지지가 세속 좌파에서 이슬람주의 세력으로 옮겨간 것을 미국과 이슬람 근본주의의 음모로 치부하는 한 세속 좌파는 잃은 것을 결코 되찾을 수 없을 것이다.

이스라엘과 시리아의 레바논

1982년 9월 19일 사브라와 샤틸라의 학살에서 주검을 집단매장했던 현장은, 25년이 지난 지금 번잡한 시장통 한편에 낮은 담에 둘러싸인 작은 기념공원이 되어 있다. '사브라와 샤틸라 학살의 순교광장'이란 이름에 따라 광장이라 부르기에는 너무 좁다. 입구에 들어서면 오른쪽에 당시의 사진을 붙여 만든 입간판 하나가 있어 끔찍스러운 그날을 상기시키고 있다. 맞은편에는 2006년 전쟁 당시 카나와 마르와힌, 치아에서 이스라엘이 자행했던 학살을 고발하는 사진들이 서 있다.

레바논 내전을 결정적으로 심화시킨 것은 이스라엘의 침공이었다. 이미 네번의 중동전쟁을 치르며 전쟁이 없으면 존속할 수 없는 체제를 완성한 이스라엘은 1978년에 레바논 남부를 점령한 후 1982년에는 전면전을 도발했다. 이 전쟁 중 3000여명의 팔레스타인 난민이 도륙당한 사브라와 샤틸라의 학살은 이스라엘이 레바논에서 자행한 만행 중에서 가장 악마적이어서 소름이 돋게 한다. 그들은 자신의 손에 피를 묻히는 대신 기독교 마론파 민병대를 캠프에 들여보내 난민들의 목을 자르고 도끼질을 하고 총을 쏘고 부녀자를 강간하게 만들었다. 이틀 동안 이스라엘군은 캠프의 모든 출입구를 봉쇄하고 포격과 저격을 퍼부으며 밤에는 써치라이트 불빛을 밝혀 기독교 민병대의 학살을 지원했다.

1975년 시작된 내전은 레바논의 팔레스타인 난민에게 가장 큰 재앙

레바논 내전 당시 살해된 샤틸라의 팔레스타인 난민을 매장했던 현장. 지금은 추모공원이 되었다.

이었다. 기독교 마론파의 팔랑헤는 레바논의 소수집단이며 가장 빈곤한 팔레스타인 난민을 제물로 삼았다. 1975~82년 이스라엘의 침공 직전까지, 내전에 의한 사망자 중 팔레스타인인이 절반을 넘어 4분의 3을 차지하고 있다.

레바논 내전은 이스라엘에 축복이었다. 1971년 요르단 하심 왕가와의 대결에서 패배한 후 베이루트로 본부를 옮긴 PLO는 이 내전으로 레바논의 기독교 우파와 이스라엘에 동시에 맞서 싸워야 했을 뿐 아니라 막대한 피해를 감수해야 했다. 1978년 3월 레바논을 침공한 이스라엘은 리타니 강 남부를 장악했으며, 철군하기 전 친이스라엘 성향의 남레바논군(SLA)을 조직해 남겨두었다.

1982년 6월 육·해·공군을 동원해 전격적으로 레바논을 침공한 이스라엘은 베이루트의 요소요소를 포격하고 폭격했다. 이스라엘의 주된 목표는 팔레스타인 난민캠프와 빈민지역이었다. 침공 9일 뒤 이스라엘 지상군이 베이루트 외곽에 도착했을 때 베이루트는 생지옥이 되어 있었다. 유엔안보리 결의안과 일련의 휴전협상으로 1982년 8월 20일 미해병대와 프랑스군, 이탈리아군으로 이루어진 이른바 다국적 평화유지군이 도착했다. PLO와 시리아군은 레바논에서 철수했지만 이스라엘은 여전히 레바논에 머물러 있었다. 8월 24일 이스라엘은 기독교 우파인 바시르 제마엘을 대통령으로 내세웠지만 그가 9월 14일 암살당한 후 사브르와 샤틸라 학살이 벌어졌다. 1983년 5월 이스라엘은 미국과의 합의 아래 철군하고 그 자리는 하페즈 알 아싸드의 시리아가 대신했다. 1984년 다국적군이 레바논에서 철수한 후 시리아는 파타 내의 반아라파트 분파인 아부 무사와 시아파 무슬림인 아말 민병대를 내세워 팔레스타인 난민캠프를 대상으로 한 '캠프 전쟁'을 벌였다. 베이루트의 사브라와 샤틸라, 부르즈 엘 바라즈네 그리고 남부의 시돈과 티레의 난민캠프는 다시 화염에 휩싸였다.

시아파 무슬림인 아말과 아부 무사를 내세운 시리아는 미국과 이스라엘의 기대에 부응해 레바논 내전을 더 파국으로 몰고 갔다. 시아파 무슬림은 아말과 헤즈볼라로 분열했고 PLO는 내부투쟁으로 타격을 입었다. 1988년이 되어서야 끝을 보았던 시리아의 캠프 전쟁은 특히 베이루트와 티레, 시돈의 난민캠프를 잿더미로 만들었다. 이스라엘의 학살극이 지나간 사브르와 샤틸라 캠프는 상처가 채 아물기도 전에 더 크고 깊은 생채기를 입었다.

이스라엘은 레바논 내전 기간 내내 팔레스타인 난민이 겪는 고통을 즐겼으며 전쟁을 통해 이를 극적으로 배가시켰다. 레바논이 시리아와 이스라엘 사이의 완충지대가 되기를 바랐던 시리아의 아싸드 정권은 그 목적을 위해 서슴없이 팔레스타인 난민을 제물로 바쳤다. 지금은 미국과 등을 지고 있지만 과거 후쎄인처럼 시리아의 아싸드 정권은 레바논을 자신의 손아귀에 쥔 동안 기꺼이 미국과 이스라엘의 대리인 역할을 수행했다. 레바논에서의 이익을 지키기 위해 1990년 1차 걸프전에서 미국 주도의 연합군에 가담했으나, 2003년 2차 걸프전에서 미국에 등을 돌리자 곧 레바논에서의 지위를 위협받았고 결국 축출당했다.

2005년 라피크 하리리의 암살을 계기로 촉발된 시위로 29년 만에 시리아가 철군한 것은 그들의 레바논 점령을 후원했던 미국이 지원을 철회한 결과이다. 그후 1년이 지나기도 전인 2006년 7월 이스라엘의 레바논 침공은 시리아의 철군으로 야기된 공백과 무관하지 않으며, 1982년 1차 전쟁과 달리 2차 전쟁에서 이스라엘의 적은 헤즈볼라였다. 폭격은 헤즈볼라의 근거지에 집중되었다. 이스라엘이 이 전쟁에서 패배했다는 평가가 나오는 이유는 자기들 목표를 달성하지 못했기

2006년 이스라엘의 폭격이 휩쓸 당시의 베이루트

때문이다. 레바논의 친미 지배세력은 전쟁을 방관하다시피 했지만, 대외적으로 헤즈볼라의 대이스라엘 전쟁을 지지하지 않을 수 없었다. 결국 어떤 종파간의 극렬한 대립도 드러나지 않았으며 반헤즈볼라 세력이 힘을 얻지도 못했다. 오히려 헤즈볼라에 대한 대중적 지지가 상승하는 결과를 초래했다.

그 전쟁으로부터 다시 1년이 지나는 시점에서 터진 나흐르 알 바레드 난민캠프에 대한 레바논군의 공격과 미국의 공공연한 지원은, 하리리의 암살과 시리아의 철군 이후 미국의 중동지배전략을 지지할 친미세력의 수립과 무관하지 않을 것이다. 그렇게 레바논은 이 끔찍한 전쟁과 분쟁의 수렁에서 지금까지도 헤어나오지 못하고 있다.

레바논 남부 도시인 티레의 라시디에 난민캠프로 가는 길은 검문의 연속이었다. 싸이다의 레바논 군부대에서 허가증을 받아야 남부의 팔레스타인 난민캠프를 방문할 수 있었지만 그날은 받을 수가 없었다. 레바논군은 캠프에 거주하는 등록자 이외에는 가족 출입도 통제하고 있었다.

다음날 베이루트를 떠나야 했기 때문에 라시디에 캠프를 방문하기란 불가능했다. 나흐르 알 바레드 사태로 남부에서도 난민캠프를 중심으로 긴장이 고조되고 있었다. 캠프 쪽에서는 검문소를 거치지 않고 들어올 수 있는 방법이 있지만 안전을 보장하기 어렵다고 말했다. 결국 베이루트로 돌아가야 했다.

베이루트에서의 마지막 밤에 나는 서울로 돌아가 내 방 책상 앞에 앉아 있는 꿈을 꾸었다. 열린 창문으로는 신록의 바람이 불어왔고, 오종종한 녹색 이파리를 매단 메타쎄쿼이아 가지가 소리 없이 흔들리며 화사한 햇살에 어른거리는 잎의 조각 그림자들을 책상에 드리우고 있었다. 그러곤 늘 들리던 자동차 소음 대신 불현듯 어디선가 총소리가 울렸다. 머릿속에서 그 둔중한 총성의 여운이 빠져나가기 전에 잠에서 깨었다. 시간을 알 수 없는 어둡고 깊은 밤이었다. 나는 다시 잠을 청하는 대신 동이 부옇게 트고 만신창이의 남부 베이루트가 벌거벗은 모습을 드러낼 때까지 물러나는 창밖의 어둠을 지켜보고 있었다.

텔아비브에서 지옥의 강을 타고 베이루트에까지 흘러와 이제 막 배에서 내릴 때가 되었을 때 내게 남은 것은 역사와 인간에 대한 신뢰와 미래를 향한 낙관적 희망을 수시로 희미하게 만들며 눈앞에서 나를 조롱하던 비참하고 고통스러운 현실이었다. 전쟁과 빈곤, 차별과 공포, 절망과 좌절 그 모든 것들이 일체의 희망을 경멸하고 미래를 비웃고 있었다.

그러나 오늘 이 지옥의 강에서 질식하고 있는 그들이 허락한다면 나는 말하고 싶다. 한때는 우리도 그 강을 건너왔노라고, 지금도 우리는 그 강을 건너고 있다고, 앞으로도 우리는 함께 그 강을 건널 것이라고. 그들이 허락하지 않아도 나는 말할 것이다. '그래도 역사는 전진한다' 따위가 아니라, 인간은 어디에서나 살아야 하고 살아가고 있다고. 비록 그곳이 지옥일지라도. 휘청거릴지언정, 팔레스타인에서 요르단에서 레바논에서 그리고 시리아와 이스라엘에서 아시아와 세계에서 우리는 새로운 미래를 향해 나아가고 있다.

샬롬과 쌀람, 장벽에 가로막힌 평화
유재현의 이스라엘·팔레스타인 기행

초판 1쇄 발행 • 2008년 6월 25일
초판 4쇄 발행 • 2024년 1월 15일

지은이 • 유재현
펴낸이 • 염종선
책임편집 • 강영규
펴낸곳 • (주)창비
등록 • 1986년 8월 5일 제85호
주소 • 10881 경기도 파주시 회동길 184
전화 • 031-955-3333
팩시밀리 • 영업 031-955-3399 편집 031-955-3400
홈페이지 • www.changbi.com
전자우편 • human@changbi.com

ⓒ 유재현 2008
ISBN 978-89-364-7146-0 03810